可以僱用我一輩子嗎？

~與不苟言笑的魔法師共同展開的二次就業生活~

1

yokuu

插畫：烏羽 雨

Kadokawa Fantastic Novels

Contents

〔第一章〕不名譽的解僱與轉職

「妳這個狐狸精！」

伴隨一個「啪！」的清脆聲響，我的臉頰傳來一股熱辣辣的感覺。過了半晌，才明白自己被甩了耳光。

（被處罰的人是我啊……）

眼前的夫人仍舉著方才揮下的那隻手，漲紅著臉氣喘吁吁地怒瞪著我。造就這一切的罪魁禍首、亦即這個家的男主人尼傑爾，臉色蒼白地佇立在夫人身後。其他侍者則是在一旁屏息凝視著我們。

「給我離開這個家！」

在我開口前，夫人便這麼高聲喝斥。我並不打算為自己辯解。反正說再多也沒用。

「……謝謝兩位的照顧。」

既然事情演變至此，我無法繼續留在這個家裡也不想留下來。

朝僱用自己三年的尼傑爾夫婦一鞠躬後，為了收拾行李，快步走回位於閣樓的房間。同寢室的女傭在我之後走進房，帶著沉痛表情說了許多安慰我的話。不過，曾聽說她會跟其他女傭一起討論我和老爺間的八卦，所以她的這些話語並沒有感動到我。

被夫人甩了一巴掌後，只過了短短半小時，我便拎著一只皮箱步出這間宅邸。轉身再次看了尼傑爾家一眼時，發現老爺正從宅邸窗戶內望向這裡。

「再見！」

為了逃離那可恨的視線，我拔腿衝出宅邸大門。

「讓您久等了。」

「謝謝你。」

正式成為無業遊民的我，為了填飽肚子而匆匆在鎮上找了間咖啡廳坐下。這座都市在國內的繁榮程度算是數一數二，因此咖啡廳周遭也十分熱鬧。

「我要開動了～」

對現在的我來說，裡頭夾著烤雞肉、胡麻醬和爽脆蔬菜的三明治，可說是一頓相當豐盛的大餐。畢竟此刻，我沒有收入。

（得快點進入下一個職場才行……）

我將吃到一半的三明治放回盤子裡，一邊咀嚼一邊從皮箱裡拿出地圖攤開在桌面上。喝了一口咖啡後嘆氣。

在那種情況下被解僱，實在很難繼續待在這個鎮上。從夫人的個性看來，不知她什麼時候又會以不同方式將矛頭指向我。不是開玩笑，而是真的有可能會拿刀子刺過來。

考量到自身安危，恐怕移動到其他地區才是明智之舉。

「多尼亞茲是個規模不小的城鎮，但聽說治安不太好呢。唔～帕西魯感覺也不錯，但距離這裡太近了啊～」

翻著地圖集這麼自言自語。

「想過著平穩的生活……有沒有什麼安靜的好地方……」

我已經到了能獨立生活的二十四歲。再加上剛經歷過那樣的事，比起人聲喧囂的城鎮，身心更渴望找個恬靜的地方安定下來。

「這條火車路線的盡頭是……」

視線自然而然地移向地圖的角落。

蒸汽伴隨著嘶嘶聲，不斷從火車上方湧出，也傳來車輪運轉的聲響。從剛才開始，車窗外頭的風景便是綿延不絕的平原和田野。光是這樣，便讓我有了遠離城鎮的真實感。

「請讓我確認您的車票。」

我將票遞給出現在車廂裡的車掌。

「您要前往終點站科特杜嗎？」

看到寫在車票上的目的地，車掌瞪大了眼睛。

「這樣必須在火車上過一晚……但您沒有租借個人包廂，沒關係嗎？」

「啊，是的。沒關係。」

接下車掌遞回的車票後，我以苦笑回應。

我這趟旅程的目的地，是從先前工作城鎮出發的鐵路終點站。離開咖啡店後，我衝進書店確認科特杜是個什麼樣的地方，發現這座小鎮被大自然環繞，規模雖不大，卻是個充滿活力而適宜居住的地方。感覺就很不錯。

不過，我是中午才搭上火車，所以無法在今天趕到，必須在車上過夜。抵達科特杜時，大概已經是明天正午過後了吧。當然，有考慮過租借個人包廂，但令人難過的是，我目前是失業狀態，而且也沒領到資遣費。節約二字在腦內反覆浮現，最終還是打消了念頭。

話雖如此，要獨自在一般車廂裡過夜，很難讓人沒有一絲不安。

（要前往終點站的人想必少之又少，到了晚上，這節車廂八成只會剩下我一個人吧……嗯，只是想想啦。）

打算以這種近似於詛咒的心情靜靜迎接日落。

我虛弱的笑容或許讓車掌湧現了惻隱之心。他微笑著向我表示：「晚點拿條毯子過來給您吧！」

（真是個好人……）

向我輕輕鞠躬後，車掌轉身走向其他乘客。他的背影看起來可靠得不得了。

到了夜晚，火車裡頭比我想像得更加漆黑。我那近似於詛咒的願望成真了。現在車廂裡只有我一個人。不過，獨自身處這片詭異的黑暗之中，反而令我感到相當不安。

為了調整視野，我在火車座位上橫躺下來，以車掌拿來的毯子裹住身體。

（好溫暖啊。）

我仰躺在搖晃的車廂內，在火車行進的匡噹匡噹聲中眺望窗外的景色。白天時，窗外的樹木明明以高速不斷向後方流逝，到了夜晚，高掛在空中的繁星和明月，看起來卻一動也不動，讓人有種火車是否放慢了速度的錯覺。

茫然眺望著夜空的同時，今天發生的事也緩緩在我腦中復甦。儘管待了三年，但尼傑爾家並不是個理想的職場。尼傑爾家在鎮上相當有名，基於這一點，他們提供的薪水十分豐厚。不過，也僅只如此罷了。

女傭們專用的閣樓小房間既狹窄又充滿灰塵，還不時會聽到令人心煩的老鼠腳步聲。同事們也是一群只會互相推卸責任、不願意共同分擔工作職務的人。

在這樣的工作環境下，又以身為雇主的尼傑爾夫婦令人頭痛。

夫人是個脾氣暴躁的人。當她的心情惡劣到極點時，就會把氣出在東西或其他人身上。她的疑心病也很重，時常擔憂丈夫背著她搞外遇，但她卻也對相貌清秀的年輕貴族沒有抵抗力，可說是一名任性妄為到極點的女性。

不過，更讓我困擾的是她的丈夫。剛被僱用時原本一切正常，但不知從何時起，尼傑爾先生開始糾纏我。

每次遇到他，尼傑爾先生總會說些「妳真可愛呢」、「噯，妳現在有空嗎？」之類的話。那時，我已經明白夫人是個醋罈子，要是被她盯上，肯定會吃不完兜著走，因此總是盡全力讓自己不著痕跡地避開尼傑爾先生。更何況，就算撇開夫人的存在不提，我也壓根沒想過要跟尼傑爾先生變得親密。

無法尋求他人的協助，我想也是那個職場糟糕的地方之一吧。就算屢屢以「我還有工作要做」回絕尼傑爾先生的邀請，看在每天都在工作中找樂子的同事眼裡，我跟尼傑爾先生的關係就只有「可疑」兩個字能夠形容。

不知道是不是基於這樣的原因，尼傑爾先生的「搭訕」變得更加頻繁，甚至開始拉手摟腰，讓人相當不舒服。然而，基於他是雇主，我也不好擺出強硬的姿態，只能持續以四兩撥千斤的態度敷衍。

最後，這樣的情況終於傳入夫人耳中。怒不可抑的她在今天發作，於是造就了現在的結果。

「……想大發雷霆的人是我才對吧。」

我緊緊閉上雙眼，試著驅散讓人不快的思緒。

（忘了這些吧。接下來的人生更重要呢。）

躺在硬邦邦座椅上的我，身心的疲勞都已經達到極限。車廂裡依舊沒有其他人的身影，只有火車規律的運作聲在耳邊繚繞，直到我沉入夢鄉。

在古魯瓦茲，座落於市街正中央的尼傑爾家宅邸，此刻顯得格外喧囂。不對，說得準確一點，只有宅子裡的某個房間吵吵鬧鬧而已。

「我要把她帶回來！」

「哎呀！您竟然說這種話！您果然和那個女傭……！」

昨天被妻子的魄力震懾到的尼傑爾，在過了一晚後，精神似乎恢復了不少。從一早開始，這對夫妻便持續激烈爭吵。

宅子裡的侍者們比平常更專心致志地埋首於工作，沒有半個人有勇無謀地過去勸阻。換句話說，大家都不想介入他們倆之間的事。

「妳不也會誘惑年輕士官嗎！」

「這麼說太過分了！我只有老爺您一人而已呀！」

從兩人爭吵的房間外頭經過的女傭和管家，都忍不住豎耳偷聽房裡的對話，並一同聳肩。

「感覺還會吵個一陣子呢。」

「就是呀。」

就在侍者們匆匆離開房間外頭時，尼傑爾提高分貝呼喊了一聲：「總之！」

「我要把她帶回來！雷文！」

聽到自己被點名的管家，隨即露出極其苦澀的表情。一旁的女傭則是同情地輕呼一聲：「哎呀～」便丟下管家獨自逃離現場。

雷文垂下頭。在一個深呼吸之後，以假笑取代方才的苦澀表情，伸手敲了敲房門。

「老爺，您叫我嗎？」

雷文才剛打開門，尼傑爾便隨即走到他面前。

「雷文，無論如何都要把璐希爾帶回來。要花多少錢、用什麼手段都無所謂。」

看著尼傑爾眨也不眨的雙眼，雷文察覺雇主的一時興起已經超出了開玩笑的程度，臉上的笑容也不自覺變得僵硬。他不禁打從內心同情璐希爾這位過去的同事。

另一方面，因為尼傑爾的發言而導致怒氣攀升至頂點的夫人，則是用幾乎足以讓人耳鳴的尖銳嗓音怒吼：

「雷文！你不需要做這種事！老爺現在腦袋不太正常！」

「妳說什麼！」

夫妻倆再次開始爆發激烈口角。被迫留在房裡的雷文，只能默默讓兩人不堪的對話左耳進、右耳出，同時思考自己當初為何會來這裡應徵管家。

下車的車站幾乎看不到半個人影。我四處張望，試著尋找介紹城鎮地圖的看板。總之，得先找到今天落腳的旅館才行。這個城鎮的規模很小，但應該至少有間旅館才是。

（大家都盯著我看呢……）

雖然找到了城鎮介紹看板，但我看不懂上頭過於籠統的周邊地圖，在離開車站後，只能漫無目的地在街上遊蕩。大街上只有我一個人單手拎著皮箱步行，鎮上的人也因此對我投以好奇的眼光。是不是鮮少有外地人造訪這裡？這個小鎮看起來不像觀光區，所以旅客或許也很少見吧。在我開始擔心來這裡是個錯誤的選擇，心情也變得沉重起來時，視野之中終於出現一塊看似旅館的招牌。

那是一棟三層樓高，有著瓦片屋頂設計的小巧旅館。正面有幾個開著可愛小花的盆栽並排著。

（看著這樣的外觀，好像就能猜到旅館裡頭是什麼樣的感覺呢。）

我打開這間外觀樸素的旅館大門。掛門鈴鐺輕輕發出「噹啷」的聲響。

「哎呀，歡迎光臨。」

一入內，映入眼簾的是木頭打造而成的櫃台，以及坐在後方悠然自得的壯年男性，或許就是旅館老闆吧。身穿格子襯衫的他樣貌溫和，就像外頭的盆栽那樣，給人一種簡樸又可愛的印象。

「請問還有空房嗎？」

「當然。呃……我的住宿名冊……」

老闆戴上一副有著金色細框的圓眼鏡，翻開一本帶有年代感的名冊。

「可以幫我在這裡寫下妳的姓名、聯絡地址和入住天數嗎？」

璐希爾．奧尼巴斯。在名冊上寫下自己的姓名後，我停止書寫。

「那個……其實我之後打算搬到這個鎮上，所以沒有聯絡地址可以填。另外，我也不確定會在這裡住幾天。」

聽到我這麼說，旅館老闆瞪大雙眼。

「哦～這樣嗎！哎呀，這還真是罕見。這位小姐……璐希爾小姐，妳是一個人來這裡？」

老闆的雙眼吐露出「這傢伙似乎有什麼隱情！」的心聲。我努力以正面的態度回應他。

「因為我有十七個兄弟姊妹，大家都必須自食其力呢。」

「十七個！」

看到老闆的雙眼瞪得更大，我平靜地回答：「是的。」我沒有說謊。順帶一提，我是十七個手足之中年紀倒數第二的。在我懂事的時候，比較大的兄姊們都已經獨立了。

「這……該怎麼說呢……感覺很辛苦呢……」

老闆收起方才帶著幾分狐疑的眼神，對我投以慰勞的話語。

（比……比起這個，住宿……）

「所以，我填寫的資料……」

「噢，聯絡地址無所謂。入住天數也不用填沒關係。房間的話……」

我隨即回他：「這裡最便宜的房間。」因為那兩個字依舊在我的腦中散發出強烈存在感。

老闆表示：「這裡的房間都整理得很乾淨。」然後走出櫃台替我拎起皮箱。在他的帶領下，我踩著階梯往上，來到三樓最照不到陽光的這個房間。

（什麼嘛，一點都不糟糕啊。）

走上階梯的途中，老闆為我說明了這個房間價格最便宜的原因。判斷房況可能糟糕透頂的我，因此做好了萬全的心理準備；但我覺得完全可以接受。

畢竟，直到昨天，我都還睡在老鼠奔跑聲相當惱人的閣樓房間裡。付了錢的客人入住的房間與傭人所住的房間完全是不同等級。房間裡的家具用品看起來確實比較老舊，但整體上給人很乾淨的感覺。從窗戶看出去，便能將下方的街景盡收眼底。在大都市裡，價格更貴、房況卻更差的旅館比比皆是，因此這個房間反而可以說是十分高級。

我看到房間內部時的開朗表情，似乎讓老闆放心不少。他一派輕鬆地表示：「那我就先離開了。」接著便準備走出房間，我連忙開口喚住他。因為我還有一件相當重要的事要請教他。

「請問，這裡有替人介紹工作的地方嗎？」

「噢，介紹工作啊。妳可以到那條路上有著紅色屋頂的建築物去問問。有個叫寇特斯的男人很擅長這方面的事情。」

老闆指著窗外，像個本地人那樣為我說明。從他的說法聽來，那裡或許不是什麼正式的「職業介紹所」。

「謝謝你。我馬上就過去打聽一下。」

「嗯，希望妳能找到好工作。啊，旅館會在晚上六點供應晚餐。」

我回覆：「我明白了。」目送老闆走出房間。儘管交流時間不長，還是能感覺到他是個很好的人，讓我放心不少。身為外地人，能受到這般溫柔對待，是相當令人感激的事。相較之下，我之前待的古魯瓦茲，人們比較傾向簡潔俐落的行事風格，要說冷淡的話，確實也給人冷淡的感覺。

「那麼，稍微準備一下就出發吧。」

在火車上晃了一整晚的我，疲勞其實差不多已經累積到極限。雖然有股想直接倒在眼前這張床的強烈衝動，但我還是想盡可能早點找到工作。督促自己振作後，我在房裡一面小巧的全身鏡前坐下，好好整理自己的儀容。

（紅色屋頂、寇特斯先生……紅色屋頂、寇特斯先生……）

我一邊在腦中複述關鍵字，一邊小心翼翼地走在街上。這裡看不到打扮誇張高調的人，也沒有以緊繃神情快步前進的人。街頭十分寧靜，以木材、磚瓦等質樸素材搭建而成的美觀建築物並排在一旁。

（這種鄉村風格，讓我回想起故鄉呢。）

近似於鄉愁的懷念感從心底湧現。走著走著，抵達了目的地的紅色屋頂建築。大門上掛著一塊手工製造的看板。

「科特杜商會」。

商會——這樣的名稱讓我湧現一絲不安。理想中的工作，是像過去那樣包吃包住的女性幫傭。商會有辦法仲介這方面的職務嗎？

（最糟糕的情況，就算沒有包吃包住也無所謂了。）

懷著祈禱的心情輕敲大門，等待裡頭的人回應。

「來了來了來了～」

（好輕佻……）

以一派輕鬆的態度打開大門的，是一名年輕男子。看到我的瞬間，這名青年露出「來了個陌生人耶」的表情，但隨即以親切笑容迎接我入內。

「大姊，妳是外地來的嗎？來這邊做什麼呢？啊，是不是來簽我們名產的銷售合約？」

我連忙開口制止青年連珠炮般的提問攻勢。

「那……那個，我是來找寇特斯先生的。」

「啊，是！我就是寇特斯！我是商會的會長！」

「……」

我不禁沉默下來。在我的認知當中，所謂的會長，應該是更年長、看起來見聞廣博的人物，沒想到這名看起來跟我同年，甚至比我更小的青年竟然就是會長。或許是我的想法全都寫在臉上了吧，寇特斯先生露出有些困擾的笑容。

「啊～我是最近才開始當會長的呢。因為這個小鎮沒有類似的組織，總覺得應該要有個能統籌相關事務的人比較妥當。」

這個人或許比外表看起來的感覺更加可靠。總之，既然眼前的青年是被旅館老闆點名的寇特斯先生，那我要找的人就是他。為了最初的目的，我如之前對旅館老闆的說明，向寇特斯先生表達自己想找工作的來意。

「包吃包住的女性幫傭工作啊……」

聽完我的需求後，青年以手指抵著眉心開始苦思，看起來一副傷腦筋的樣子。

（怎麼辦……想找幫傭工作的我，果然來錯地方了嗎？）

懷著不安望向眼前的寇特斯先生，結果他帶著愧疚表情開口：

「真的很抱歉，我這邊沒有馬上能介紹給妳的工作機會……畢竟這座小鎮的房舍規模都很少會需要僱用包吃包住的幫傭呢。頂多只有一兩家吧。」

（嗚哇～糟糕……原來是這樣啊～）

原本想到其他城鎮找工作，卻選了一個完全不符合自身需求的目的地——明白這一點之後，我不禁埋怨起自己的魯莽。

「這樣啊……」

已經連打圓場的力氣都不剩的我，忍不住以明顯沮喪的語氣回應。結果寇特斯先生慌慌張張地表示：「別這麼早放棄！」

「我會幫妳四處打聽一下！或許剛好有哪戶人家需要人力呢！」

寇特斯先生活力十足地拍拍胸口這麼說。或許是想鼓勵我吧，他開朗地說道：「這是這座小鎮的名產，請收下。」同時遞給我一個帶著淡淡香氣的精美包裝品。

「是香皂。裡頭加了花卉精油，用起來很療癒喔。」

「謝謝你。我晚點回去就拆開來用。」

我捧著香皂向寇特斯先生道謝，隨後便走出商會。或許是心境變化的緣故，原本寧靜祥和的街道，現在讓我有種安靜得詭異、寂寥的感覺。

我的遷居計畫和轉職活動的第一天，就在這種前途渺茫的狀態下結束。回到旅館的我，有如昏厥般在床上沉沉睡去。

隔天的清爽早晨，看到我帶著陰鬱表情在旅館飯廳用餐，老闆一臉擔心地朝這裡走近。

「妳還好嗎？」

因為沒有其他客人在，他索性在我對面的座位坐下，手上還捧著自己的那杯咖啡。

「沒想到妳是打算找幫傭的工作。偶爾啊，會有人來鎮上研究花卉精油，或是對我們的香皂情有獨鍾，因此特地來這裡學習製作方式。所以我以為妳也是為此而來。」

或許是因為老闆的為人吧，就算被他直呼名字，我也不會感到排斥。這種像是對待熟人的親暱態度，反而還讓我覺得有點開心。

「這樣呀。是我事前做的調查不夠呢……」

「不過，寇特斯有跟妳說包在他身上了吧？他是個很努力的人，總會有辦法的。」

「你跟寇特斯先生都好親切呢，迪歐先生。」

迪歐是眼前這位旅館老闆的名字。昨天吃晚餐時，他向我做了自我介紹：「既然妳打算成為鎮上的一分子，以後就多多指教嘍。」

「因為這個城鎮很小啊。如果人口能變多、變得更朝氣蓬勃的話，是值得開心的事。」

迪歐先生以有些害羞的笑容回應。雖然不知道自己能不能為這個小鎮帶來活力，但聽到他這麼說，還是讓人很感激。這個鎮上的居民都是這種感覺嗎？

被迪歐先生的話鼓舞後，我覺得自己不能一味依賴寇特斯先生，也得試著靠自己的雙腳去找工作才行。

（──想是這麼想，不過……）

吃過早餐後，我隨即再次來到大街上。既然沒有職業介紹所，就只能注意店家外頭有沒有張貼徵人啟事，或是直接入內問他們缺不缺人手了。

為了尋找在徵人的店家，我漫無目的地在大街上前進，隨後看到一間店的窗戶上貼著寫著斗大的「徵人！」兩個字的紙張。

（找到了。不過，他們徵的是女服務生啊。唔～也不是不能做啦，但是……）

思考過後，我將這個職缺當成找不到幫傭時的候補選項。進一步確認徵人啟事上的僱用條件時，發現好像有人要從店裡走出來，我連忙快步離開。

在鎮上花了幾小時走來走去，重複做同樣的行為後，到了正午，我的雙腳已經疲乏不堪。

我順利收集到一些徵人啟事的情報。女服務生、裁縫師、洗衣人員。這些都是把幫傭會接觸到的部分事務做得更深入的工作，因此特別記下來。

（最壞的情況下，只在這裡逗留幾個月，等存夠薪水之後再搬到其他城鎮，也不是不可行。）

這座小鎮的氛圍以及居民的和善態度，讓我覺得離開有些可惜。然而，對於判斷自己比較適合擔任幫傭的我來說，倘若這裡沒有我想做的工作，離開也是無可奈何。

以有氣無力的步伐返回旅館的路上，我聽到附近的路人輕喊一聲：「啊，老師。」因為有些在意，我轉身望去，但只看到一個漆黑身影轉彎走進路口。

（老師……是醫生或教師嗎？）

不用說，鎮上當然會有這樣的人物存在。我壓抑著肚子餓得咕嚕咕嚕叫的聲音，努力走回旅館。

「啊，歡迎回來！太好了！」

返回旅館後，寇特斯先生正在裡頭等待我的到來，臉上還帶著開朗不已的表情。

（難道說……！）

我的期待在一瞬間高速膨脹。甚至忘了自己正飢腸轆轆，直接衝向寇特斯先生身旁。

「你替我找到工作機會了嗎？」

我急切地搶先開口這麼問。寇特斯先生朝我緩緩點頭，露出帶點不凡氣質的微笑。

「只是……」

但在下個瞬間，他欲言又止地別過臉去。

「咦？」

看到他異常的態度變化，我不禁僵在原地。這是什麼表現方式？請不要用這種先讓人飛上天堂，然後在下個瞬間墜入地獄的言行舉止好嗎？

「在這個鎮上，有僱用幫傭的家庭目前都不缺人手。」

「是。」

「如果只能向妳報告這個令人沮喪的消息，我也會很失落。不過……」

「是。」

「方才『老師』直接大駕光臨了。」

我以聽起來很愚蠢的嗓音反問一聲：「老師？」同時回想起剛才在路上曾有被這麼稱呼的人物出現。

「請問他是醫生還是學校的老師之類的嗎？」

寇特斯先生搖搖頭。

「老師是『魔法師』。」

「……呃哦？」

我不禁懷疑自己的耳朵。因為太困惑，還不小心以奇妙的呻吟聲回應，但現在的我早已無暇顧慮這件事。我的思路就這樣停止運作幾十秒。

在一段過於長久的沉默後，我唐突地開口詢問：「咦？什麼意思？」靜待我回應的寇特斯先生，則是探出上半身反問：「咦？什麼東西什麼意思？」

「啊，不好意思，那個……您剛才說那位老師是什麼？若我沒聽錯的話……」

「魔法師？」

「魔法師……？」

我眨眨眼愣在原地。看到我這樣的反應，寇特斯先生也是一臉茫然。

「…………」

我們就這樣片刻沉默地望著彼此疑惑的表情。

「妳真的要去應徵？」

「是的。」

隔天，我再次單手拎著皮箱站在旅館櫃台前。我將兩天份的住宿費支付給迪歐先生，感謝他這幾天以來的照顧。結果我比當初料想得更早離開這間旅館。

昨天，「魔法師」這個陌生又震撼的名詞雖然讓我飽受衝擊，但我也聽聞世上確實有這樣的人物存在。不過，他們的人數大概只占全球人口的一小部分……不對，應該說是連一小部分都不到，所以我一直以為那是跟自己無緣的存在。老實說，我現在也還有點懷疑。

寇特斯先生在反覆強調「我非常尊敬老師」這一點之後，開始向我介紹這位身為魔法師的老師。

「其實，過去曾有不少人到老師家擔任幫傭，但每個人都撐不到一星期。」

「老師不知道從誰那裡聽說有人想找幫傭的工作，就直接來詢問我。」

「老師很少造訪這座小鎮，他的住家位於郊區森林的深處。」

「總之可以確定的是，老師是位相當不好相處的人。」

雖說寇特斯先生對那位老師尊敬有加，但他的介紹倒是包含不少讓我回絕這份工作的正當理由。

我不禁在內心讚賞他誠實的為人。不過，就算聽了這樣的介紹，我的答案仍只有一個。

「謝謝你。請務必讓我接下這份工作。」

我沒有理由拒絕。包三餐、包住、薪水也相當豐厚。在空閒的時間，甚至可以自由做自己想做的事情。這麼理想的工作條件，我豈能放過。

在一臉擔心的迪歐先生目送下，寇特斯先生領著我前往老師家。我在半路上試著提出昨晚想到的疑問。

「那位老師如果施展魔法的話，應該有能力三兩下解決家事吧？」

「唔～因為老師鮮少施展魔法呢。我對魔法的了解並不多，只知道老師一心渴望埋首於自己的研究之中，所以似乎不喜歡把心力花在瑣碎麻煩的事情上。」

明明是魔法師，卻不使用魔法？儘管內心浮現了這樣的疑問，但我對魔法的認知，也僅限於童話世界的那種程度。一直以為魔法能夠一口氣完成耗費人力的工作，是如夢般的力量，但對於能實際施展魔法的人來說，或許又是另一種不同感覺也說不定。

總之，既然是這麼一回事，設想那個家的所有大小事都必須由我一手包辦，或許是最妥當的判斷。若是如此正合我意。就請老師全神貫注在自己的研究上吧。

「由妳一個人負責家務，我想應該會很辛苦，但還是請妳加油喔，璐希爾小姐。」

「不會。感覺由我一個人負責，或許會更輕鬆呢。因為可以照著自己的步調來做每件事。」

「這樣啊。」

寇特斯先生露出有些不解的表情。畢竟，我的工作資歷可沒有淺到必須仰賴他人的力量來完成家務。我在十六歲那年開始幫傭的工作。諸如下廚、裁縫、洗衣、打理庭院、木工作業等方面的相關知識我都有。再加上那位老師的住家，規模似乎沒有大到需要僱用眾多人力的程度，因此我一個人應該就夠了。

因為之前的職場沒有半個好同事，對我來說，不用多花心力應付人際關係，反而是值得加分的地方。而且，我也很討厭為了同事分配的工作內容或進度而大傷腦筋。

一邊跟寇特斯先生閒聊，一邊往森林裡頭前進後，路上開始出現人為擺放的零星石子。小巧花朵從中盛開，讓人有走種進童話世界的夢幻感。回過神來時，我們已經走進一個看似植物隧道的地方。

「這……這裡好美呀。」

「老師很喜歡植物呢。」

為眼前風景感動的我，又往前走了片刻後，來到一片寬闊的平地。一棟被林木環繞、有著寬敞庭院和白色外牆的家宅出現在眼前。院子裡同樣種植著許多植物，花朵們爭奇鬥豔似的綻放著。

（既然住在這種房子裡，那位老師應該不至於大家說得那麼嚴厲吧？）

喜歡植物、住在森林裡，還有個開滿花朵的庭院。我不禁開始想像這位尚未謀面的老師。光是會細心照料植物這點，就給人一種勤勞敦厚的印象。

我也很喜歡植物。花開令人欣喜，如果是能收割食用的植物，就更值得開心了。老師也是這樣嗎？我們或許能分享相同的喜悅呢。來自雇主的好感，我敬謝不敏；但如果是能平靜地一起照料植物的關係，我再歡迎不過。

美麗的庭院、美麗的房子，不知道裡頭是什麼樣的感覺？在這裡打掃、洗衣、做菜，盡可能讓雇主過著舒適自在的生活，是我的職責所在。雖然是第一次體驗沒有同事的職場生活，但這也是讓我發揮累積至今經驗能力的好機會。

（我要在這裡平靜地、勤奮地幹活。）

我帶著滿滿幹勁和期待，精神抖擻地站在寇特斯先生身後。

「老師，我帶璐希爾小姐過來了。」

寇特斯先生對著木質大門這麼吶喊後，大門隨即被人打開。

「……」

看到眼前的老師，我不禁立正站好。方才在腦中打轉的天真想法，也在一瞬間全數消散。

「我是雇主菲力斯。」

黑色襯衫、黑色長褲以及引人注目的一頭蒼蒼白髮。老師以一雙冰冷犀利的紫色眸子傲視著我，臉上的皺紋讓他的表情更顯冷漠。

事先聽寇特斯先生說過老師不好相處，所以我多少也做好了覺悟。然而這股強大的魄力，我至今不曾體驗過。他並非只是樣貌讓人難以親近的大叔。沉默的壓力。即使看到一如自身要求前來的女性幫傭，他也沒有表現出特別開心的反應。甚至連打招呼都沒有。

以眼神示意我入內後，老師隨即轉身走進家中。

得跟上他的腳步才行。開始冒冷汗的我抬起腳跨過門檻，同時感受到一種難以言喻的不安，忍不住回頭望了寇特斯先生一眼。

然而，他只是笑著對朝這邊眨眨眼，給我一句：「加油嘍。」

老師住家的內部裝潢，跟外面牆壁統一採用白色。家具也統一為木頭材質。從禁止穿著鞋子入內這點來看，他的確是個有自身堅持的人。

明目張膽地東張西望感覺不太好，所以我沒有轉動脖子，僅以視線四處觀察這個家的內部。看上去東西不多，打掃起來應該不會太費力。

玄關一路通往客廳，後方似乎是廚房。

我努力跟上不發一語走在前方老師的腳步。他將雙手插在長褲口袋裡，以上半身微微前傾的姿勢快步往前。他踩著客廳的階梯往上，領著我走向二樓，然後揚起下巴向我示意：「這是書房。」

（這……這是……）

他又隨即走到另一個房間外頭，簡短說了一句：「這是我房間。」便匆匆沿著走廊前進。

（他開始介紹起這個家了……？）

他在沒有半句寒暄也沒有事先告知的狀態下，以簡短俐落到極點的字句為我說明這個家的構造。我看著並排的相似房門，覺得腦袋有些混亂，沒把握能一口氣記住這些。唯一能夠確定的是，二樓是屬於老師的區域。

介紹完二樓後，原本以為老師會帶我到閣樓——也就是我的房間，但他卻回到之前那條走廊，踩著階梯下樓。幫傭的房間，果然還是會放在最後才介紹嗎？

「我替妳介紹一樓。」

「是！」

維持了好一陣子沉默的老師突然這麼說。因為不確定他什麼時候會開口，我只好一直繃緊神經。

我們一起返回客廳後，老師走向從客廳延伸出去的走廊。

「這是廁所。」

「是。」

「往前走是浴室。」

「是。」

我仿效老師以平淡的態度回應。每當聽到我說：「是。」老師都會面無表情地點點頭。

感覺就好像在拿捏跟野生動物之間的距離。發現能稍微跟對方溝通的瞬間，總會讓人忍不住想吶喊一聲：「成功了。」

（這……這讓人有點開心呢。）

根據老師的說明，一樓感覺是進行用餐、盥洗等日常活動的場所。聽到他說浴室能自由使用，我的心情大為振奮。

為我介紹完通往後院的後門，老師說了一句：「最後……」便返回客廳。這是我們今天第三次踏進這裡。

（在這個家生活，感覺必須常常經過客廳呢。）

老師打開廚房旁的一扇門，後方是一條狹窄的走廊和房間。

「這是妳的房間。」

「咦！」

因為打從心底感到驚訝，我不慎做出「是」以外的回應。看到老師眉心擠出厭煩的皺紋，深怕搞砸一切的我不禁全身發冷。

「您……您特地保留一間房間……給我？而且環境還這麼舒適。這樣真的沒關係嗎……？」

聽到我戰戰兢兢的嗓音這麼詢問，仍皺著眉頭的老師露出不解的表情。

「這個房間沒有妳說的那麼好。」

被他這麼一說，我就不知道該怎麼回答了。畢竟我也不會自願去住閣樓的房間。

只是訝異、喜悅。各種不同的感情湧上心頭，讓我的腦袋來不及消化。

老師並不在意我茫然的反應，只是自顧自轉身返回客廳。我連忙跟上他。

隨後，老師給了我一些極為簡單扼要的工作指示。總結起來的話，就是「全權交給我處理」的意思。他似乎只想關在自己的研究室裡做研究。

「另外，最重要的一點……」

「是。」

老師瞇起雙眼。面對那變得加倍犀利的眼光，我挺直背脊等著他的下一句話。

「別做多餘的事。」

「……是。」

聽到我的回應，老師點點頭，一語不發地踩著階梯走上二樓，獨留我一個人佇立在客廳裡。

（他……他真的只交代了基本的必要事項而已呢。）

到頭來，我不僅來不及自我介紹，也沒能以受僱者的身分向他打招呼。只是讓老師單方面為我介紹職場、說明工作內容、並在最後囑咐一件非常難以理解的事情。

——多餘的事是指什麼？

其他說明都簡潔扼要得令人吃驚，唯有最後這項要求保留相當多解讀空間。

（不對……）

不過，我隨即得出了答案。他所謂多餘的事，或許——

（我懂了。是所有的事情。）

我的腦內靈光一閃。

透過這段短短的交流時間，我大概察覺出來了。老師是非常講求行動效率的人，對他來說，除了自己的研究以外，其餘的一切事物恐怕都令人厭煩。他或許是想說「別干擾我」吧。我想……應該是。

原本以為老師會是個性情古怪、難相處的人，但在明白他的原則後，感覺倒也不至於不好相處。站在我的立場，既然雇主要自己別做多餘的事，那我只要默默做好分內的家事即可。

「這樣的話，反而還輕鬆得不得了吧？」

我左思右想，走到玄關拎起方才擱置在那裡的行李，打開分配給自己的那間房間的門扉後……

「————！」

我發出無聲的驚嘆。

寬敞的房間、軟綿綿的床鋪、大大的衣櫃與窗戶，以及美觀的窗簾。讓幫傭使用這種水準的房間，未免太奢侈了。

「我能擺脫把私人物品直接放在地板上的生活了嗎……？」

直到前天都還在使用的那間閣樓套房，在放入同事和我的簡陋床鋪後，幾乎就不剩任何多餘的空間。不用說，當然也沒有衣櫃這種貼心的家具。我們只能用皮箱來保管自己的私人物品。

「這怎麼會是『沒有妳說的那麼好』的房間呢……老師……」

或許很現實，但看到這般寬敞的房間，總覺得雇主想必心胸寬闊。他或許是個超級大好人也說不定。

順帶一提，我之所以如此感動，並非是前一個職場提供的房間太過不堪的緣故。應該說之前的環境，反而才是一般幫傭會受到的待遇。

因此，這個家所提供的環境更讓我感到異常。對於以幫傭維生的人來說，能在這裡工作，真的是三生有幸。

（好～～～～！）

湧現滿滿幹勁的我，隨即準備做午餐。我走進廚房，打開裡頭的每一個櫥櫃，確認可用的烹飪用具和碗盤。

「啊，有各式各樣的烹飪用具呢。大釜鍋……應該用不到吧。畢竟我們只有兩個人。」

同時，我內心湧現「老師昨天也獨自在這裡收拾嗎」的疑問。擺放得整整齊齊、也洗得很乾淨的湯鍋和平底鍋。從收納方式來看，會讓人懷疑這些鍋子是否鮮少被拿出來使用；但因為上頭並沒有積累灰塵，它們應該有在日常生活中派上用場。

（之後就由我來使用你們嘍。）

我在內心說聲：「請多指教。」跟這些鍋碗瓢盆打招呼，然後關上櫥櫃。接著是確認可用食材。

「糧食儲藏室在……」

廚房地上設置了一扇通往地下糧食儲藏室的門。將它拉開之後，地底陰涼的空氣迎面而來。我踩著短短的爬梯往下，準備來征服這個糧食儲藏室。

圍繞在四周的櫃子上陳列著大量食材。懸吊在天花板上的網子，裡頭裝著看似馬鈴薯的東西。地上也擺滿了箱子，讓人感受到一股「不能有半點空間死角」的強烈意志。

「嗯哼～」

我以手抵著下頷，環顧這個小小的儲藏室。原來如此。

「應有盡有呢。」

心中湧現的滿滿敬佩，讓我不禁有幾分暈眩。靠在附近的櫃子上嘆了一口氣。

（是老師刻意將食材準備齊全，還是儲藏室平常就維持這種狀態呢？）

「不，可是……家中常備這款調味料的人，一定是某種程度的美食家……嗚哇，這款也是超級高級品呢！」

看著櫃子上並排的各種調味料，開始懷疑老師或許是個喜歡追求美味的人。部分瓶瓶罐罐的內容物，甚至是我從未見識過的，讓我有些慌張。因為這些調味料都是尚未開封的狀態，再加上種類又五花八門，感覺像是不分青紅皂白、先買回來再說的產物。

為了揮別不確定自己是否能確實運用這些調味料的憂慮，我將它們認定為老師為了新來的幫傭，姑且買來放著。

顫抖著確認食材時，我發現了某樣東西。

「我沒看過這種蔬菜呢……」

我靠近外觀呈鋸齒狀的小巧葉片聞了聞。它散發著一種帶有強烈刺激性的氣味。至於裝在一旁袋子裡的野草，我剛才好像在這附近看過。

（這是什麼？老師喜愛的雜草？某種蔬菜？糟糕，我應該先詢問老師平常都吃些什麼樣的菜色才對。）

現在後悔也於事無補。畢竟我今天剛來這裡報到，有一堆不懂的事也是理所當然。我至今經歷過兩個職場，但都不曾一開始就確實掌握雇主的喜好。

「好，開始下廚吧！」

決定先把不知該如何處理的食材擱置一旁的我，捧著馬鈴薯和一束西洋芹毅然起身。

放下叉子後，老師將雙手合十，對著被自己清空的盤子輕輕低頭致意。我像個緊盯著野生動物的大自然保育員那樣，躲在廚房深處細細觀察他。

中午過後，老師踩著階梯從二樓走下來。不確定他習慣在客廳或自己的房間用餐的我，看到老師來到一樓，不禁興奮地想著：「他出現了！」

待老師在餐桌前就定位，隨即俐落送上盛著熱湯和烤蔬菜的餐盤。我已經很習慣這樣的動作了。用餐的時候，老師應該不希望旁邊有人，所以我選擇躲進廚房裡。我佯裝在整理廚房，但其實一直默默看著老師的一舉一動。

在開動前，老師同樣先將雙手合十，然後輕輕點頭。這看起來有種儀式感的陌生動作，讓我也不自覺跟著模仿，同時湧現了新奇的感覺。

鬆開合十的雙手後，老師先拿起湯匙舀了一口熱湯。

（很好很好很好，先喝湯是嗎……！）

我將上半身往前傾，死盯著老師的動作。今天的湯品是口感溫潤的蔬菜湯，也是我相當擅長的菜色之一。初次挑戰便投出一記好球的我，靜靜等待老師的反應，心跳也自然而然加快。

（如何……！）

「……」

（他喝了——！）

我的腦內播報員如此高聲歡呼。雖然老師只是沉默著將熱湯送進口中，我卻因此格外感到開心。原本就沒有期待他做出「嗚哇啊真好喝！」這樣的反應。

我在老師看不到的位置做出雙手握拳的勝利姿勢後，他接著將手伸向叉子。我對握成拳頭的雙手再次使力。不用說，那道烤蔬菜也是我很有自信的一道料理。

（澆在烤蔬菜上頭的，可是前高級飯店廚師真傳的醬汁喔！）

「……」

一口。再一口。

（很好很好很好很好……）

看著老師不發一語地用餐模樣，我不停輕輕點頭。因為連自己都覺得這樣的舉動很可疑，我忍不住垂下頭，但仍無法收起臉上的笑意。

片刻後，淡淡用完餐點的老師，以方才那種帶有儀式感的動作，為午餐時間劃下句點。

「老師！」

看到老師隨即準備返回房間，我出聲喚住他。

「……怎麼？」

開口的時機似乎不太恰當。老師看似有些厭煩地回應，朝擱在桌上的碗盤一瞥，然後瞇起雙眼。

我一邊反省剛才沒能掌握老師起身的瞬間，一邊捧著托盤匆匆走出廚房。這是我喚住他的理由。

「請用。」

另外替老師泡了一壺不同於餐後茶的紅茶。看到我遞出盛著茶壺的托盤，老師收起前一刻散發出來的氣勢。

將托盤遞給老師，同時提醒：「這個有點重喲。」老師坦率接下托盤後，俯視個頭比他矮一截的我。

「……」

最後，他只是靜靜地點了一下頭，便捧著托盤走向二樓。

（那是「謝謝」的意思嗎？）

因為老師沒有開口，我只能擅自解讀他的反應。不過，幸好他看起來並沒有感到不悅。

「而且他也把餐點全都吃光了嘛。」

擱置在餐桌上的湯碗和餐盤，內容物全都被清得一乾二淨。

「雖然不知道合不合他的胃口就是了。」

我想起老師方才厭煩的眼神。

「詢問他對餐點的感想，一定就是所謂『多餘的事』吧……」

收拾碗盤的同時，我也做好了繼續觀察野生動物的覺悟。

午餐過後，我試著把鋪在玄關的地墊清理乾淨，晾在屋簷下方。其實，我已經仔細巡視過這個家的每個角落，但各處都很乾淨，沒有特別需要在今天清掃的地方。

既然已經走到外頭，我決定去庭院瞧瞧。和煦的陽光灑在眼前這片軟綿綿的草地上。

「好寬廣喔。這片庭院的範圍，是從哪裡到哪裡啊？」

我在草地上快步前進，打算繞這個家一圈。我從外頭想像家中的構造，確認對外的大門各自通往何處。

從客廳的巨大玻璃門看到的庭院，應該就是正面這片草原。客廳和老師房間，感覺是屋內採光最好的地方。我在外頭佇立片刻，想著老師會不會走到二樓對外的陽台上，但最後還是沒有半點動靜。

（不知道老師是在做什麼樣的研究？）

心中浮現了這個理所當然的疑問。不過，特意詢問他這件事，想必是觸犯大忌的行為。時間一到，或許就能自然而然明白了吧。

我搖搖頭，揮別腦中混亂的思緒。雖然覺得各方面都很不可思議，但我只要做好自己的工作即可。

屋子後方有一片自家菜園。原來如此。廚房可以直接通往這個地方啊。

「我可以碰這片菜園嗎……」

我很喜歡園藝。若能使用這片菜園，我會種菜種得很開心。比起工作，這更接近我個人的興趣。

「嗯哼～這裡的蔬果都被照料得很好呢。」

嘴上總是嫌家務很麻煩、想全數丟給他人處理，卻又把家裡的各個角落都打點得如此完美的老師，讓我敬佩之情油然而生。或許就是因為老師要求做到完美，才會覺得很麻煩也說不定。

既然雇主本身是如此高水準的人物，以相同標準來審視幫傭的表現，或許也不為過。

「我得努力才行。」

我蹲下來，對著明天應該就能採收的碩大番茄這麼下定決心。

——我來到這個家，至今已經過一星期。

早上準時在七點用早餐。之後便回去窩在自己的研究室或書房裡。正午過後才吃午餐。吃完後又會繼續窩在二樓。晚上六點半用晚餐。在我處理明天要用的食材與收拾時洗澡，之後直接返回二樓，所以不會再碰到面。就寢時間不確定。

老師一整天的行程表大概是這種感覺。目前還沒有出現讓行程變動的突發狀況。

因為想尊重老師不喜歡離開二樓的意願，我會在他走上二樓前把飲料端給他。盡可能抓準老師準備上樓的時間點喚住他，但有時也會來不及。不過，這只是我單方面想這麼做。雖然老師或許不在意有沒有飲料可以喝，我還是會匆匆忙忙替他準備。

大概從昨天開始吧，老師會觀察我準備飲料的狀況，在察覺我來不及在他上二樓前端出飲料後，竟然變得會坐在沙發上等我。看到這一幕，我感動得全身顫抖。

我也掌握了老師比起咖啡更喜歡紅茶。當然，並不是老師親口這麼說的。看到我舉起紅茶茶葉罐和咖啡豆罐，以眼神詢問「您想喝哪一種？」的時候，老師指向紅茶罐的次數比較多。所以，我只是根據這樣的統計推測出答案而已。

我跟老師只會像這樣進行生活所需最低限度的交流。我們之間不存在「閒聊」這種奢侈的行為。

（要說輕鬆的話，也真的超級輕鬆。）

在前一個職場時，雇主老愛纏著我不放，因此讓我感受到極大落差。不過，我現在不用再繃緊神經看夫人的臉色，擺出笑臉拍馬屁，或是任憑雇主仗著權勢做出令人不適的行為了。就這點而言，老師無疑是一位理想的雇主。

如果把嘗試跟野生動物（暫定）溝通視為這份工作的箇中滋味之一，老師其實還滿可愛的。

「哇塞……」

簡單扼要地向寇特斯先生報告上述的感想後，他露出看似吃驚又開心的表情。

有要事再次前往鎮上時，我造訪了商會一趟，打算向介紹如此優質職場給我的寇特斯先生道謝。

「太好了。哎呀，真的太好了。我想老師應該也很滿意璐希爾小姐的表現吧。」

「是這樣嗎？」

「如果是不適任的人，兩天就會放棄了呢。」

「兩天……」

不知道先受不了的是哪一方？女性幫傭做了「多餘的事」，而讓老師感到不悅的可能性很大，但也有可能是女性幫傭覺得無法和這樣的老師相處。

「老師瞪人的眼神有時的確挺嚇人……不過，他現在幾歲了呢？因為老師看起來很健康，卻頂著一頭白髮。」

「咦，妳說老師嗎？這個嘛……在我還是個孩子的時候，他的外表就已經是這樣了喔。」

「咦……」

看到我的反應，寇特斯先生哈哈笑著說道：

「聽說魔法師能夠活得比我們更久。」

「這樣啊？」

「不知道老師到底幾歲了呢。」

這個突如其來的新情報有如晴天霹靂，讓我整個人僵在原地。

（居然……也就是說，老師可能是一位比我想像中還要年長的老爺爺？）

「咦，怎麼辦？應該盡可能減少他行走時造成的負擔嗎……是說，老師這樣還住在二樓沒關係嗎？」

「啊哈哈哈哈哈！」

寇特斯先生放聲大笑起來。這是什麼反應啊，我可是很認真呢。要是老師在上下樓梯時跌倒，導致大腿骨折的話，可就不得了耶。

以帶著譴責意味的眼神怒瞪寇特斯先生後，笑得喘不過氣的他向我道歉。雖然他的態度讓我感受不到什麼歉意就是。

「不好意思。哎呀，我第一次聽到有人這麼說老師呢。」

「呃……」

「我想，沒有必要用我們判斷年齡的基準去對待他喔。」

因為無從確認真偽，我無法坦率接受。如果他所言屬實，等於老師已經維持那般樣貌二十年左右，卻又沒有我想像中那麼衰老。

「還是搞不懂。」

畢竟，我連魔法師究竟是什麼樣的存在都不清楚了。

「總之，被當成年長者看待的話，老師恐怕會不高興吧。」

「噢……」

老師確實給人這樣的感覺。

——魔法師能夠活很久。

走在回家路上，我不停反芻從寇特斯先生那裡得來的這個情報。

「魔法師啊……」

老實說，就連這樣的頭銜，我都有幾分懷疑。畢竟至今仍不曾看過老師施展類似魔法的能力。

鎮上的居民會這樣稱呼他，想必其來有自。然而，看在我眼中，現任雇主仍只是一位「眼神犀利的白髮大叔（差不多是老爺爺）」。

「……」

這天的晚餐時間，回過神來時，發現老師瞪著我看。

（糟糕。）

我盯著老師看的動作太明顯，讓他以眼神抗議這種不自在的感覺。我連忙移開視線。在一個細微的嘆息聲後，用餐的聲響再次傳來。

（咕嗚嗚……還不是因為寇特斯先生說了那種令人在意的話。）

恨恨地這麼想的同時，我無奈地中止今天的晚餐時間觀察計畫，開始準備讓老師拿上樓的飲料。

（其實對今天做的沙拉醬汁的味道不太有自信呢……）

因為試吃太多次，到最後已經無法判斷味道了。或許調味過鹹也說不定。

我沮喪地垂著雙肩拿出茶壺時，一聲「慢著」從餐桌的方向傳來。

「是！」

聽到老師突然開口，我嚇了一跳，回應的聲音也有些破音。

（醬汁果然太鹹了嗎。）

戰戰兢兢地望向餐桌的方向，看到食物被吃得半點不剩的餐盤。

（啊！吃完了！太好了，他吃完了！）

我在內心這麼歡呼。

不過，既然老師不是為了醬汁叫住我，那就是有其他理由。

「請問有什麼吩咐？」

得知原本擔心不已的醬汁調味沒有大問題，讓我相當開心。我按捺著這樣的欣喜，以正經八百的表情望向老師。很有可能是想指責我沒注意到的事情。

「飲料我自己準備。」

「……是。」

因為太過打擊，我手中的茶壺差點滑落地面。

「小豆蔻。」

「是。」

「小茴香。」

「是。」

「蜂蜜。」

「是。」

老師以骨感的手握著湯匙，將食材舀入玻璃杯中。聽著老師一一道出的食材名稱，我一邊出聲回應，一邊專注看著他手邊的動作。

用過晚餐後，老師走進廚房，從櫥櫃裡取出兩只玻璃杯。他的舉動讓我愣在原地。

原本以為他的意思是「我才不喝妳準備的飲料」，並因此沮喪得不得了，但情況好像不是我所想的那樣。

看到老師似乎打算準備兩杯飲料，我暗自期待其中一杯可能是給我的，但完全沒有勇氣開口詢問。如果不是這麼一回事的話，不知道老師會怎麼看待我這個人。

「氣泡水。」

「是。」

老師帶著一如往常的淡漠表情，將氣泡水注入杯中。氣泡滿溢的清涼聲響傳來。老師說：「攪拌一次就好。」以湯匙在杯中攪了一圈。

「……是。」

如果沒有會錯意的話，我想，老師現在應該是在教我調製這種飲料的方式。因為他開始得很突然，老實說，我其實沒能記住一開始小豆蔻的份量。這下怎麼辦呢。

雖然不知道老師有沒有猜到我此刻的想法，但聽到我的回應後，他只是輕輕點頭，便捧著其中一只玻璃杯準備離開廚房。

（等等等等等等等！）

這種情況下，叫住他應該沒關係吧。剩下這杯飲料該怎麼辦？我可以喝掉嗎？還是不行？希望老師至少能給點明確的指示。雖然我也覺得這杯飲料十之八九是留給我的，但擅自拿起來喝還是稍嫌不妥。

「老師！」

平常我和老師只會以最底限的話語溝通，老師幾乎不會主動向我搭話，我也幾乎不會呼喚他。也因此，他帶著驚訝的表情轉過頭來。

（！？！？）

看到我舉起玻璃杯詢問：「請問這杯是……」老師柔和地瞇起那雙紫色眸子。

「請用。」

「唔！」

雖然只維持了一瞬間，眼前光景的破壞力仍徹底讓我動搖起來。

來到這個家之後，這是我初次目睹老師展露笑容（應該是笑容）。原本總給人嚴肅印象的魚尾紋，看起來竟然會變得如此溫和。

「嚇我一跳……」

之後，老師便若無其事地走上二樓。我茫然站在客廳裡目送他離開。

玻璃杯中的綿密氣泡不斷往上升。

「嗚哇……真好喝。」

託老師的福，我第一次品嚐到這種滋味的氣泡香料飲。

「嗯嗯……原來是這樣的味道啊。」

喝了老師那晚調製的飲料後，深受啟發的我迅速來到糧食儲藏室，確認先前被自己當成擺飾的幾種香料的滋味。這裡實在有太多「初次見面」的食材，我原本為了不知該如何運用它們而傷透腦筋，但現在終於有動力來面對了。是那杯飲料，讓我發現了為餐點加入變化的可能性。

老師對香草和香料的喜愛，我多少有察覺到。眼前這片調味料大軍，全都是來自老師個人的興趣。一開始，因為沒有把握能好好運用這些調味料，我以「這是老師為了新上任的幫傭隨意準備的東西」來逃避現實。不過，這樣的推測果然還是太牽強了。

我拿起一只全新的調味料小瓶子輕輕搖晃。或許是顧慮到新來的幫傭，這些調味料才會維持尚未開封的狀態。

「畢竟都是很冷門的調味料，應該不太可能在同一時間全數用完。」

試著推理老師的行動模式，同時拆開小瓶子的外包裝。一股神祕的氣味撲鼻而來。我以小指沾取少量調味料試味道，再默默將它放回架上。

持續一陣子之後，我稍微明白這些調味料有著什麼樣的滋味了。至於原本被我視為謎樣雜草的植物，似乎是香草的一種，而且這個家的庭院裡也有種。

我下定決心。這個糧食儲藏庫，代表著老師的飲食喜好。既然如此，努力滿足這樣的喜好，便是這個家幫傭的工作。

「嗚啊啊啊！」

自信滿滿地鼓起幹勁後，我隨即在下一刻發出哀嚎聲。看到一瓶標籤文字無法判讀的陌生調味料，我照例拿起來試吃，結果滋味卻完全出乎意料。那強烈的風味，讓我的眼角滲出淚水。

（好腥！這是什麼啊！油？什麼的油？）

儘管有種前途多災多難的感覺，但像這樣追求嶄新可能性，是很有趣的一件事。我舉起香料瓶朝鍋子輕晃幾下，覺得自己彷彿在調製某種藥劑。

「呵呵，好像連我也變成魔法師了。」

到頭來，我還是完全不了解魔法師是什麼樣的存在。但能夠調製出那種美味飲料的老師，就是魔法師沒錯。

想到自己或許也在做跟老師相同的事，在鍋裡攪拌食材就變得格外有趣。

「咳咳！好……辣！」

不過，想成為魔法師，或許還得修行個好一陣子。

在我迷上……不對，是開始研究加入各種香料的餐點後，又過了幾天的某一晚。

「睡不著……」

大概能猜到原因。睡前，抱持實驗精神的我，調製了同時加入數種香料的飲料。它有著我不曾品嚐過的刺激性風味。或許是其中混入了有提神作用的香料吧。

（傷腦筋啊。我明天得早起替菜園澆水才行呢。）

在床上翻來覆去，卻還是沒有半點睡意。

「我放棄！」

走到廚房，一口氣灌下一整杯水，希望能藉此中和提神效果。

「呼——」

發出被人聽到會很羞恥的舒暢呼氣聲後，我放下杯子。

這個家跟白天給人的印象不同，月光從客廳窗簾之間的縫隙照入這個靜謐空間。反正也睡不著，索性看看外頭的庭院吧。這棟房舍位於森林深處，所以說不定能看到什麼夜行性動物。

我拉開掩上的窗簾，隔著玻璃門望向外頭的庭院，然後屏息。

不知道灑落於庭院裡的月光竟如此明亮。沐浴在月光下的花草樹木，在黑暗中反射出淡淡光芒。只在夜晚綻放的花卉，大方呈現出不曾在白天展露過的姿態。出現在我眼前的，是一片散發出神祕氣息的動人景致。

大受感動的我，湧現想踏進庭院裡的強烈衝動。

打開客廳的玻璃門後，帶點熱度以及各種植物氣味的外部空氣流竄至房子裡頭。

（真是太浪費了。因為我總是早早就寢呢。）

悄悄越過玻璃門來到室外，往庭院走了幾步。這股有別於白天的氣味，讓我有種彌足珍貴的感覺，忍不住奢侈地站在庭院裡深呼吸。

在靜謐得足以讓鼓膜發疼的這片夜色中，突然有一陣拉開拉門的聲響傳來。原本沉浸在自己的世界之中的我，差點嚇得驚叫出聲。

（老師……？）

如果不是我的話，就只有老師了。我望向二樓那個朝外側突出的陽台。老師也睡不著嗎？還是他平常其實都很晚睡？

看不見老師的身影，反而更讓我在意他是不是怎麼了。我像個小偷那樣躡手躡腳移動，走到能勉強看見老師房間外頭陽台的位置。

老師佇立在陽台上，靜靜眺望著外頭景色。他的一頭白髮在月光照耀下泛著光芒。

或許是因為此情此景和平常的生活迥異，老師的身影看起來格外特別，讓我的內心一陣騷動。

佇立在夜色中的老師，看起來像是一隻貓頭鷹。

看來我今晚是睡不著了。

〔第二章〕魔法師

「老爺，我終於找到她了。」

「太慢了！所以，她現在人在哪裡？」

「她之前似乎買了前往科特杜的車票。」

聽到科特杜這個城鎮名，尼傑爾不禁仰頭吶喊：「竟然跑去那種鄉下！」跟夫人連續吵了好幾天架之後，他忍無可忍地提出離婚要求，夫人才因此安分下來。

不過，尼傑爾並非只是在嚇唬夫人，而是真心打算和她離婚。至今，夫人仍不知道這件事。

「去把她帶回來！我也得在她回來之前做好各種準備。」

畢恭畢敬地回應尼傑爾後，管家雷文走出房間，厭煩地嘆了一口氣。

「抱歉了，璐希爾。」

他的這句輕喃，隨即被家中侍者們忙碌的腳步聲淹沒，沒有傳進任何人耳中。

『待洗衣物請放這裡。』

隔週某個早晨，貼著這張紙的籃子裡出現一個白色物體。老師的衣物幾乎清一色是黑色，所以這不是衣服。

「啊，是床罩呀。」

早餐時間結束後，我隨即將床罩清洗乾淨。這幾天天氣都很溫暖，應該馬上能曬乾。將待洗衣物放進固定的籃子裡，是這個家的做法……不對，應該說是我想出來的做法。

想到這個點子後，我在籃子外頭貼上紙條，結果隔天老師真的照做了。看到他把枕套放進籃子裡，我忍不住笑了出來。

老師願意配合我的做法，讓我感到很開心。不過，我有點在意他必須自行把待洗衣物放入籃子裡一事。

站在我的立場，如果老師允許的話，我很希望能幫他打掃房間、更換床罩、開窗讓空氣流通等等，但既然老師排斥這麼做，那也沒辦法。

老師的個人空間（二樓），是我不得進入的空間——這是這個家的不成文規定。

剛來到這個家時，有一次，我拿著打掃用具準備走上二樓。結果，不知為何察覺到我的意圖的老師現身，將手伸向前方阻止我前進，同時表示：「不需要。」

（劃分界線有難度呢。）

將老師視為一名性情古怪的人物來對待，或許是最恰當的做法。不過，看到我貼在籃子上的指示，他還是會配合地把床罩放進洗衣籃裡，所以應該不至於是個性格彆扭到極點的人。

「老師的這種地方，感覺有點可愛呢。」

看著放在籃子裡的床罩，覺得似乎慢慢開始了解老師為人，我的嘴角不禁開心地上揚。

某天。打掃完家裡、曬好洗乾淨的衣物、也照料完庭院裡的植物後，我採了一些野花，打算將它們放進家中的花瓶裡。然而，走進客廳時，一個不同於以往的光景映入眼簾——

「……！」

平時總是空無一人的客廳裡，現在出現了老師躺在沙發上的身影。

（咦！咦？這是什麼狀況？）

雇主想在哪裡做些什麼，基本上都跟我無關。然而，總是過著規律生活的老師，現在卻反常地躺在客廳沙發上，讓我不由得真心感到慌張。真要說的話，他白天不可能出現在一樓。

我悄悄地橫向移動，在一段距離外觀察他的情況。

老師閉著雙眼，手臂也無力地從沙發上垂下。我瞬間臉色青白。

『老爺！』

一個聲音開始在腦中迴響。無法阻止過去記憶浮現的我，只能任憑它在腦中播放。那是我在第一個服務的宅邸發生的事。

『不好了！老爺他……！』

我的嗓音尖銳到連自己都覺得吃驚。原本捧在手裡的茶壺，也掉到地上摔個粉碎。

某個歲月靜好的日子，在柔和陽光灑落的房間裡，老爺獨自靜靜地倒在地上。

『快來人呀！』

高聲尖叫的我、痛苦趴倒在地的老爺。這一切看起來彷彿是兩名三腳貓演員的表演。那是個安穩平靜到就連我的慌張都顯得滑稽的一天——沒錯，就像今天這樣。

拋開腦中那令人不安的光景，我匆匆朝沙發走近。

「老師……！」

聽到我的呼喚聲，老師微微睜開眼，接著看似相當不悅地板起面孔。

「……妳這隻手是在做什麼？」

「呃……呃，我是……」

為了確認老師還有沒有呼吸，我將手湊近他的嘴巴，結果被老師一臉厭煩地避開。

緩緩從沙發上坐起後，老師對我投以犀利的視線。

「妳以為我死了嗎？」

老師低沉的嗓音讓我心頭一驚。因為太尷尬，我移開眼神。正如老師所言。畢竟我剛才都試圖確認他的呼吸了。

他無視癱坐在地的我從沙發上起身。或許覺得我做了愚蠢至極的行為吧。我緩緩轉過頭，發現原本朝階梯走去的老師蹲了下來，似乎在撿拾什麼。

「啊……」

老師撿起來的，是我剛才不自覺鬆開手而掉落一地的野花。我伸出雙手接下他沉默地遞過來的花束。

「在妳看來，我或許是個年邁的老頭子吧。」

「……」

以淡淡語氣這麼說之後，老師便一如往常那樣步上階梯。

而我，則是杵在原地無法動彈。老師剛才那句發言，讓我的胸口隱隱作痛。

（我竟然以為老師死了……真的是非常失禮的反應。）

我茫然注視著已經不見老師身影的階梯深處。不知道就這樣過了多久。

回過神來的時候，我發現自己仍癱坐在客廳地上。我望向自己的掌心，剛剛摘回來的野花，現在已經有些枯萎了。

這天，在晚餐時間走下樓的老師，看起來跟平常沒什麼兩樣。我隨即以「先前真是非常抱歉」向他鞠躬賠罪，但老師只是回一句「沒事」結束這段對話。看到他臉上沒了從沙發上醒來時的厭煩神色，我內心暗自鬆了一口氣。

但另一方面，老師這種不會計較的性格，讓我覺得開心、同時卻又有些內疚。我懷抱著這樣的複雜心情迎向隔天早晨。

「我為上上個家庭服務時，曾親眼目睹年邁的老爺暈倒在地。」

「這樣的話，確實會擔心呢。」

因為很想讓人聽聽自己的辯解，我像是逃跑般來到商會。寇特斯先生相當認真地傾聽我的說詞。

「後來那位年邁的老爺還好嗎？」

聽到寇特斯先生這麼問，我搖搖頭，他的表情也跟著僵住。

「老爺過世後，夫人說要搬去跟女兒一起住，就把我解僱了。啊，不好意思，跟你聊這些私人的陳年往事。」

「不，請不用在意。」

在這個鎮上，我能聊這種話題的對象，就只有寇特斯先生跟迪歐先生了。我決定接受寇特斯先生的好意，在商會再多待一下。

「我現在明白妳擔心老師的理由了喔。」

「你能明白嗎？要是大腿骨折，真的會很辛苦呢。」

寇特斯先生像是不知道該如何回應而露出苦笑。
「不過，老師畢竟是魔法師嘛。」
「你的意思是，他不如我想像的那般年邁？」
我這麼詢問後，寇特斯先生以困擾的表情做出像是點頭、又像是歪過頭的動作，沒有明確回答我。
「可是，我從來不曾看過他施展魔法呢。」
「噢，其實我也沒看過。」
「咦！」
什麼？寇特斯先生竟然也沒看過老師施展魔法？因為過度驚訝，我甚至感到有些無言。
「那麼，你為什麼能斷言老師是魔法師呀？」
「聽說他很～久以前施展過魔法。」
「咦咦～」
聽著我們在不知不覺中發展成一般閒聊的對話，在窗戶旁縮成一團休息的貓咪看似無趣地打了一個大大的呵欠。
雖然聊到最後完全離題，但說出自己內心的感受，讓我覺得舒暢不少。帶著輕快的心情回到家時，我發現客廳的玻璃門開著。出門時，我有再三確認門是關著的，所以應該是老師打開的吧。
「我回來了。」
輕聲這麼報備後，我從玄關踏進客廳裡，發現老師一如所想地睡在客廳沙發上。從敞開的玻璃門吹進來的微風相當宜人。

我悄悄探頭觀察老師的狀況，結果險些噗嗤笑出聲。

『睡眠中。』

沙發旁的長桌上，擱著一張這樣的字條，上頭還用裡頭封著押花的玻璃紙鎮壓住。

（老師真是的……）

雖然不知道老師是睡著還是醒著，但他看起來很享受這樣的放鬆時刻。我躡手躡腳地走回自己房間。想到老師這般俏皮的行為，我的嘴角不禁上揚。

隔天以及隔天的隔天，老師白天也都躺在客廳沙發小睡一小時左右。同時，桌上也都會擱著一張寫著「睡眠中」的字條。

老師其實很在意我先前確認他是否還活著一事吧——一開始還這麼想，但應該是我多心了。老師只是不想被打擾而已。大概。

在老師小睡的這段期間，我選擇去照料屋子後方的菜園。

「吹進屋裡的風很舒服，所以老師才喜歡在客廳沙發上休息吧。」

原本以為只是姑且擺在客廳裡的那張沙發，原來是老師小憩的地方。又多了解老師一點，讓我很開心。

要整天窩在研究室裡或是像那樣在沙發上稍做休息，都是老師的自由。

（很好很好。）

能看到這個家的主人放鬆的模樣，我也覺得安心。畢竟，讓他過著自在又舒適的生活，正是我的職責所在。

「請您好好休息～」

輕聲道出不打算傳達給對方的這句話後，我便鑽進菜園茂盛的作物之間。

一會兒之後，再為老師送上醒腦用的茶水吧。

『單月份。』

早上起床後，我發現桌上擱著一個信封，於是迷迷糊糊地拆開它。

「是薪水。」

下個瞬間，我隨即清醒過來。對喔，我已經來這裡一個月了。感覺好像已經過了很久、又好像只是轉眼間的事。現實的我，將自己的酬勞捧在掌心，深深感受著時光的流逝。

「是薪水……！」

有個地方，是我打算在拿到薪水後一定要去的。我將信封揣在懷裡，以極為舒暢的心情迎接閃閃發光的朝陽。

我完全不打算掩飾自己的好心情，從一大早就活力十足地忙進忙出。儘管老師對這樣的我投以狐疑的眼光，但今天的我一點都不在意。在老師用完午餐後，我留下一張「我出門一下」的字條，便意氣風發地走出家門。

因為興奮過頭，我壓根沒察覺到老師其實站在陽台看著我走進森林裡。

鐵板發出的滋滋聲，宛如聖歌那般崇高神聖。在灼熱鐵塊上彈跳的油。紅肉和白肉共同譜出的完美協調。沒錯，這就是——

而且還是有些高級的肉。

「肉……！」

開始工作後，我體會到了這樣的喜悅。年幼時期，我總是得跟眾多兄姊爭奪食物。在家中排行倒數第二的我，總是搶不贏年長的哥哥們，只能眼巴巴看著他們大啖看起來美味無比的肉類。

「我……我要開動了～！」

丟下老師獨自來享用如此高級的肉，雖然讓我有幾分愧疚，但我實在沒有勇氣開口對他說「我們一起去外頭吃飯吧」，而且我也不覺得老師會赴約。

打從第一次外出採買時，我就鎖定這間店了。那時，我透過玻璃窗窺探店內，剛好看到一位體型圓潤的紳士在享用切得厚厚的牛排。

（就……就是它了～！）

現在，那塊牛排便躺在我的面前。

我一刀切開點餐時要求煎成三分熟的牛排，發現內部的熟度也掌控得十分恰到好處。我不禁在內心獻上熱烈掌聲。

（老師，不好意思！我要吃了！）

我將牛排切成一口大小，再把滴著肉汁的它送進嘴裡。牛排柔嫩的口感，讓我瞬間綻放笑容。啊啊，好幸福！我就是為了它而努力工作的！

「真好吃……！」

品嚐完肉類後，接下來就是蒜香奶油炒飯了。要問我喜歡麵包還是米飯，我絕對是米飯派。每間餐廳烹調飯類的方式不同，所以多少會有踩雷的風險，但在這間餐廳選擇飯類是正確的。太感謝了。

我心懷感激地咀嚼每一口食物，將自己心心念念的牛排套餐吃個精光。

（呼……下個月再見吧……）

雖說我的薪水還負擔得起，但也不到能動不動來享用這種高級料理的程度。

將雙手合十後，我告別了眼前被清空的鐵板和盤子。這個動作是我跟老師學來的。第一次看到的時候，我湧現了「感覺很不錯呢」的想法，於是便試著模仿。雖然不知道這個動作真正的意涵，但這麼做之後，感覺日常生活中的每一餐都變得有幾分特別，因此我決定讓它成為習慣。

「謝謝光臨。」

我步出牛排館。落在建築物屋頂上的陽光看起來燦爛無比。充分獲得滿足的胃袋和內心，讓這樣的光景變得更加美好，我的幸福指數也跟著直竄天際。

雖然不是因為這樣，但——

「啊～找到了。璐希爾？」

聽到呼喚我名字的這個嗓音，內心瞬間湧現的絕望感，讓我的情緒出現大幅落差。一時說不出半句話的我，只能愣愣地凝視突然出現在眼前的前同事。

我有種好事跟壞事同時發生的感覺。方才出門時的高漲情緒，在此刻完全跌落深谷。

走在森林小徑上，鬱悶地回想剛才跟雷文的對話。

「雷……雷文。」

「一陣子不見了呢。妳現在有空嗎？我有話想跟妳說。」

我和雷文隨便找了間咖啡店，選在角落的座位坐下。雷文望著窗外，喃喃說了一句：「這座小鎮感覺很安靜，真不錯。」他不是有話要跟我說嗎？

看著送上來的咖啡，我完全沒有喝的慾望，雖然百般不願意，還是決定主動開口問：「你要跟我說什麼？」

面對我明顯警戒的態度，雷文露出苦笑。

「會特地找上大老遠逃到這裡來的妳，我要傳達的恐怕只有壞消息而已。」

「我想也是。」

「尼傑爾老爺執意要把妳帶回去。」

我「噫！」一聲屏息，緊緊抓住身後的椅背。這是出自本能的反應。

「絕對不可能。」

「我想也是。」

雷文疲憊地嘆了一口氣，將自己的背整個靠在椅背上。雖然本人絕不會說出口，但他想必又被迫扛下吃力不討好的任務了吧。

「為什麼突然又……」

「他是認真的。」

「什麼認真？」

「對妳認真。」

我發出無聲的尖叫，雞皮疙瘩也跟著竄滿全身。

「你你你你看看我身上的雞皮疙瘩。」

「看到了。我知道了，抱歉。」

其實雷文沒有必要為了老爺一時的意亂情迷道歉。不過，突然出現在我的面前，還說這些恐怖的話，實在是……

「我現在已經被其他人家僱用了。」

「啊～這樣嗎？」

「這樣也好呢。」雷文以手托腮說道。

「老爺吩咐我把妳抓回去呢。」

我沉默地搖頭如波浪鼓。別開玩笑了。就算我願意退十萬步回去那個家，將來等著我的，絕對只會是更嚴苛的地獄。

「我知道、我知道。大家都明白妳很受不了老爺。而且最後那個場面實在讓人同情，所以都不好意思調侃妳了呢。」

「你明明看熱鬧看得很高興。」

「因為那個家裡沒其他更有趣的事情啦。」

這點我也能同意，但身為被當成笑話看的當事人，我可一點都不覺得好笑。

「總之，沒關係啦，我這次就先回去了。因為妳已經找到其他工作了嘛。這也是無可奈何、無可奈何。」

說著，雷文從座位上起身。他看起來有點開心，氣色感覺比剛才叫住我時要好上許多。

「不過，我會跟老爺報告有找到妳。畢竟我還有自己的生活要顧。」

雷文將兩道眉毛彎成八字狀，又補上一句：「抱歉喔。」我懷著不太能接受的心情勉強朝他點點頭。這是他的工作。身為受僱者，這種事在某種程度上確實無可奈何。

「對了，為了找到妳，老爺還僱用了偵探，甚至四處打聽妳的下落。很噁吧？抱歉。」

最後，拋下一句我實在不想知道的情報後，雷文便朝著車站邁開步伐。

雷文說他這次先回去。既然是這次，難不成還有下一次？有可能嗎？

（嗚哇啊，怎麼辦啊……）

讓我遭到解僱的那件事，原來並未就此落幕，甚至還發展得比我想像得更為嚴重。吃了夫人的一記耳光之後，狐狸精被趕出那個家，結束──我好希望整件事就像常見的三流小說那樣劃下句點。完全不需要上演第二幕。

至於尼傑爾的意亂情迷，已經令人作嘔到天理不容，到了讓我想哀嚎「饒了我吧」的程度。

「還是跟老師商量……」

不。我隨即否定自己剛道出的這個選項。老師絕不會甘願捲入這種麻煩之中。而且，無論是什麼樣的麻煩，在他眼裡想必都是「多餘的事情」。

真要說的話，我並沒有提過自己來到這個城鎮的理由。仔細想想，連對鎮上的任何人都沒說過。

既然老師沒問，應該也沒有必要特地告訴他。

『我被前任雇主看上，然後被他的夫人掃地出門。』

（我……我不要！這種有損名譽的事情，我才不想說！感覺老師會一臉平靜地對我澈底失望！）

我鐵了心絕口不提這件事。老師不會做多餘的事。沒錯，對他來說，除了研究以外的事，其他都是多餘的。我得瞞著他想辦法解決這個問題才行。

在一個深呼吸之後，我將手伸向住家大門。

「來了～咦，老師！真是罕見呢！午安。」

看到突然在商會現身的菲力斯，寇特斯帶著滿面笑容迎接他。

「朱諾近來可好？」

聽到菲力斯關心祖父的近況，寇特斯先是向他表達謝意，接著回應：「他的精神簡直好過頭了。」

菲力斯聽聞輕輕點頭。

「您今天一個人過來嗎？」

寇特斯探頭望向菲力斯身後這麼問，但是那裡沒有半個人。

「璐希爾小姐偶爾會來這裡呢。」

「我知道。」

「您知道？」寇特斯有些驚訝，因為璐希爾說過並沒有告知老師自己要來商會。

「她沒跟你說什麼嗎？」

「呃，不好意思，您是指……？」

面對說話依舊惜字如金的「老師」，寇特斯露出困惑的笑容。

「前幾天，有外地人造訪這裡吧？」

「咦，這樣啊？」

「……」

寇特斯的態度不像在說謊。這看起來的確是不知情的人會做出的反應。菲力斯輕輕吐出一口氣，接著望向窗邊。原本在窗外縮成一團的貓咪，慢慢晃動尾巴，再伸了一個懶腰後，一轉眼便輕快地消失無蹤。

「老師？請問是怎麼一回事？」

「……她不太對勁。」

「您是說璐希爾小姐嗎？」

菲力斯點頭。

「璐希爾小姐本人什麼都沒說？」

魔法師再次點頭。

寇特斯擺出嚴肅的表情回應：「這確實令人擔心呢。」

「倒不至於。」

「咦？」

「這不是令人擔心之事。」

寇特斯這下子糊塗了。倘若這不是在擔心，那又是什麼？但他並沒有開口指出這一點的勇氣。

「真要說的話，優秀的幫傭辭職，我會很困擾。」

「啊……哦哦～原來如此。」

只能配合對方的說法了。寇特斯如此判斷。

「璐希爾小姐很優秀？是她做的飯很好吃之類的嗎？」

「……她不會做多餘的事。」

「……」

該怎麼回應才好呢——各種思緒開始在寇特斯腦內打轉著。他深刻體會到與自己的感性是如此迥異。

「如果她辭職，我會很困擾。」

再次這麼表示後，菲力斯轉身準備離開。判斷自己無法獲得所需情報的當下，造訪此處的目的便不復存在。

「要是我有什麼消息，會馬上告訴您！」

聽到身後的寇特斯這麼喊道，菲力斯微微轉頭朝他點頭。

鳥兒振翅的聲響從城鎮上方傳來。

「最近鎮上的鳥是不是特別多啊？」

「這麼一說好像也是？」

烏鴉、鴿子和其他鳥類們，在科特杜鎮上的天空來來去去地飛翔。

「璐希爾人呢！」

雇主以激烈語氣怒斥獨自返回宅邸的管家。雷文一邊在內心咒罵，一邊說明事情的來龍去脈。

「你說她已經被其他人家僱用？」

尼傑爾激動得雙眼充血。雷文不禁在心中呢喃了聲：「嗚哇啊……」

「讓她待在那種鳥不生蛋的鄉下太浪費了！真是愚蠢！可憐的璐希爾！」

尼傑爾氣急敗壞地在房裡來回踱步。下一刻，發現雷文仍待在房裡，他怒罵：「給我滾出去！你這無能的傢伙！」

雷文依照命令離開房間後，忍不住重重咂嘴。反正裡頭的人也聽不到。

「既然事情演變成這樣，我只能親自去接她回來了。區區一個管家還是不行啊……不過，離婚調解還沒……啊啊，等著我吧，璐希爾……」

尼傑爾持續在房裡自言自語著。過去，每當自己稍有不適的時候，璐希爾總會為他準備提神草藥酒或是熱飲。因為懷念她無微不至的貼心，前雇主此刻變得更加暴躁。

「喔，璐希爾！妳最近過得好嗎？」

「迪歐先生。」

在鎮上的書店裡物色書籍時，我巧遇了久違的熟人。擔任旅館老闆的迪歐先生，今天也穿著一件鄉村風十足的格子襯衫。

「托你的福，現在這個職場真的十分理想。我絕對不想放棄。」

「妳……妳好像很拚命啊？」

聽到我認真地如此說道，迪歐先生反而有些擔心地問：「發生什麼事了嗎？」

「我想找一本適合自己的書，卻遲遲找不到。這可是攸關我今後的人生呢……」

或許是感受到我內心的焦急，迪歐先生探過頭來望向書架，詢問我要找的書籍類別。

「教導人如何擊退纏人跟蹤狂的書籍。」

「唔！」

「噓！」

看到迪歐先生張開嘴打算說些什麼，我連忙暗示他：「安靜！」我可不想高聲談論這件事。

「是哪個傢伙啊？快去跟鎮上的巡邏隊說！」

迪歐先生壓低音量追問。我們悄悄移動到書店深處的書架附近。

「對方住在很遠的地方，但有可能會再次追來。」

「是妳的前男友嗎？」

面對迪歐先生一本正經地提問，我同樣一本正經地回應：「這種幻想中的生物並不存在。」結果他表情僵硬地向我賠罪：「是嗎，抱歉。」

「希望能靠自己的力量來擊退對方，所以才想來找找有沒有這方面的書籍可以參考。」

「妳有跟老師說嗎？」

「我怎麼可能跟他說呢！要是把這種麻煩的問題帶進那個家，我一定馬上會被解僱！」

「抱歉。」

迪歐先生跟我持相同看法似的嘴上叨唸著：「該怎麼辦才好呢？」然後陪我一起想辦法。他還是老樣子的善良呢。我都想哭了。

遲遲不願意放棄的我，繼續瀏覽眼前的書架。結果迪歐先生突然「啊！」地大喊了一聲。

「有個不錯的人。」

迪歐先生對雙眼閃閃發光的我點頭。

隨後，迪歐先生一臉得意地領著我至一間還沒到營業時間的酒吧。儘管外頭掛著一塊「休息中」的看板，迪歐先生仍毫不在意地打開門入內。

「先生，我們還沒開始營業……怎麼，是你啊，迪歐。」

「太好了，莉莉安。可以跟妳商量一件事嗎？」

被迪歐先生喚作莉莉安的是一名有著濃密黑髮的妖豔女子。白皙肌膚加上眼角的淚痣，讓她看起來相當性感。

發現我的存在後，莉莉安小姐有些愣住。

「沒看過這個女孩子呢。她是誰呀？」

「她最近才剛搬來鎮上，目前在老師家擔任幫傭。」

聽到迪歐先生的介紹，莉莉安小姐隨即瞪大眼睛。宛如藍寶石的一雙眸子注視著我。

「我叫做璐希爾．奧尼巴斯。請多多指教。」

我朝莉莉安小姐點頭致意後，她發出「咦咦～」的驚呼，擔心地皺起眉頭。

「沒問題嗎？妳看起來這麼溫柔，真的有辦法當那裡的幫傭？」

「啊，是的，目前還可以。」

我將手握成拳頭，表達自己還能應付。從莉莉安小姐的反應看來，過去或許發生了什麼事吧。

「那位老師確實很厲害啦，但跟那個是兩回事呢。如果覺得工作太辛苦，辭職也沒關係喲。」

面對表情極其認真的莉莉安小姐，我回以苦笑。她用了像是耳聞後就什麼都知道的語氣。

「對他的飲食喜好給予出自善意的建言，或是擔心他熬夜傷身，都是沒有意義的喔！」

意思就是，過去曾有人做過這些行為嗎？是我的職場前輩吧。身為現任幫傭，我一邊想像自己重蹈覆轍可能會招致的結果，一邊小小聲以「是」回應莉莉安小姐。

「莉莉安。要商量的是其他件事。」

在一旁聆聽的迪歐先生，發現我們的對話愈來愈離題，忍不住這麼插嘴。

「噢，這樣呀？妳想找初次見面的我商量什麼事呢？」

「妳不是常常被酒吧的客人糾纏嗎？能不能教教璐希爾怎麼對付這種人？」

莉莉安小姐再次瞪大雙眼。她緩緩移到我身上的目光透出比方才更為憐憫的神色。

「對方是誰？赫爾曼？梅索？傑爾涅？」

「不是，這幾個是糾纏妳的人吧。」

「好呀。明明女孩子已經很排斥了，還執意糾纏。面對這種垃圾窩囊廢，只能讓他們澈底死心喔。」

莉莉安小姐又補上一句：「而且要不擇手段。」連眼睛都不眨一下。她過去或許也為這種事吃了不少苦頭吧。

就這樣，我聽著莉莉安小姐的辛酸經驗，順利學習到在緊急時刻擊退跟蹤狂的方法。不過，在一旁聽著的迪歐先生不時附和：「原來如此～」語氣還帶著幾分敬佩，實在讓我挺在意就是。

難得有機會聽到這樣的經驗分享，為了避免自己忘記，我抄了幾項重點內容。借來做筆記的紙張，是店裡庫存的便條紙，上頭還印著「Lillie」這個店名。

「下次來店裡捧場吧！」

離開待了好一段時間的酒吧後，莉莉安小姐「啾」地送上一記飛吻並朝我揮手道別。如果要問我個人的感想，我覺得莉莉安小姐實在太可愛，連我幾乎都要迷上她。

「是因為莉莉安小姐都會這樣送走客人，大家才會為她痴迷吧？」

「……」

迪歐先生沒有說話。

在那之後，又過了幾個星期。儘管提心吊膽，但在這段期間，不速之客一直未曾現身。我不確定對方什麼時候會出現，甚至連他會不會出現都不清楚。

之前做的筆記，我隨時都放在身上的某個口袋裡。雖然已經做好萬全準備，但內心的不安還是讓我無時無刻繃緊神經，也因此開始感到非常疲憊。

（糟糕糟糕，老師在等、他在等了。）

洗完澡的老師返回客廳，朝廚房瞄了一眼後，便在客廳沙發上坐下。他現在完全是在等我的飲料。我連忙把他在入浴前指示的飲料放在托盤上。

「讓你久等了。」

老師沉默地接過我手上的托盤，點點頭後踩著階梯往上。他光腳踩在地板上的腳步聲傳來。老師是習慣在屋內光腳走動的人。

他今天依舊過著極其規律的生活。我望向時鐘，現在剛好是晚上八點。時間安排地一絲不苟。

（每天都這麼規律，實在很了不起。）

不知道應不應該說：「真不愧是老師。」看著這樣平靜過日子的他，我感到佩服。老師總是很穩重，從不曾驚慌失措，只是悠然地走在被自己一步步踏平的路上。

（想向他看齊呢……）

我不自覺嘆了一口氣。絕對要守住現在的生活——此刻，內心不安和憂慮的情緒，全都靠這個意志支撐著。這裡的聘僱條件再理想不過，況且，我也是第一次覺得工作這麼有趣。

要說哪裡有趣的話，我覺得一切都非常有趣。過去，每當到新的職場時，總會有前輩指點我家裡的事、雇主的事，之後才上工。但這次完全沒有這個步驟。

從下廚、洗衣、打掃到採買，都是依據自己的判斷進行，沒有仰賴任何人的指示。雖然也有不知該如何處理的狀況，但諸如在洗衣籃外貼上字條這種小嘗試，也會讓我高興得不得了。一肩扛起家中所有大小事，這樣的責任雖然沉重，卻也令人自豪。壓力和成就感，同時在後方推著我往前。

為了讓老師能過著更舒適自由的生活，該怎麼做才好呢？追求這個目標的每一天都讓我感到很開心。

正因如此，才想趕快解決那個折騰我內心的問題。然而，這種無計可施的現況實在令人焦慮，還會對精神狀態帶來負面影響。是因為對方有狀況所以遲遲沒能採取行動，還是這件事已經不會再有後續？我連這一點都無法確定，所以才覺得傷腦筋。總不能寫信給在那棟宅邸裡的雷文，詢問他「現在情況如何？」吧。

「咕……為什麼我得為了這種事情煩惱到胃痛啊……」

一件事懸在心上的感覺，真的很讓人心浮氣躁。

「泡澡吧！」

這種時候，就只能泡澡了。我回到房裡，捧著泡澡用品走向浴室。因為老師剛洗完澡，浴室裡頭還殘留著蒸氣。雖然不知道他洗完後有沒有把洗澡水放掉，但我是喜歡泡在熱水裡好好放鬆的人。仗著老師「浴室可以隨意使用」這句話，總會在浴缸裡放滿熱水。

「傭人能夠泡澡，真的是很值得感恩。這裡果然是天堂。」

來到這裡之前，我從不曾在工作的家宅裡泡過澡。幫傭專用的簡便浴室裡頭，沒有能讓人泡澡的大浴缸。

我趁著放熱水時把頭髮和身體清洗乾淨。寇特斯先生送的那塊肥皂，已經被我用掉了好一部分。被散發著柔和甜美花香味的肥皂泡沫包裹，感覺身心都充分得到療癒。

（老師也會用精油皂呢。）

洗完澡的老師總會有股很好聞的味道。這種香皂似乎有很多不同的香氣種類。因為聞起來跟我這塊香皂不一樣，老師使用的應該是其他花朵的香氣。

下次自掏腰包購買時，想試試其他不同的香氣呢。真的很喜歡老師目前在用的香皂味道，可以的話想買同一款。不過，就算詢問，他也不見得會告訴我。真要說起來，也不確定能不能請教他這樣的問題。

「只能靠自己找出來了嗎……」

我總會比老師晚洗澡，所以就算跟他用同一款香皂也不會被發現吧。一定，大概。

充分泡過熱水澡後，我整個人暖呼呼地走出浴室。

「好熱……」

或許是泡得太久了一點，我的身子很燙，感覺沒辦法就這樣躺床睡下。於是我來到客廳打開玻璃門，微涼的晚風吹入室內。

（好舒服啊。）

將玻璃門打開幾公分後，我在沙發上坐下。原來如此，的確很舒服呢。難怪老師白天偶爾會躺在這裡小憩。我模仿老師直接在沙發上躺下。

（啊，感覺不太妙。）

因為太舒服了，開始感到全身放鬆。

「……」

不知不覺中，我的意識緩緩下沉。

深夜，菲力斯發現了璐希爾，還有沒關上的玻璃門。

「……」

他先將玻璃門關上，然後上鎖，接著板起面孔俯視沙發上的璐希爾。

「妳到底在做什麼？」

他這麼詢問熟睡中的璐希爾，但沒有得到回應。後者只是靜靜發出規律的呼吸聲。

「……要是妳辭職了，我會很困擾。」

為什麼困擾、什麼地方會困擾，這都不是重點。「困擾」這樣的事實便代表了一切。

菲力斯走到沙發旁。他看著璐希爾有些消瘦的臉頰，煩躁地皺起眉頭。

朝陽從窗簾縫隙之間直接刺向我的雙眼。

「～～～！」

因為過於炫目，我忍不住用手遮住臉，並在下一刻驚覺情況不對勁。弄清楚自己目前身在何處後，隨即陷入絕望。

「唔！關門！」

我從沙發上連滾帶爬地衝到玻璃門旁，發現門確實關上，而且還上了鎖。

（是老師～……）

我無力地跪坐下來，對自己昨晚的失態後悔莫及。

「因為……因為那張沙發如魔鬼般舒服……」

我心虛地將視線移向沙發上，結果看到將自己再次打入地獄的光景。

一條落在地上的毛毯。

「……」

一瞬間語塞。

（是……是老師？咦，不會吧，老師他……？）

我整個人癱倒在地上。想必是老師替我蓋上的吧。不然還會有誰呢？不，沒有別人了。他是否覺得很無言？完全能想像他以平淡語氣表示：「我家不需要這種不檢點的傢伙。」要是他已經在考慮解僱我的話該怎麼辦？才剛睡醒的我，此刻因為不安已經嚇出一身冷汗。

（為了繼續在這裡工作，得想辦法做點什麼才行——之前明明這樣說大話，現在卻……！）

我無力地起身，然後望向客廳裡的時鐘。已經到了為菜園澆水的時間。

換上務農用的長靴，將水桶裝滿水，再以杓子舀水灑向菜園。

「大家吃早餐嘍～」

每天慣例的招呼聲，此刻聽起來有些有氣無力。腦中正在激烈討論該如何向老師謝罪。

「今天可能是最後一次了，就讓你們吃飽一點吧。」

「為什麼？」

「！」

我的心臟差點從嘴裡迸出來。

本應不會有其他人在的晨間菜園。老師怎麼會在這裡？心跳劇烈到幾乎喘不過氣的我，畏畏縮縮地轉身望向自己的身後。

「……」

一頭白髮在朝陽照耀下閃閃發光的老師，以極其自然的態度站在菜園外圍。

整個人僵在原地的我望向老師。他看起來沒有在生氣也不像是感到無言，感覺就跟每天早上七點從二樓走下來的老師沒什麼兩樣。然而，是否只有表面看起來這樣，是個極為重大的問題。

「……」

血液脈動的聲響在我的鼓膜深處迴盪。

「…………」

單手拿著杓子僵住的我，以及用讓人猜不透的眼神盯著我看的老師。我們倆維持著一動也不動的狀態，默默等待對方率先採取行動。感覺有如在打量彼此能耐的兩頭動物。

儘管老師只是靜靜佇立在原地，卻散發出足以讓人認為「無法與之抗衡」的氣勢。那雙紫色的眸子看起來屹立不搖。

（我……我得說點什麼才行。）

然而，喉頭卻像是被什麼哽住無法發聲。

「……」

最後，打破這個僵局的既不是我，也不是老師。

幾隻鳥啪沙啪沙地拍打著翅膀飛到菜園裡。我詫異地轉頭仰望身後的天空，結果腳邊不知何時出現了數隻貓。

（！？）

被絆住雙腳的我，因為失去平衡而往後方跌坐，屁股也因此狠狠摔在地上。那些貓像是看準時機似的喵喵叫著一擁而上，將我團團包圍。

（好、好幸福……呃，不對啦！）

現在是什麼狀況？為什麼突然有成群的飛鳥和貓跑到菜園裡？完全無法理解。

面對眼前的一片混亂，正當我感到手足無措時，一陣重重的嘆息聲從前方傳來。老師於跌坐在地的我面前蹲下，讓視線水平跟我維持在相同的高度上。這不同於平常的視野，讓我有些心跳加速。

「去吧。」

老師道出短短這句話後，貓咪們朝他磨蹭幾下，接著便揚長而去，鳥群也接續飛走。怎麼回事？

「牠……牠們是你的朋友嗎？」

我忍不住直接道出心中的疑問。因為牠們感覺都聽得懂老師說的話。

「是我在鎮上的伙伴。」

此刻的我，並沒有冷靜到足以判斷這是不是個能一笑置之的答案。我不知該作何反應，只能一臉茫然地愣在原地。下一刻，老師從原地起身，還對我伸出一隻手。

（……我可以握住老師的手嗎？）

「……」

最後，決定豁出去的我伸出自己的手，讓老師把我從地上拉起。意外強勁的力道讓我有些吃驚。他明明是個老爺爺。

「不好意思。」

我不由自主地道出賠罪的話語。一度成功對話後，我乘著氣勢向老師道歉：「昨晚真的非常抱歉。」並對他九十度鞠躬。

老師盯著我的臉，簡短地以「嗯」回應後，便轉身踏出腳步。

（咦！結束了？他要走掉了嗎？）

要猜透老師的行動意圖，對現在的我來說依舊太困難了。看著老師快步離去的背影，我提高音量朝他吶喊：

「謝謝您替我蓋上毛毯。」

老師依舊沉默不語，只是背對著我輕輕揚起一隻手回應。

（這應該是「別客氣」的意思吧？）

因為老師沒有開口，我只能憑自己的想像解讀。看樣子，似乎免於遭到解僱的命運了。

儘管鎮上的人尊稱他為「老師」，但給予他的評價幾乎都是「嚴厲」或「不好相處」。老師確實不好相處。至今，我仍每天都在窺探他的態度來工作。不過——

他大方給幫傭一間獨立的房間，也讓她自由使用浴室，甚至還有自由活動的時間。不會苛責她的失敗，還會替她蓋上毛毯。

在她跌倒時伸手將她拉起。

老師不會做多餘的事。我想對他來說，刻意讓幫傭住在閣樓、要求她日以繼夜地持續幹活，想必就是沒有必要的事情吧。

（把這當成是一種溫柔，會不會太天真可笑呢？）

在胸口擴散開來的這股暖意該怎麼辦？

「啊哈哈。」

我露出傻笑，手上還殘留著已經走進家中的老師，他掌心的觸感。

「終於到了！未免也太鄉下了！」

走下最高級車廂的尼傑爾忿忿地咒罵。暴躁不已的他，向車掌抱怨了一堆自己所能想到的不滿，諸如睡床太硬、早餐太難吃等等，但心情仍未因此變好。

看到一名穿著打扮高調華麗的陌生男子，怒氣沖沖地從車站走出來，科特杜街上的人們紛紛對他行注目禮。

尼傑爾環顧這個對他而言過於樸素、冷清、不值得一提的小鎮。街上的路人看起來也很無趣。實際目睹這種偏鄉城鎮的光景後，他再也無法忍受讓璐希爾留在此地。

「璐希爾！妳在哪裡……！」

發出悲痛的吶喊聲之後，他開始了尋找深愛的璐希爾之旅。

「這樣啊？但這些已經是我們店裡所有的香皂了喲？」

「感覺也不是這款呢～」

我站在生活雜貨店裡，將陳列在架上的精油皂一塊塊拿起來聞。因為這樣，嗅覺從剛才開始就有點怪怪的。

原本想找出老師用的那款香皂，卻遍尋不著能讓我認定「就是這個！」的款式。顧店阿姨看著我嘴上咕噥：「奇怪～」也跟著叨唸：「真奇怪呢。」

「還是妳今天先買別的款式呢？」

「嗯～也沒其他辦法了。」

我照著阿姨的建議，買下有著柑橘類香氣的香皂。

「謝謝惠顧～」

向嗓音開朗的阿姨道別後，我步出店外，打算在回家前繞去商會打個招呼。這時，突然有鳥兒從我的上方振翅飛過。

「鎮上最近出現好多鳥喔～」

已經好幾次聽到路上的人這麼說了。前幾天也有一大群鳥飛到老師家的菜園裡。現在是候鳥來這裡過冬的季節嗎？我對鳥類並不熟悉，所以也不清楚。

我不解地往前走，結果聽到身後傳來多個輕快的腳步聲。

「貓……貓咪……！」

我最近似乎才看過相同的光景上演。幾隻貓朝我所在的方向成群衝過來。正當我不知所措時，這些貓輕快地避開我繼續往前跑。

「哇啊！是貓咪！」

不出所料，走在我前方的路人也被這些貓嚇了一大跳。

「老師在鎮上的伙伴暴動了呢……」

我茫然望向那些貓前進的方向。愈跑愈遠的牠們，瞬間化作小小的黑點消失無蹤。

「哈啾！哈啾！啾！」

後方傳來有些令人同情的連續噴嚏聲，我也一下子被拉回現實。連最後不完整的那個噴嚏，都打得很用力。這個人是不是對貓過敏呢？這樣的話，突然有那麼多貓從街上跑過去，一定讓他很不舒服吧。我懷著想慰勞對方幾句的想法轉過身，然後——

「……」

瞬間嚇得臉色發白。

「璐希……！哈啾！我找到……！啾！哈啾！」

雖然幾乎聽不懂他在說什麼，但眼前這個人無疑是我的前雇主。

（老……老爺！）

總是平穩悠閒的科特杜街頭，突然有一角變得異常吵鬧。因為我剛好在廣場上，導致在附近休息的路人紛紛從遠處對這裡投以「發生什麼事了？」的眼光。不用說，原因當然就是──

「璐希爾！來，跟我一起回去吧！」

因為前雇主尼傑爾亢奮地大大聲嚷嚷。大概是過敏症狀緩和下來了吧，他現在說的每一句話都清晰得令人生厭。在大庭廣眾下做出這麼不在乎他人眼光的行為，真的滿心只希望他能放過我。

面對狀況絕佳的前雇主，我努力回想應該收在口袋裡的筆記內容。

「之前真的很抱歉！妳現在可以回來了！」

（堅定維持拒絕對方的態度。）

「我不會回去的，絕對不會。而且我也不想回去。」

聽到我堅決的語氣，前雇主瞪大雙眼。

「妳……妳這是在說什麼？是嗎，妳想必很不安吧？沒事的，我已經跟那個女人撇清關係了。」

（不、不能感情用事。）

他說的那個女人，指的難道是夫人？我竭盡所能按捺住差點要「咦？」地驚呼出聲的衝動。

「這跟我沒有關係。」

我有冷靜回應嗎？儘管內心七上八下，但我絕不能在這個關頭折服。無論如何，我都得讓他乖乖放棄，然後一個人離開。

或許是察覺到我心意已決，尼傑爾驚慌失措起來。

「妳為什麼要說這種話呢？我們倆不是真心相愛嗎？」

（喔喔喔喔喔？）

聽到他冷不防地做出這種驚世駭俗的發言，我差點就要仰天長嘯。這個人到底在說什麼啊？這種事情我完全是初次耳聞。

「……您說的並非事實。」

聽到我冷冷地這麼回應，前雇主朝我靠近一步。他的表情僵硬，雙眼看起來像是無法聚焦那樣的無神。

（好……好可怕！）

我往後退一步，結果對方又逼近一步。我們就這樣陷入了討厭的迴圈。然而，因為對方實在太噁心，我完全不想跟他拉近距離。

「妳總是很關心我！」

（那些都在工作範疇之內。）

「總會對我笑！」

（噫～～應該只是營業式笑容吧？）

「聽到我要妳一直留在我身邊，妳還回我『這要看老爺的決定』不是嗎！」

（我指的是僱傭關係好嗎！）

前雇主和我的認知，天差地遠到讓人背脊發冷的程度。我沒辦法接受這個人。絕對沒辦法。就算退五十億步也沒辦法。不對，我幹嘛要讓步啊。

「老爺。」

聽到我這麼呼喚，眼前男子的雙眼綻放出欣喜的神色。

「是您誤會了。我從來不曾喜歡過您。」

「……」

正準備朝我伸出雙手的尼傑爾僵在原地。

「哈……哈哈……」

我筆直地望向尼傑爾，下一刻，他開始發出乾笑聲。

「哼……哼哈哈哈哈哈！」

發現尼傑爾的樣子不太對勁後，為了跟他拉開距離，我再次往後退，卻被他以意外靈活的動作一把揪住手臂。

（呀啊啊！）

他握住我手腕的力道極為強大，我痛得表情扭曲起來。

「妳知道我為妳做了些什麼嗎？我把那個女人趕出去，準備了妳專用的房間。甚至還換了一張全新的雙人床和床單，現在，就只等妳回來而已嘍？我還會把家裡的幫傭全數換成新面孔，妳大可放心。」

這番發言過於駭人，因此完全沒有在我腦中留下印象，但我至少能判斷擔任管家的雷文已經脫身。但現在不是羨慕他的時候。

「走吧，璐希爾！」

尼傑爾揪著我的手腕，以蠻力將我拉向他，企圖將我擁入懷中。

「不要啊啊啊啊！拜託你住手！變態！」

雖然很清楚必須保持冷靜，但我已經瀕臨極限了。我發出像是生理反應那樣源自本能的尖叫聲。旁觀的大家，我知道尼傑爾看起來很噁心，但請不要因此避開，快救救我啊！

我拚命抵抗，但體型上壓倒性不利的我，不可能以蠻力跟對方相抗衡。

（我要輸了！）

在我的臉愈來愈貼近尼傑爾的胸口時——

周遭突然傳來一陣「轟隆隆隆隆隆隆隆隆……！」的巨響。

「什麼？」

「呀啊啊！怎麼回事？」

直到前一刻都屏息注視著我們的路人，突然騷動起來。有人嚷嚷著指向天空，於是其他人也跟著望向上方。

（……）

老師家所在的方向，出現了一大片以不自然的方式凝聚在一起的烏雲。從烏雲的縫隙之間，隱約能窺見閃電的光芒。感覺隨時都可能降下落雷。

「嗚哇啊啊啊！有熊！」

「老虎啊！」

緊接著是陸地出現變化。被人們視為猛獸的各種動物，組成隊列從鎮上的角落朝這裡靠近。熊、老虎、狼。想被冠上「可愛的森林伙伴」這種頭銜，牠們的低吼聲恐怕太嚇人了一些。

「那……那是……？」

眼前的光景開始扭曲變形，突然竄出一道人影。帶著籠罩於上方的烏雲，以及身後的成群猛獸朝這裡走來的是——

「老、老師……」

確確實實是我的現任雇主，亦即菲力斯老師。

原本還在以蠻力和對方拔河的我們二人，面對朝自己靠近的異樣光景，驚訝得說不出半句話。

瀰漫在空中的烏雲，持續發出讓人不安的隆隆聲，也讓這一帶的天色變得昏暗。

「咕嚕嚕嚕……」

不知道是哪頭野獸發出的低吼聲傳來。眼前的猛獸全都齜牙裂嘴地威嚇，彷彿下一刻就會朝我們撲過來。

靜靜走在成群猛獸前方的老師，散發出一種極為驚人的氣勢。很明顯在生氣的他，臉上帶著我至今所看過最凝重嚴肅的表情。老師持續前進並揚起手輕輕從眼前揮下。

轟隆隆隆隆隆隆隆隆！

劇烈到足以震撼人們身體的雷聲傳來。雖然沒有直接劈向地面，但我看到老師身後出現一道明顯巨大的閃電。

「哇啊啊啊啊！」

「呀啊啊啊啊！」

路上的人們嚇得尖叫亂竄。這是當然的。當然要逃了。一般人都會這麼做。然而，被老師以筆直視線緊盯的我和尼傑爾，無法迴避他的雙眼，只能愣愣地杵在現場。

「璐希爾。」

老師以低沉嗓音呼喚我的名字。我被震驚和恐懼填滿的大腦，浮現了跟當下這個場合格格不入的感想。

（原來老師知道我的名字啊……）

在我張著嘴僵在原地時，老師終於走到我們面前。被他領著一起走過來的猛獸們，包圍了我和尼傑爾。我感受著牠們的濕潤鼻頭碰到腳踝的觸感、躁動的呼吸和低吼聲，不禁渾身打顫。只能感到自己澈澈底底陷入了生命危險。

「……」

老師無語地拉開尼傑爾揪著我的手，然後就這樣握著他的手腕，介入終於重獲自由的我和尼傑爾之間。

老師的背影看起來很寬闊也十分可靠。

「啊……你這傢伙做什……」

不管怎麼想，閃電和這些猛獸，應該都是老師一手策劃的。即使是我的前雇主，面對上方有烏雲、背後有熊、腳邊有狼的狀況，似乎也會感到恐懼。方才的氣勢現在已經消失得無影無蹤。

「給我離開。不准再踏上這片土地。」

「你……你是什麼人……」

老師朝我俯視了一眼。我也回望他。

「我是她的雇主。」

聽到老師的回答，尼傑爾的雙眼透出宛如熊熊烈焰的光芒。前者則是冷眼看向這樣的他。

「璐希爾可不能被當成一介幫傭對待……」

雖然音量變小了一點，尼傑爾仍瞪著老師說出這句挑釁的發言。

（咦！什麼啊？）

不然，他覺得我應當受到何種對待？要是尼傑爾主張我適合在那個家扮演類似女主人的角色，我可要哭出來了。

「一介幫傭……嗎？」

（嗯？）

在我因為覺得可怕又噁心而臉色發白時，老師似乎低聲說了什麼。我望向老師，發現他露出看似無言、沒有半點興趣、感到無趣至極的表情。

「沒人在意你的價值觀。」

「啥……」

「我沒有閒工夫繼續聽你這種貨色瘋言瘋語。給我離開。」

（你這種貨色！）

老師以相當厭煩的語氣再次要求尼傑爾離開。後者激動得面紅耳赤。儘管令人難以相信，但尼傑爾確實是古魯瓦茲的知名人物。這種完全不把他放在眼裡的態度，想必讓他感到極為屈辱。感覺還想說些什麼的他，像隻金魚那樣將嘴巴一張一合。但老師似乎已經不打算奉陪下去了。

雷聲再次從上方傳來。我在內心嚇得尖叫。

「若是不願意配合，我就把你送給牠們。」

待老師這麼說之後，猛獸同時開始發出低吼聲。不知道是不是肚子餓了，唾液不斷從牠們的口中流淌下來。臉色唰地變得慘白的尼傑爾發出不成言語的慘叫聲。他終於表現出想馬上逃走的反應了。

老師鬆開尼傑爾的手，以淡淡語氣指示腳邊的同伴：「送他離開吧。」下一刻，猛獸們像是要成群撲向尼傑爾般，朝逃跑的他追了上去。或許尼傑爾卯足全力衝刺吧，他的身影一下子便消失無蹤。

「我不會攻擊鎮上的人。」

老師對著在一旁瑟瑟發抖的路人這麼說。那些是因為嚇到腳軟而沒能及時逃走的人。接著，他將手伸向天空，像是要撥開烏雲那樣揮了一下。原本閃電若隱若現的黑色雲層，因他的動作而在下一刻全數消散。這樣的景色，不可思議得讓人質疑自己的雙眼。

「……」

老師若無其事地轉頭，望向澈底愣在原地的我。他的臉上已經沒了怒氣，看起來是平常那位冷靜的老師。這樣的老師的所作所為，以及我這雙眼睛所見的景象，都震撼到我現在仍說不出半句話。

（魔法師……）

老師以那雙紫色眸子俯瞰我。

「回去吧。」

簡短這麼說之後，老師轉身朝森林的方向前進幾步。

「璐希爾。」

發現我沒跟上，老師回過頭呼喚我的名字。

「老……老師。」

「怎麼？」

「我現在動不了，所以會晚點再回去……」

我全身僵硬地杵在原地。說穿了，現在因為過度驚嚇而無法動彈。我以麻痺的腦袋勉強向老師報告自己晚點再回家，但他卻皺著眉頭朝我走來。

「會痛嗎？」

老師望向我的手腕這麼問。剛才被尼傑爾揪住的地方確實微微發紅。不過，對我來說，方才跟尼傑爾的拉拉扯扯，現在已經成為無關緊要的瑣事。

看到我搖頭回應他的提問，老師一臉煩惱地瞇起雙眼。

「如果嚇到妳的話，我道歉。」

不知道是不是因為我的反應太遲鈍，今天的老師格外多話。

（他看起來很傷腦筋呢。）

看著老師的臉，我感受到自己冰冷的身體末梢慢慢變得溫熱，整個身體的感覺也逐漸恢復正常。我眨了幾次眼睛、緩緩吸氣後，原本僵硬的身體終於動了起來。

「老師。」

這位總是不知道在想什麼的老師、從不曾表現出動搖的老師。

（剛才卻動怒，然後拯救了我。）

甚至不惜施展我至今未曾見識過的魔法。

內心強烈的感動和感激，此刻宛如大浪那樣席捲而來。

「老師，非常謝謝您……！」

我向老師表達發自內心的感謝，並深深向他一鞠躬。

「……」

雖然沒有聽到老師的回應，但我能感受到他有些動搖。抬起頭來的同時，老師剛好轉過頭去。

「要是這麼優秀的妳辭職，我會很困擾。」

「……！」

老師背對我這麼說。聽到這個出乎意料的評價，這下子換我不知所措。

（什麼？原來老師這麼覺得嗎？）

「回去吧。」

這麼簡短表示後，老師看似有些冷淡地轉身邁開步伐。

我的內心湧現了至今不曾體驗過的，像是幾乎要喜極而泣那樣的情感。拔腿跟上那個沒有再回頭而愈走愈遠的背影。

在露出尖牙的凶暴猛獸追逐下，尼傑爾終於抵達了車站。那些猛獸執拗地跟了上來，直到他確實走入車站內部為止。

汗水、灰塵和激烈運動，讓尼傑爾變得狼狽不堪，看起來完全無法讓人聯想到那位古魯瓦茲的知名人士。他疲憊到甚至沒發現自己的袖口被猛獸撕裂而變得破破爛爛。

「呼……呼……！這裡到底是什麼地方？沒聽說這裡有魔法師啊！我可沒辦法為了那種女人賠上性命！」

尼傑爾已經不再捨不得璐希爾了。他還以為她會開心得淚流滿面，沒想到她竟然用那般冰冷的態度回應自己。這三年以來，他明明對她疼愛有加，最後卻遭受到這種對待。尼傑爾氣喘吁吁地跳上火車，恨恨咒罵：「真是個性格惡劣又輕浮的女人！」與此同時，他搭乘的車輛駛離了這個可恨的窮鄉僻壤。並下定決心不要再踏上這鬼地方。

任務結束後，來自森林的猛獸伙伴，像是在互相慰勞那樣把鼻尖靠近彼此，接著乖乖走向森林深處。就像菲力斯所說的那樣，牠們沒有攻擊鎮上的任何一個人。

另一方面，總是恬靜悠閒的科特杜街頭，現在變得熱鬧無比。人們七嘴八舌地討論著自己方才的所見所聞。

「你看到了嗎？老師施展魔法了！」

「那位總是吝於展現實力的老師……他多久沒有這麼做了啊……」

「老師果然是位很厲害的魔法師。」

「但也很惹不得。」

這件事短暫成了大街小巷熱烈討論的話題。畢竟「老師」平常幾乎不會施展魔法，而且，像剛才那樣明顯表露出怒氣的態度，也相當罕見。

「老師雖然不好相處，但並不是會大發脾氣的人呢。」

「他是為了那個女孩子而動怒嗎？就是剛才跟他在一起的……」

「我知道那個女孩子是誰喔。」

人們望向森林所在的方向。一如往常靜謐、平凡的那座森林，深處究竟存在著什麼？鎮上居民將討論重點移往森林，七嘴八舌地交換情報。

人們以豐富想像力編織出來的八卦開始傳遍鎮上。於是——

「咦～！老師家來了新的女性幫傭……而且……而且……」
「怎麼了，蒂蒂？」
「沒什麼……」
八卦傳播到山的另一頭，往更遠的地方擴散。

此刻，大廳裡已經聚集許多人。人們的交談聲在室內迴盪，讓現場極為嘈雜。
「看來，是那位大人罕見地施展了魔法呢。」
一名金髮青年出現在大廳裡。從天窗落下的陽光，讓他柔順的一頭金髮閃耀出動人光芒。被陽光打亮的那張臉蛋也俊秀不已。看到青年現身，一名熟識的魔法師喚了他一聲：「艾達。」
「大家陷入一片混亂呢。原本以為是不是那一帶發生什麼狀況，但也沒那回事。」
「那麼，是跟世界樹有關的事嗎？」
「不，好像也不是。」
「那位大人會毫無理由就施展魔法？」
金髮青年——艾達詫異地皺起眉頭。他聽到聚集在此的其他魔法師說了一樣的話。大家似乎都有相同感想。因為這個久違的罕見狀況，就連高層人士都現身於大廳。
「統率部以外的人也來了嗎？」
「畢竟很久沒發生過這種事了。而且對方施展魔法的用意也不明。除了高層以外，也來了幾個剛從學園畢業或是仍在修行當中的人。」
「後面那群孩子純粹是來看熱鬧的吧？」

艾達瞪著那些聚在一起，看似很開心地交頭接耳說悄悄話的人。

片刻後，一名身穿黑色長袍、蓄著白髯的老魔法師從大廳後方現身。原本吵吵鬧鬧的大廳頓時鴉雀無聲。

「別把事情鬧大，也別無謂地追求背後的真相。倘若發現有人違反『不干涉該名魔法師所作所為』的行為條例，儘速聯絡協會中樞。」

老魔法師以帶著滿滿威嚴的嗓音警告在場的所有魔法師。眾人以深深一鞠躬回應他的發言。不過，當老魔法師的身影消失在大廳深處後，現場再次被七嘴八舌的人聲籠罩。

「可是，一般都會好奇到底發生什麼事了啊。」

「是足以引起這種騷動的事嗎？」

「嗳，我有個好點子。」

聽到年輕魔法師們輕佻的交談內容，艾達轉頭望向跟自己擦身而過的他們。是剛才就讓他有點在意的那群人。面對這些感覺居心不良的年輕人，艾達以別有意涵的笑容對他們投以冰冷的視線。

「唉……」

為了讓自己冷靜，他輕輕嘆了一口氣。已經多久不曾發生這種事了呢。艾達遙憶起成為眾人議論對象的那名魔法師。

「菲力斯師父……」

在人聲鼎沸的大廳裡，青年以無人能夠聽見的嗓音，輕聲道出自己最尊敬的魔法師之名。

「可以耽誤您一點時間嗎？」

回到家後，我喚住正準備回房的老師。他特地出面替我解圍，要是不好好說明事情原委，實在過意不去。既然老師已經知道前雇主的存在，我也想替自己辯解。畢竟這是我個人引發的問題。

被我叫住的老師以平靜的眼神望向我。

（啊，他或許會覺得厭煩……）

看到老師的表情，我一瞬間湧現這樣的想法。但他只是默默走到平常用餐的椅子上坐下。

「……」

我愣愣地眨了幾下眼，結果老師對我投以像是在詢問「妳不坐下來嗎」的視線。我連忙在老師斜前方的位子坐下。這是我第一次跟老師坐在同一張桌前。

雖說是我主動向老師搭話，但他願意回應我的請求，真的讓我相當感動。

「很抱歉，剛才引起這麼大的騷動。」

我向老師低頭致歉。他臉上的表情沒有出現任何變化。應該是我可以繼續往下說的意思。

「剛才那位先生，其實是我前一個職場的雇主……那個，雖然令人難以啟齒，但我是被他的夫人解僱的。原因是……」

這時，老師以他骨感的手指將某個東西放到桌上，再彈到我的手邊。

「原來我弄丟它了……？」

「我在走廊上發現的。」

那是寫著擊退纏人跟蹤狂方法的便條紙。我翻了翻自己的口袋，的確沒有便條紙的蹤跡。想到是老師撿起這張便條紙，我不禁難為情得臉頰發燙。

「要是他再來，下次就讓他吃點苦頭吧。」

看到老師一臉認真地這麼說，我不禁有些不安。但我也沒有勇氣向他確認：「您是開玩笑的吧？」他八成是認真的。

「我想老爺他——」

正要接著說「不會再來這裡了」的時候，我張開的嘴巴卻被封印住了。老師把那張便條紙輕輕貼在我的嘴上，制止我往下說。

「……」

我把那張便條紙取下，沒有再繼續說話。將手抽回的老師從餐桌前起身。

（啊，他要離開了嗎？）

到頭來，想把事情解釋清楚，不過是自我滿足。不確定刻意向老師說明來龍去脈，算不算是正確的做法。

老師起身時，因為角度關係，他斜斜望向我的眼神看起來相當性感，讓我有些心跳加速。對我內心的悸動一無所知的老師，在離開前一瞬間輕輕將手擱在我的頭上。

「不需要再對他用那種稱呼了。」

以低沉嗓音這麼輕喃後，老師便一如往常踏著階梯走上二樓。

「……」

被留在原地的我整個人石化，大腦也放空了一段時間。

（他說的那種稱呼……難道是指「老爺」？）

這是在安慰我嗎？剛才說我很優秀、又說要是我辭職他會很困擾，感覺今天的老師對我也太好了。

像這樣一來一往的對話，也是我來到這個家後的第一次。

「老師～～～……」

內心湧現的感動和激動，讓我發出類似啜泣的呻吟聲。

（謝謝您僱用我……）

被老師輕撫的地方，現在感覺有些鬆鬆癢癢的。

〔第三章〕接觸的時間

早晨。庭院裡吹著讓人心曠神怡的風。雜草和野花像是在歌唱那樣搖曳著。在那之後過了兩個月，我和老師的生活一如往常。不過，硬要說的話，若不是我的錯覺，老師和我對上視線的次數似乎變多了。

例如——

（今天的香煎魚排如何呢？我加了少許的綜合辛香料提味喔。）

我站在廚房深處眺望老師靜靜吃光我準備的餐點的模樣。看著他一口接一口，我在內心暗自吶喊「很好很好很好」的同時，老師突然抬起頭來。

我們就這樣四目相接。

「……」

不過，之後並沒有什麼特別的發展，老師只是繼續低頭用餐。

我把老師的反應解讀成「這個ＯＫ」的意思。雖然不確定這種正向判斷是否正確，但因為老師總會把我準備的餐點吃得一乾二淨，我想應該還合他的口味才是。

「呵呵。」

在庭院裡摘取香草時，我回想起這樣的光景，不禁開心地輕笑出聲。

今天，我們同樣迎來一個平靜的下午。為了準備讓老師帶回房間的飲料，我舉起分別裝著咖啡粉、紅茶茶葉和花草茶茶葉的三個罐子，結果老師伸手指向花草茶那個。看來他很滿意我早上為他沖泡的這種茶。

沖泡著老師指名的花草茶時，我聽到庭院那頭傳來人聲。我不解地望向老師，發現他微微垂下眼簾。看來有察言觀色的必要。

「要裝作沒人在家嗎？」

「不可能吧。」

一名我認識的男子以及一名陌生的少女，站在面對庭院的玻璃門外側朝屋裡張望。

「不好意思，突然來訪。」

「您……您好！」

這兩名訪客，分別是青年商會會長寇特斯先生，以及年紀約莫落在十四、五歲，有著一雙水靈大眼，將長髮紮成兩條辮子的可愛少女。

為三人準備好茶水後，我原本打算回房，但寇特斯先生卻表示希望我留下來，於是我便和他們一起在餐桌前就坐。

雖然只是靜靜坐在自己的老位子上，老師仍散發出不確定本人有沒有自覺的強大氣場。看似不知道如何打開話匣子的寇特斯先生，表情帶著幾分尷尬，跟他一同前來的少女感覺也很靦腆。

「那個，呃……對了，這孩子是……」

寇特斯先生以手示意自己身旁的少女。臉蛋紅撲撲的她，雙眼閃閃發光地望向老師。

「我叫做蒂蒂！那個……我……跟您並不是初次見面……」

或許是害羞吧，少女的說話聲愈變愈小。

（她羞澀的樣子好可愛呀。是這孩子想來見老師嗎？）

「我記得。妳是裘達的孫女吧。」

（……老師也真是的。）

我不禁朝老師瞪了一眼。這麼可愛的少女在眼前努力自我介紹，他的回應未免也太冷淡了。在這種時候，態度稍微親切一點也無所謂呀。因為老師其實是個溫柔的人呢。

這麼想的我，內心七上八下地望向蒂蒂，擔心她會因此膽怯退縮。

「您記得我嗎！我好開心！」

看來是我瞎操心了。少女的表情看起來比剛才更開朗。

「我一直很珍惜您在我小時候送給我的押花書籤！也把您送的花束做成乾燥花了！」

「……」

「……怎麼？」

我不自覺直直盯著老師看，結果被他以抗議的視線回望。

（因為！送押花書籤和花束給年幼的孩子……老師竟然會做出如此貼心的舉動？）

似乎已經看穿我內心想法的老師，有些厭煩地移開自己的視線。我發誓自己絕對沒有把老師當傻子看待。雖然很意外，但這也讓我完全對他另眼相看。

「那麼，老師。關於我們今天前來的目的……」寇特斯先生以像是吃到黃蓮那樣古怪的表情切入正題。

「蒂蒂目前在山的另一頭就讀中學。她說畢業後想成為專職幫傭。」

這句話讓身為同行的我心頭一驚。

「不過，她的家人強力反對，希望她能繼續升學。」

（嗯哼～跟我家相反呢。）

「因為這樣，她跟家人大吵一架，於是決定乾脆來實際體驗……這樣或許……」

面對老師沉默不語的壓力，寇特斯先生說起話開始支支吾吾。老師不斷散發出一股質問「為何要跑來我家」的強大氣場。

「聽說璐希爾小姐十六歲就踏上幫傭這條路，所以蒂蒂想來向她討教一番。」

聽到話題突然被帶到自己身上，我不禁整個人僵住。坐在說話吞吞吐吐的寇特斯先生身旁的蒂蒂，則是笑瞇瞇地點點頭。

「……」

我感受到視線。是老師。他的視線，想必是針對寇特斯先生剛才那句話，詢問我「是這樣嗎？」的意思吧。沒錯，我十六歲就踏上幫傭之路了。我以點頭的方式回以肯定。

「……」

不過，沒等到我點頭，老師便將臉轉回正面。感覺好像我在唱獨腳戲。雖然做出回應，他卻沒有理睬，讓人有點難為情。

（老師不是這個意思嗎？還是說，他其實已經知道了？我有跟他說過嗎？又或者，他覺得這種事根本不重要？）

「不……不知您意下如何……我明白這樣其實會給您添麻煩……」

聽到寇特斯先生這麼問，老師平靜地吐出一口氣。

「我一直都待在二樓。如果不會影響到她工作就無妨。」

老師給了一個比我想像中更寬容的答案。聽到他這麼說，寇特斯先生和蒂蒂兩人的視線隨即轉移到我身上。

（咦，由我來決定嗎……！）

少女閃亮亮的雙眸中，滿溢著幹勁、希望和令人炫目的光芒。

「如……如果不會影響到我工作……」

到頭來，我只能重複老師所說的話。

「那當然！」

蒂蒂用力地首肯。

兩人回去後，客廳宛如颱風過境那樣安靜無聲。仍為那兩人的氣勢感到有些茫然的我，不禁開口詢問還留在客廳裡的老師。

「商會會長還會負責這樣的差事嗎？」

「那兩人是表兄妹。」

「啊，原來如此……」

發現老師主動拿起我端出來當作茶點的餅乾。他喀哩喀哩啃著餅乾的模樣，看起來莫名讓人療癒。

隔天，帶著振奮表情的蒂蒂再次來訪。她表示「因為老師習慣七點用早餐，我想早點過來應該會比較好」，但她抵達的時間早到讓剛起床的我有些手忙腳亂。幹勁可見一斑。

「首先，要到菜園裡澆水。」

「屋子後方的菜園對嗎！請交給我吧！」

活力十足的她主動扛起提水的工作。另一方面，擔心蒂蒂纖細的手臂會因此骨折的我，則是在一旁看得心驚膽跳。

一起替所有的農作物和花卉澆過水後，我們開始尋找能夠採收的蔬果。

「這個看起來好像可以吃了！」

「噢，那個——」

我正想接著說「要再等它熟一點」時，已經來不及了。蒂蒂扭下了一顆大概八分熟的甜椒。

「還不行嗎？」

看到我的反應，蒂蒂顯得有些沮喪。這不禁讓我湧現罪惡感，總覺得彷彿是自己害得幹勁滿滿的她白忙一場。基於寇特斯先生將蒂蒂託付給我的責任感，我認為自己有鼓勵她的使命。

「不要緊。雖然可能還沒有完全熟透，我們等等做早餐時就用掉它吧。」

「早餐……」

蒂蒂開口輕喃。

「不知道老師會不會稱讚好吃呢。」

只有她自己聽得到的這句低語消失在風中，沒有傳入我的耳裡。

「因為要先讓老師用餐，必須準時完成才行。」

和蒂蒂兩人一起站在廚房，讓我有種不同於平日的奇妙感受。怎麼辦……要讓她幫忙做什麼呢？

「我們不會和老師一起吃早餐嗎？」
聽到我的提醒，蒂蒂有些愣住。看到她這樣的反應，我也跟著愣住。
（原來如此……她是這麼想的啊。）
「擔任幫傭的人，基本上不會跟僱用自己的家庭成員同桌吃飯喔。」
「咦……這樣啊……」
蒂蒂的表情看起來明顯很失望。無論幫傭和雇主之間的關係再怎麼好，大部分的家庭在這方面還是會劃分清楚。還不清楚相關知識的蒂蒂，或許會覺得這樣的對待很冷淡，不過，倘若她未來打算成為幫傭或女僕，就得先建立正確的觀念才行。
「因為我們不是雇主的家人。」
「……」
蒂蒂以嚴肅的表情沉默半晌，最後像是勉強接受地嘟起嘴點點頭。
接著，我跟她一起將馬鈴薯削皮。廚房裡的氣氛依舊有些沉重。
「對……對了，妳今天不用上學嗎？」
感覺快要窒息的我，忍不住主動祭出一個安全牌的話題。
「是的。在新學期開始前，我們有兩個星期的假期。」
「我記得妳平常是住在學校宿舍裡？」
「是的。」
不知道是因為專注在手邊的工作，又或是我剛才的發言讓她感到不悅，蒂蒂的反應很冷淡。感覺好像有些愛理不理。

（我有哪裡做錯了嗎？）

「這些我來削吧。」

想當然耳，我的工作速度比蒂蒂要來得快上許多。處理完自己手邊的馬鈴薯時，蒂蒂才正要替第二顆馬鈴薯削皮。為了講求時間與效率也為了減少她的負擔，我將手伸向剩下的馬鈴薯。

「我的份我自己會做！」

蒂蒂隨即出聲駁斥。

（抱歉。）

說得也是。她是來這裡學習幫傭的技巧，所以應該想自己完成吧。我決定一邊觀察她的進度，一邊處理其他食材。

待蒂蒂順利將馬鈴薯削完皮後，我把這些馬鈴薯煮熟、碾壓成泥狀，接著加入奶油和牛奶，將其攪拌至滑順的狀態。蒂蒂在一旁看得目不轉睛。

「得趁熱加進去攪拌，否則無法讓奶油融化。」

「原來如此。」

「妳要試試看嗎？」

因為蒂蒂一直盯著看，我猜她也想試試。一如所料，她以一聲「好！」來回覆。

「嗚……好硬喔！」

「還很黏是嗎？我再加點牛奶。」

「可是妳剛才攪拌時看起來很輕鬆啊……！」

「因為我習慣了。」

儘管如此，蒂蒂仍沒有把刮刀還給我，繼續面紅耳赤地用力攪拌馬鈴薯泥。從至今的表現看來，感覺她是個對工作專注又認真的孩子。

當我們終於完成最後的水波蛋時，時間差不多來到早上七點，我也因此放下心中的一塊大石。

（我還以為會來不及呢……）

在備餐同時指導不熟悉廚房作業的人並讓她幫忙，是很難拿捏時間的事情。我不禁反省自己好幾次企圖把蒂蒂負責的工作搶過來做。

（我安排工作時間的能力還不夠。）

「啊，老師！早安！」

在我暗自感到有些喘不過氣時，蒂蒂開朗的嗓音傳來。我抬起頭，看到老師從二樓走下階梯。他看了看時鐘，又看了看我們，然後面無表情地走到餐桌前坐下。

（他剛才是在確認我的工作進度有沒有被影響吧？）

「璐希爾小姐！我來端老師的早餐！」

身旁的蒂蒂活力充沛地舉起手。我決定讓幹勁十足的她來負責這項任務。我把裝著熱湯的碗、盛著配菜和沙拉的盤子放上托盤，說了一句：「請妳小心嘍。」便交給她。蒂蒂看起來很開心。

看著她手捧沉重托盤、有些搖搖晃晃地走向餐桌的背影，我的內心七上八下。

「老師！請用！我也有幫忙喔！」

「……是嗎。」

相較於蒂蒂活潑的招呼，老師的反應很冷淡。不對，他平常就是那樣了。就算表現得親切一些，應該也不至於少一塊肉吧？我再次因為不同的原因而感到忐忑不安。

「這是薯泥。裡頭加了老師最喜歡的黑胡椒喔。」

（等……等等！）

放下餐點後，蒂蒂仍沒有離開老師身邊，甚至還開始介紹起今天的餐點。這可不得了。我忘記交代她這樣的行為很危險。我感受著加速的心跳，朝老師瞄了一眼。

「……」

老師也望向我這邊。他的視線冰冷到幾乎足以將我射殺。身體四處開始冒出大量冷汗。糟了，得馬上進行回收。

「蒂……蒂蒂！我想麻煩妳準備飲料～」

我盡可能以開朗嗓音這麼喚道。老師投射過來的抗議眼神依舊相當犀利。蒂蒂並沒有察覺到老師的不耐煩，只是以有些遺憾的嗓音回覆：「是～」然後走回廚房。太好了。

我把蒂蒂帶到廚房深處，蹲下身子低聲開口：

「對不起，我忘記告訴妳，老師喜歡一個人安安靜靜地吃飯……！」

這攸關自己能否繼續被聘僱的問題，因此我以相當認真的態度這麼勸諫蒂蒂，但她只是「哦～」了一聲，似乎不把我的話當一回事。不知道她究竟有沒有把我的叮嚀聽進去呢，真不安。

「老師，好吃嗎？」

（啊啊啊啊！）

不出所料，過了十幾分鐘後，蒂蒂又跑去跟老師搭話了。我陷入了深深懊悔，應該跟她說「除了用餐時間以外，老師也喜歡一個人安安靜靜」才對。我勉強介入兩人之間，順利讓老師返回二樓後，蒂蒂露出一臉不滿的表情。

「妳都不在意老師覺得好不好吃嗎？」

「看到碗盤裡的食物都被掃光，就足夠了呀。」

「可是，這樣的話，我完全無法跟老師說到話。」

（嗯？）

蒂蒂這句話讓我有些不解。我是真心不明白她想表達的意思。在某些家庭中，充當雇主的說話對象，或許也是幫傭的工作之一，但這僅限於雇主主動要求的時候。我們的工作基本上就是處理家務，所以只要把心力放在這方面即可。

（不管怎麼看，老師都不像是需要說話對象的人……）

「請問，妳剛才那是什麼意思……」

「沒什麼！」

蒂蒂隨即以一個燦爛笑容回應我。她的一百八十度轉變，讓我困惑不已。

（不，妳完全不是「沒什麼」的感覺呢。）

不過，既然蒂蒂試著含糊帶過，就代表她沒有對我說明的打算。我們昨天才第一次見面，我不認為她對我的信賴，有深厚到足以讓她說出真心話。現在也只能先順著她了。

「那我們也來吃早餐吧。」

聽到我的提議，蒂蒂精神奕奕地回應：「是！」現在的我，仍不知道那張笑容之下藏著什麼樣的想法。

吃完早餐後，我和蒂蒂開始處理平時的家務。

首先是洗衣服。仔細將衣物搓洗過後，把它們攤平晾乾。接著是打掃。從高處開始掃去每個角落的灰塵，再擦拭乾淨。雖然無法上到二樓，但至少要把階梯打掃乾淨。老師喜歡光腳走在室內，所以可不能容許任何灰塵積累。之後，因為午餐時間到了，我們暫時先中斷打掃作業。

穿上圍裙後踏進廚房。今天的午餐是加了各種配料的燉飯。我們從廚房窺探老師用餐的狀況，待他吃完後，再送上一壺紅茶。

午餐結束後，繼續打掃廚房等用水區、浴室和玄關。每一處凹槽和縫隙都要先掃、再擦、先掃、再擦。打掃完畢後，稍微休息片刻。此時，蒂蒂看起來已經相當疲憊。突然做了這麼多不習慣的事，這也是理所當然的反應。我試著婉轉地詢問：「今天就做到這裡吧？」但她仍堅持：「我還能繼續做。」因此我也沒有再多說什麼。

晚餐是外頭裹上一層麵包粉、再佐以大量香草的香烤雞排，以及各式蔬菜熬煮而成的熱湯。我用了許多從菜園裡採回來的蔬菜。讓蒂蒂負責不會太吃力的工作，跟她一起一步步完成餐點。這次也順利趕上了用餐時間。

趁著老師去洗澡的時候，我們吃完自己的晚餐。將餐具清洗、收拾完畢，準備完老師的飲料後，今天的職場體驗就告一段落。為了送蒂蒂回家，我和她一起提著燈籠穿越森林，來到鎮上。抵達她家附近時，蒂蒂朝我一鞠躬表示：「送到這裡就可以了。」

「妳覺得今天的體驗如何？」

這麼詢問蒂蒂第一天試工的感想後，她沉思半晌說：「那個……」並以有些凝重的表情望向我。

「我們今天做的工作，是每天都要做的嗎？」

聽到我以「是的」簡短回答，蒂蒂咕噥了一句：「每天……都要一個人做這些……」

（啊！這是個好機會，趁現在向她說明這份工作的價值所在！）

結束一整天的工作後，現在就告訴她最重要的事情，來為第一天的體驗劃下句點吧。

「我們的工作，是讓家裡的人過得舒適自在。」

除了開心的事以外，也會遇到討厭的事，甚至令人生氣的事。說實話，要是跟雇主不合就是地獄。不過，我還是希望蒂蒂能先理解這份工作的喜悅。我懷著這樣的想法對她展露笑容。

「為此，如果能多完成一件事，我會覺得很開心。」

蒂蒂眨了眨眼，然後閉上原本張開的嘴巴。

「……是。」

她的回應嚴肅又沉重，感覺好像是我的開朗搞錯了場合。

（我想表達的意思沒能傳達給她嗎……要是她的動力下降了怎麼辦？）

走回老師家的路上，我深深反省自己身為職場前輩的不成熟之處，決定明天的體驗活動也要繼續努力。

職場體驗第三天。蒂蒂沒有任何抱怨，仍持續努力著。這天的工作結束後，看到疲憊不已的她，我猶豫著該不該說出今天要做「那件事」的事實。

「今天得去鎮上採買才行。」

聽到我這麼說，蒂蒂一瞬間瞪大雙眼。我連忙補上一句：「妳可以在家裡負責打掃就好。」但她一臉嚴肅地表示：「我也要去。」

（果……果然……？）

為蒂蒂的毅力深感佩服的我，只好帶著她一起來到鎮上。結果——

「妳還好嗎？」

「我……沒……事！」

該說她是生性認真還是不服輸呢？這麼回應我的蒂蒂，額頭上滲出涔涔汗珠。

「我幫妳拿一半吧。」

「不……不用了！」

被她的犀利眼光一瞪，我只能縮回自己的手。蒂蒂的手臂上掛著兩大袋東西。我負責拿修補建築物用的材料和油漆，蒂蒂則是負責拿食材。塞滿玻璃瓶裝食物和南瓜的袋子，看起來似乎對她纖瘦的手臂造成了相當大的負擔。我不禁反省自己為何讓她提這麼重的東西。

「呼……呼……」

在蒂蒂連走路看起來都有些吃力時，判斷不能再繼續旁觀的我，從這名少女已經沒什麼力氣的手上搶過其中一只袋子。

發出像是在抗議的「啊！」一聲後，蒂蒂有些不甘地望向我。

「妳手上那只袋子，請不要掉到地上嘍。」

聽到我又補上一句「因為裡頭有雞蛋」之後，蒂蒂沉默著點點頭。我將多出來的一袋重物重新提好，然後鑽進森林入口。

「啊啊，太好了。有順利買到東西。」

我一邊強調「幸好我們是兩個人去」、「妳幫了大忙」，一邊整理買回來的東西。被我搶走一只袋子後，蒂蒂看起來一直沒什麼精神，所以我得設法鼓舞她才行。

「好，接下來要開始準備午餐。啊，蒂蒂，請妳先休息一下吧。」
整理完採購品之後，我朝時鐘望了一眼，便穿上圍裙。已經是必須開始準備午餐的時間了。
「不！我也一起……！」
儘管看起來明顯一臉疲態，蒂蒂仍從椅子上起身，拖著沉重的步伐走進廚房。
（哇啊～不用這樣啦～！在一旁觀看也算是見習啊～！）
她的努力精神值得讚賞，但我實在不建議這樣勉強自己。然而，蒂蒂並不在意我的顧慮，只是以逞強的表情握住菜刀。
今天是蒂蒂來職場體驗的第五天。表情逐漸從她的臉上消失。原本還在猶豫要不要把一些沒告訴她的事情說出口，但現在決定不說了——其實，換作是平常，我還會趁空檔去拔雜草、打理菜園等等。
要是說了，蒂蒂一定會跟來幫忙。只要我不休息，她就不會休息。即使看起來累癱了，她也絕不會聽從我的建議休息。這般毅力著實令人敬佩。
（唉～不要緊嗎？她真的不要緊嗎？）
雖說是本人的意願，但讓今天已經精疲力盡的蒂蒂端晚餐給老師，實在讓我相當擔心。這幾天在一旁看著她努力過來的我，湧現了一種像是在照料雛鳥的心情。我站在廚房深處，在內心默默「加油！加油！」地為她打氣。蒂蒂的腳步不太穩，手臂也不停顫抖，但還是順利將所有餐點送上桌。
（她做到了！鼓掌！鼓掌～！）
「老師……請用。」

（快誇獎她！對她說：「妳很努力呢！」）

我站在廚房裡試著以念力和老師溝通。

「……」

（他……什麼都沒說……）

這個魔鬼。看著沒有半點反應的老師，我忍不住這麼想。雖然他平常也是這樣。

看著蒂蒂一臉沮喪地走回廚房，不知道該對她說些什麼才好。

（她……她的臉色好蒼白！）

或許是體力和心力都一起磨光了吧。她看起來像是燃燒殆盡那樣死氣沉沉。這可不是十五歲少女會露出的表情。

「好……好好吃喔……」

「請用！儘管多吃一些吧！」

就這樣，老師以平淡到令人難以置信的態度吃完晚餐，然後去洗澡。我和蒂蒂也趁這段時間吃晚餐。蒂蒂狼吞虎嚥地吃了不少。直到昨天都靠意志力死撐過來的緊繃感，此刻似乎完全放鬆下來。

「我吃飽了！真的很好吃……咦，妳在做什麼？」

看到我對著餐盤雙手合十，蒂蒂不解地這麼問。

向她說明：「老師每次吃完飯都會這麼做。」蒂蒂的兩道眉毛彎成八字狀，露出一臉想哭的表情。讓我大吃一驚。

「妳……妳怎麼了？」

我焦急地探出上半身，眼前的少女五官皺成一團後趴倒在桌上。

「我澈底輸了嘛……」

「咦？」

「沒事……」

老師還沒從浴室回來。我把他在洗澡後要喝的飲料放在餐桌上，然後護送蒂蒂回家。

在月光靠不住的森林裡，我們提著燈籠一起前進。因為疲憊，感覺蒂蒂踏出的每一步都很沉重，讓人不禁替她擔心。不過，比起這個，她一直無精打彩的模樣更令我在意。

現在的她，完全沒了第一天的活力，讓我有種自己做了什麼壞事的感覺。雖說只是來體驗，但蒂蒂盡了全部努力。是我讓她努力過頭了嗎？

無論如何，現在還是先跟她搭話比較好。

「多虧有妳來，我才能把打掃工作做得比平時更仔細，下廚時也省了不少工夫。蒂蒂幫了很大的忙喔。」

「……」

「妳既努力又認真。有妳這樣的同事在，一定會讓人覺得很可靠。」

「可是，老師什麼都沒有說……」

其實，不要期待雇主每件事都會一一稱讚自己比較好。因為這種事多半不會發生。儘管令人難過，但實際上，大部分的雇主都只會責備而不稱讚，並認為這樣才是理所當然。

（不過，我總覺得蒂蒂不是這個意思。她想聽到的，或許只是來自「老師」的反應。）

「蒂蒂，妳跟老師從以前就認識對嗎？妳之前還說他有送妳花。」

「……」

持續片刻後，規律的腳步聲突然止住。

「蒂蒂？」

她的腳步停下，我疑惑地將提著燈籠的手移向身後，轉頭望向她。站在黑暗中的她垂下頭。正當想開口問她「怎麼了？」的時候，蒂蒂突然朝我衝了過來，以纖細手臂緊緊環抱住我沒有提燈的另一隻手。

「妳……妳怎麼了？」

這麼問之後，蒂蒂就這樣以雙手攬著我的手臂踏出步伐。她究竟是怎麼了？

「我大概是在五歲的時候第一次見到老師。那天，爺爺帶著我一起去老師家拜訪。因為他們一直在聊很難懂的事情，我覺得無聊，就自己跑到院子裡玩。看到院子裡種著很多美麗的花朵，我忍不住摘了一朵盛開的花。」

蒂蒂將頭靠在我身上，開始訴說往事。像是在跟朋友說話的語氣，讓她感覺終於比較像一名十五歲的少女。

「結果爺爺為了這件事大發雷霆。因為那是老師種的花。」

「老師有生氣嗎？」

少女用力搖搖頭。

（我想也是。感覺老師不會為了這種事生氣。）

「老師主動摘了很多花，弄成一束送給我，要我拿回家。」

（老……老師〜〜）

在腦中浮現那幅光景。老師和年幼少女。多麼崇高、多麼令人發自內心微笑。

「押花的書籤，也是老師那天送給我的。他說書籤裡的花不會枯萎。」

「原來如此……」

我這麼附和後，蒂蒂更用力摟住我的手臂。看著她好像在撒嬌，讓我想起自己唯一的妹妹。雖然她跟我只差兩歲就是。

「從那天開始，我就一直很喜歡老師。」

「哦……？」

聽到這個唐突又讓人無法忽略的告白，我忍不住以別有意涵的語氣回應。這句話是什麼意思呢？如果是短短十年前發生的事，當年的老師應該也是現在這種感覺。那麼，蒂蒂的「喜歡」究竟是——

「我想確認一下，妳所謂的『喜歡』……」

「是初戀的意思。」

（呃……）

因為太過意外，我的大腦有點跟不上情況。呃，所以這是……戀愛的那種喜歡嗎？既然是初戀，那就是戀愛沒錯了吧？

或許是察覺到我困惑得說不出話，蒂蒂「啊哈哈」地笑了幾聲。那是不打算掩飾自身感受的純真笑聲。

「開始上學後，我很少回來這裡，但我一直想起老師。還想著將來要跟他結婚呢。」

「結……結婚……」

「不過，畢竟我們年齡相差太多了。所以我轉念，想說只要能陪在他身邊就好。雖然說過自己從中學畢業後，就打算去當幫傭，但並不是哪戶人家都好。我想在老師家工作。而且我也聽說他偶爾會僱用人幫他打理家務。」

聽著蒂蒂的告白，我突然有種辛酸感。她說話的語氣愈是開朗，這淡淡的戀慕聽起來就愈美、愈像是童年時期懷抱的夢想。

「……蒂蒂。」

「我爸和我媽都不知道我對老師的心意，只覺得我莫名其妙地變得叛逆。」

我大概能體會她父母的心情。家裡明明有能力讓女兒繼續升學，但她卻不願走在安排好的軌道上，企圖踏上另一條艱辛的路。這樣父母當然會擔心。

「然後啊，因為我一直是這麼打算的，卻在無意間聽到老師家已經聘請了妳，真的覺得超受打擊又好嫉妒。」

說著，蒂蒂望向我。

「蒂蒂……？」

儘管臉龐仍殘留著幾許稚嫩，她的雙眼卻透露出極為強韌的意志。

護送蒂蒂回到家後，我也踏上歸途。一路上，她方才說的話不停在我腦中打轉。夜行性的鳥獸們，提高警戒注視著眼前這名持續前進的可疑人類。夜晚的森林看起來似乎變得更黑暗了。

「這五天以來，深深體會到現實果然不一樣。原本以為自己能更靠近老師、能幫上更多忙。」

少女的雙眼蒙上一層陰霾。接著，她以悲傷的語氣表示：「可是，我比不過妳。」朝我瞥了一眼後，便轉過頭往前走。

「我會繼續升學。雖然得離開鎮上，到更遠的地方去，不過……我一定會成長為更棒的大人再回來。」

從上方的樹枝縫隙間落下的月光，照亮了少女的側臉。那雙眺望著遠方的眸子柔和地瞇起。

「謝謝妳，璐希爾小姐。」

笑著這麼說的她，看起來已經不再是個孩子。

（老師真的是個罪孽深重的人……）

奪走稚嫩少女的芳心，卻又表現得愛理不理。人家可是一直都迷戀著他呢。

（不過，會迷上老師的少女，也是膽識過人的存在。）

理想和現實的落差想必相當大吧。這樣蒂蒂很可憐耶——我內心湧現了些許責備雇主的情緒。

「我回來了。」

儘管知道一樓不會有人在，我還是在踏進家門時招呼一聲。放下提燈、脫下鞋子時，上方突然有個影子籠罩了我。

是老師。他怎麼了？我還以為他已經上去二樓。畢竟現在的時間早就超過晚上八點。

「怎麼了嗎？您是不是需要什麼？」

我以為老師有什麼事找我，所以這麼詢問。

「今晚的月亮被雲層遮住了吧？」

「啊……？是……？」

我一不小心，就用完全狀況外的語氣回應了。但老師並沒有因此感到不悅，只是靜靜凝視著我，像是確認什麼後點點頭。

（難道……）

因為今晚的夜色比較昏暗，他擔心我回家路上遇到危險嗎？他可是對蒂蒂那麼冷淡的老師，雖然這只是我個人懷著期望的臆測。不過我也知道老師其實很溫柔。

「沒有異常。」

「那就好。」

這麼簡短回應後，老師便快步走向客廳。我連忙追上去，結果發現我在出門前替他準備的花草茶的茶壺，現在放在沙發前的那張長桌上。盛著茶水的茶杯也擱在一旁。

他一直都待在客廳嗎？要等我回來的話，在二樓等也可以啊。

「讓您擔心了。」

「我沒有擔心。」

看到老師一臉淡然，我差點噗嗤笑出聲。

（是，好的。沒關係。您沒有擔心。）

老師板起臉望向我，但沒有多說什麼。幾乎要露出傻笑的我連忙端正表情。我有事情要向他報告。原本打算明天早上再說，既然老師人在這裡，就趁現在說出口吧。

「我有事情要向您報告。」

正打算捧著花草茶的托盤走上二樓的老師，再次於沙發上坐下。我判斷這是他願意聽我報告的意思，於是正式開口：

「蒂蒂的職場體驗到今天告一段落。她非常感謝您，所以請我轉達這樣的謝意。」

「負責照顧她的人是妳才對吧。」

單就事實而言的話，確實是這樣沒錯，但不是這樣。重點在於，是老師允許她待在這個家見習。我想老師應該也明白這一點，所以沒有出聲提醒。他是在謙虛又或是有其他理由？

「她似乎打算繼續升學。」

聽聞這個最重要的情報，老師只是淡淡回應：「我想也是。」彷彿他早就明白這一切。

（他知道蒂蒂的心意嗎？）

如果是這樣就不難理解他為何用冷淡的態度對待蒂蒂了。雖然我知道他原本就是個淡漠的人。他是想澈底避免蒂蒂懷抱更多期待嗎？就算這樣，他還真的是個罪孽深重的人呢。

在我擅自揣測老師的用意時，他突然補上一句：「畢竟她是在妳身邊見習。」

（……嗯？）

一下子沒能明白他這句話的意思。老師這種說法，聽起來像是蒂蒂被我欺負得很慘似的。我一直都想跟她好好相處呀。原來我表現得這麼嚴厲嗎？

（不，我可沒老師這麼誇張。）

我以倍感意外的表情望向老師，結果他罕見地看著我眨了眨眼。從他不自然的反應看來，我能猜到老師想表達的意思應該跟我所想的有出入，但還是無法理解正確答案為何。

（畢竟我們平常只會以眼神做「喝咖啡？還是紅茶？」這種簡單的交流嘛。要是老師覺得我能夠理解他想表達的任何意思，我可就傷腦筋了。）

「就妳每天完成的工作量和成果來判斷，我想跟得上的人恐怕不多。」

「唔！」

我澈底愣住了。這個答案完全出乎我意料。

（這……這樣啊？不對，什麼意思？老師是在稱讚我嗎？）

不知道該怎麼解讀老師的發言，只能默默感受著逐漸發燙的臉頰。老師拋下這樣的我，逕自準備走上二樓。太狡猾了。說完自己想說的話就逃走。真不甘心。

「咕嗚嗚……」

最後，只剩下以手按著雙頰的我獨自留在客廳。

「蒂蒂可不是因為這種理由才放棄的呢！」

道出這句無處宣洩的抱怨後，我拿起盥洗用具大步大步走回自己房間。

伴隨一陣「嘟————」的聲響，火車冒出大量蒸氣。

「趕上了！太好了！」

「璐希爾小姐！連老師都……？」

看到我們時，從火車車窗探出頭的蒂蒂不禁瞪圓雙眼。

今天早上，因為蒂蒂要搭火車返回位在山另一頭的學校，我跟老師說要出門替她送行，結果老師竟然也一起跟來。

我跟老師走到蒂蒂座位所在的車窗外，朝她遞出作為土產送給她的點心。

「這些點心請妳慢慢享用。」

蒂蒂的表情頓時變得開朗起來。

「謝謝妳！我的家人都要工作，所以沒人能來為我送行……嘿嘿嘿，我好開心喔。」

看到蒂蒂喜形於色的模樣，我不禁跟著展露笑容。

「這班火車什麼時候出發？」

「應該快了。啊，車掌上車了。」

蒂蒂才剛這麼說，火車的鳴笛聲隨即傳來。是準備發車的通知。幸好我們有趕上。

「老師，非常感謝你。」

（好……好傷感喔……）

因為明白蒂蒂的心意，讓我覺得揪心。老師，請跟她說點什麼吧。

「自己多保重。」

蒂蒂一瞬間像是在按捺某種情緒那樣緊緊抿唇，但隨即又以活潑的語氣回應：「是！」

「有空請再過來露個臉吧。」

「璐希爾小姐！」

我這麼說之後，蒂蒂突然從車窗探出上半身抱住我。

（好……好危險！）

相較於驚慌失措的我，做出危險行為的少女卻咯咯輕笑起來。隨後，她附在我的耳畔這麼開口：

「我爺爺說啊，他已經幾十年沒看過老師施展魔法了呢。」

「咦？什麼……」

「那邊的乘客～！火車要發車嘍！」

聽到車掌的提醒，我連忙縮回身子。少女露出像是惡作劇的笑容。

車輪開始轉動，火車也跟著往前。蒂蒂不斷朝我們揮手的身影漸漸消失。

「……」

我和老師就這樣沉默地眺望遠去的火車片刻。

「她離開了。」

待火車完全消失在鐵軌的另一頭，老師這麼輕聲開口。我吃驚地抬頭仰望他。

「走吧。」

「是……」

蒂蒂剛才那句話一直在耳邊繚繞，讓我的胸口有種騷動感。懷抱著這種不知該如何定義的心情，快步追上朝車站剪票口走去的老師背影。

隔天，寇特斯先生以相當謙卑的態度造訪老師家。為了蒂蒂的事特地登門道謝。

「啊啊……不好意思，讓你破費了。」

接下寇特斯先生遞過來的點心禮盒後，我朝他一鞠躬，結果他也跟著再次鞠躬。我告訴他蒂蒂一直很努力幹活之後，寇特斯先生像是終於放心，或說是卸下心上大石那樣，重重嘆了一口氣。

（當哥哥也真不簡單呢。）

臉上不自覺流露笑意。

不過，剛才就已經通知老師了，他卻遲遲沒有下樓。

「老師可能是手邊的研究還沒告一段落。總之，請先坐下來喝杯茶吧。」

寇特斯先生看起來有所顧慮，但畢竟不能讓他一直呆站著，我最後還是強制讓他在椅子上坐下。

「啊，對了，我有一件事想趁現在請教你。」

趁著老師現在不在，我試著向熟知特產的寇特斯先生詢問從之前就很在意的老師所使用的香皂。

雖說之前外出尋覓時沒有收穫，但我也只是到生活雜貨店裡逛過一圈而已，不會就這樣放棄。

「比起生活雜貨店，香皂專賣店應該比較有可能找到喔。」

聽完我的問題，寇特斯先生歪過頭「唔～」地沉吟起來。

「原來如此！專賣店啊！因為我之前只是買抹布時順便看看香皂……原來如此！」

在我恍然大悟的時候，寇特斯先生欲言又止地補上一句：「呃，不過～」

「怎麼了嗎？」

「不，畢竟是老師本人用的香皂，所以有可能是他自己製作的呢。」

「咦……」

我不禁瞪圓雙眼。

「啊，妳不知道嗎？我們鎮上的精油皂，原本就是老師開發出來的產品喔。」

「咦……咦咦……？」

我的困惑化為聲音表現出來。是老師開發的？你說這個鎮上的特產？那些迷人的花卉精油皂？

看到我臉上滿是疑惑，寇特斯先生笑出聲。

「那是在早我出生很～久以前的事了。我是聽爺爺說的。過去，在這個城鎮陷入窮苦的困境時，鎮上的人們好像向老師尋求協助。大概是希望他能用魔法做點什麼吧。」

不知道那是多久之前發生的事?那時的老師是什麼樣的感覺呢?我聽得一愣一愣的。在寇特斯先生的爺爺還是個孩子時就存在的人物,如今依舊健在,而且還是我的雇主。如果老師是個讓人一看就覺得是「魔法師」的人,或許還能理解;但平常的他,完全不會讓人覺得他跟我們是不同次元的存在。

(對鎮上的人來說,這樣的事實或許很稀鬆平常,但看在我眼裡,真的很難以置信……)

寇特斯先生微微瞇起眼。那雙眸子透露出他的溫柔和對老師的敬意。

「不過,老師賜予鎮上居民的,並不是什麼神奇力量,而是能讓大家以自己的能力發揮的『知識與技術』。他將從鎮上盛開的各式花卉中提煉精油與製作香皂的方法傳授給眾人。在那之前,老師好像一直都是自己製作香皂。最後,那成了鎮上的特產,也讓這座城鎮起死回生。」

「……原來發生過這樣的事。」

眼前這名青年的臉散發出柔和的光芒。

「所以,鎮上的人才會尊稱他為『老師』。他對這個城鎮有著不可抹滅的恩情。對我們來說,老師現在也願意繼續住在這個鎮上,是一件很幸福的事。」

我聽得瞠目結舌。

(原來大家不是單純因為老師是魔法師,才稱呼他為「老師」啊。)

原本只是想打聽老師所使用的香皂情報,卻聽到了令人意外的一段過往。雖然嘴上都說他不好相處,卻仍尊稱他為「老師」,原來是基於這樣的理由。而這種尊敬與感謝,從當年一代代傳承至今。

對鎮上居民和老師,我敬佩得說不出半句話。我所不知道的雙方之間的關係,讓身為外地人的我感受到了一絲絲的落寞。

到頭來，那天我還是沒能問出老師使用的精油皂的關鍵情報。寇特斯先生表示，要是沒有實際確認那塊香皂，他也不好斷言。不過，要是能把那塊香皂弄到手，我也沒有必要找他商量這件事。

雖然無法鎖定香皂的款式，但從香皂延伸出來的那段過往實在太驚人了。每當洗完澡的老師散發出好聞的香氣時，除了在意這到底是什麼東西的氣味，也不禁感動他就是寇特斯先生記憶中那位偉大的老師呢。

今天的老師，同樣散發著很好聞的淡淡香氣。

（好香喔。真令人羨慕～老師就是用這股香味拯救了城鎮啊。）

「……」

啊。被這股香氣迷住，讓我忘記放開將托盤遞給老師的手，結果變成跟他一起捧著托盤的奇妙狀態。回過神來時，我發現老師對我投以狐疑的眼光。

「不好意思。」

我和老師四目相接時，他罕見地看似有些動搖地移開視線。

（咦？）

不過，這是一瞬間發生的事。待老師轉身後，就讓人不禁質疑只是自己多心。他走上二樓的腳步聲，聽起來跟以往沒什麼兩樣。

「剛才靠得有點近呢。」

抬起頭來時，發現自己和老師的臉意外靠近的我忍不住這麼想。

（好危險。還是注意點吧。要是被當成寡廉鮮恥的女人，可會馬上被開除呢。）

仍殘留在鼻腔裡的肥皂香氣，讓我回想起老師剛才那雙眼睛，胸口也不知為何有些悸動。

在那之後過了幾天，返回學校的蒂蒂寄來了一封信。信件內容基本上以我為訴說對象。想到她默默對老師懷抱的心意，我感到揪心不已。

觀察躺在沙發上的老師，判斷現在可以向他搭話後，我開口告知：「蒂蒂似乎過得很好。」但老師只是輕描淡寫地回應我：「是嗎。」

（他還是一樣淡漠呢。對方明明是從小時候就認識的孩子。）

「等到成為成熟的大人，她會再來見您喔。」

「……」

這次是連反應都沒有。

（真是的～）

待我將信紙塞回信封裡後，老師才躺著道出：「人的成長很快。」這樣慢半拍的回應。看到長大的蒂蒂，果然多少還是有些感觸吧。回想起來，實際感受到排行老么的妹妹已經長大的時候，也有種既開心又寂寞的感覺。我試著以感同身受的態度回道：「得好好珍惜和彼此交流相處的時間才行。」

「沒錯。」

老師以簡短的肯定回應我。長年以來，不知道他是以什麼樣的心境，從旁看著鎮上的人們成長和老去？

「……妳亦是如此嗎？」

「您剛才說了什麼嗎？」

儘管我確實聽到老師說了些什麼，可惜他不願再說一次，只是回我「沒什麼」，將擱在沙發上的雙腿交換翹腳。看得出來老師在想事情，但無法明白他思考的內容。察覺到他已經進入「希望一個人靜一靜」的時間後，我默默離開客廳。

「咦，您也要一起來嗎？」

隔天，我因為私事準備外出時，老師竟然說要跟來。這是吹什麼風呀？

「我是要去香皂專賣店喔？」

老師面無表情地眺望著遠處。

（不行。完全看不出他在想什麼。）

總之，老師說要跟，也只能讓他同行了。老實說，因為我的目的是「找出老師使用的那塊香皂」，如果本人也在場，總覺得會有些壓力。不過，也沒其他辦法了。不如就趁這個機會，不著痕跡地向老師打聽那塊香皂的情報吧。

不自在而沒跟老師交談太多的情況下，我們來到鎮上。

「歡迎光……咦！老師？」

我們踏進香皂專賣店後，店員震驚到整個人不慎撞上後方櫃子。陳列在上頭的商品也跟著搖晃。一臉不知所措的店員，以「歡歡歡歡迎您！大、大駕關臨……光臨！」招呼我們。誇張地吃了螺絲。

（對香皂店的人來說，是不是「傳說級的人物出現了！」這樣的感覺呢？）

我這麼想著，同時以視線仔細掃過店內陳列的商品。原來如此。如同寇特斯先生所言，專賣店的商品種類確實比生活雜貨店要來得更多。

上頭標示著「洋甘菊」的香皂，是我初次目睹。將它捧起到鼻子前方，開始進行人工揀選作業。

「真是好聞……」

不過，不是這種味道。下一個是「檸檬草」。

好比站在一望無際的草原上，讓冰涼檸檬水灑滿全身的清新香氣。但也不是這種味道。

「唔～」

試聞了幾款香皂後，我的嗅覺開始變得錯亂。我捏住鼻子，試著排除剛才聞過的氣味。這時，原本隨意在店裡閒逛的老師朝我走來。

看到我捏著鼻子，老師的表情變得有些僵硬，看起來好像在強忍笑意。

（怎麼了嗎？）

或許是因為看到我一臉不解，老師像是要掩飾什麼地別過臉去，拿起附近的一塊香皂湊近自己的鼻子。他以骨感手指拾起香皂的動作非常優美。

「……成品做得很好。」

「非常謝謝您！」

站在櫃台後方的店員，敏銳接收到老師輕聲道出的感想。臉上寫滿了感激。老師以更輕的音量咕噥：「這樣也聽得到啊。」

我捧起跟老師手中那塊同款的香皂，再次確認它的氣味。這款其實我剛才也聞過，但果然還是跟老師的那款不一樣。

察覺到我散發出來「也不是這塊」的氛圍，老師歪了歪頭。

「我想要聞起來不那麼甜膩的。」

「橙花。」

「更清爽一點的。」

「芍藥。」

「呃……」

要是不就此打住，老師可能會發現我在尋找的不是自己覺得好聞的香皂，而是某款特定的香皂。

老師也沉思著替我選了幾款香皂，但還是挑不出跟我的要求完全一致的東西。如果店裡沒有賣的話，那款香皂很有可能真的是老師自己製作的。

（非賣品啊……）

各方面都感到失望的我，向店員說了一聲：「我下次再來。」便走出店外。店員再次對老師說了好幾次「非常感謝您的光臨」。感覺這已經超越普通的尊敬，可以說是崇拜或信奉的程度了。

「呃……不好意思，讓您陪我跑一趟。」

老師以毫不在意的表情搖搖頭。

「那麼，我們回去吧……呃，咦？老師？」

正準備朝森林走去時，我看到老師朝不同方向邁開步伐。今天真的到底吹什麼風啊？我連忙跟上老師的腳步。有別於以往的這一天，就連鎮上的街景看起來都不太一樣。

「是這裡嗎？」

「是……是的……」

完全出乎我的預料。我們站在的地方，是我最中意的那間餐廳外頭。這裡就是我在發薪日時享用牛排套餐的那間店。

（他……他是什麼時候，又是怎麼發現的？）

自己瞞著老師獨自來享用美食一事被發現，讓我大為震驚又心虛不已，心跳也因此持續加速。壓根沒想到老師會主動提議「在外頭吃過午餐再回去」。他甚至說了：「妳有間常去的店吧。」在我澈底陷入不知所措的狀態時，老師大剌剌地打開餐廳大門。

（他……他走進去了……！）

店裡傳來「老師……？」的困惑嗓音。只能跟上去了。這麼下定決心後，我朝店內踏出步伐。

令人萬萬沒想到的情況，讓我的胃因緊張而持續收縮。老師一臉平淡地瀏覽著菜單。可以請您多少看一下我臉上的表情嗎？

為什麼我得和老師面對面坐下來用餐呢？我原本想若無其事地在另一張餐桌前坐下，結果被店員阻止。我們完全被當成一般客人對待。

（不不不，我的身分可是幫傭耶。）

和雇主坐在同張桌前一起用餐，可是這一行的大忌。前些日子，也才剛告誡蒂蒂一般家庭不會這麼做。

（不知老師有何打算？他不會排斥這麼做嗎？）

我拉開幾乎要緊皺在一起的眉頭，望向坐在對面的老師。

「……」

不行。他的視線仍停留在菜單上。

（嗚嗚嗚……好想吐……）

無力垂下頭時，一聲「那麼……」傳入耳中。什麼「那麼」啦。我帶著幾分怨恨的心情抬起頭，結果跟老師四目相接。

「您……您決定要點什麼了嗎？」

老師點點頭。我咬牙按捺湧上心頭的五味雜陳，呼喚等我們點菜的店員過來。

（老師他……）

我試著以視線傳達「請您先點吧」的意思，卻接收到「妳先點」的回應。看到老師的手勢，店員於是準備先幫我點菜。

（但我不知道老師會點哪一道菜啊！）

有些自暴自棄的我無視緊縮的胃，硬是點了以往都會點的牛排套餐。就算自己點的菜色比老師的更高級，我也不管了！我將放在餐桌下方的手握成拳頭，等待老師開口。

「我要一份跟她一樣的。」

（暈倒——！）

那你剛才看菜單是在看辛酸的嗎？我勉強壓抑住想要整個人趴倒在桌上的衝動。

滋滋滋滋滋滋滋滋滋。

滋滋滋滋滋滋滋滋滋。

在我們的餐桌上譜出令人垂涎的二重奏。總是讓我心心念念的肉，不知為何今天看起來格外平凡。原因很明顯。

老師淡淡將雙手合十，再輕輕點頭致意。已經習慣這個餐前儀式的我，也跟著做出同樣的動作。

「……」

感受到來自老師的視線。

（啊，對喔。這樣就被他發現我在模仿他了。）

這讓我一下子感到很難為情，臉頰也開始發燙。老師垂下頭輕輕哼笑一聲，一語不發地將手伸向餐具。

「──！」

簡直羞恥到不行。剛才只稍微自暴自棄的我，現在澈底進入自暴自棄的狀態。

（我也要開動了！）

拋開「坐在自己對面的人是雇主」這樣的顧忌，我將所有精神專注於眼前的牛排上。

「……」

一陣令人身心舒暢的風吹來，揚起正在仰望天空的老師的髮絲。雖然仍是一臉面無表情，但此刻的他看起來心情似乎不錯。彷彿能看到他頭上浮現「♪」的記號。

（您開心就好……）

另一方面，我則是因為神經緊繃而疲憊不已，也無力吶喊：「好好吃！好幸福！」

我是打從十六歲便開始以幫傭、女僕維生的人。明白無論雇主再怎麼親切，都不可能把我當成賓客或家人對待。因此，剛才跟老師之間的距離感，讓我受到了相當大的震撼。倘若老師將我視為一名幫傭，我希望他能避免做出這樣的行為。

（這可能會讓我得寸進尺啊……）

老師是懷著什麼樣的意圖跟我共進這一餐呢？他認可我的工作成果，也會支付我薪水，所以理所當然有把我視為一名受僱者才是。真要說起來，他分配給幫傭非常正常的房間。因這些理想的工作條件而開心不已的不是別人，正是我自己。

（待遇這麼好，為什麼之前的人都撐不到一星期呢？）

我重新審視這個內心的一大疑問。時常會思考這個問題。

（照理說，如果原本就是想靠這一行餬口的人，應該不會放過這樣的待遇才是。）

不過，這個鎮上沒幾戶有能力聘請幫傭的人家，所以受僱者很有可能並不明白一般雇主對待幫傭的方式。在我之前的那些前輩，說不定老師家就是她們以幫傭身分初次體驗的職場。

不過，不明白這樣的工作環境多麼千載難逢，所以不到一星期就辭職，感覺也很不可思議。我甚至忍不住懷疑「有些人做了兩天就不做了」這種話是不是在說笑。

因為這樣，我試想了各種情況。諸如老師討厭被干涉，但幫傭卻老愛管東管西；或是幫傭無法忍受老師淡漠的態度等等。不過，到頭來，這些都只是外人站在遠處眺望著事物表面做出的想像。

在明白這個城鎮和老師的過去後，開始有些顧忌自以為是地進行膚淺分析。

我望向老師的背影。

「……」

這個鎮上的人都很喜歡老師，所以也自然而然想要親近他。

但從我跟老師相處至今的經驗來看，如果想縮短跟他之間的距離，必須等他主動靠近自己才行。

若是因此感到焦躁，試圖積極縮短雙方之間的距離，只會讓老師為了維持自己理想中的距離而退開。這樣一來，除了無法縮短彼此的距離以外，對老師懷抱的期待、憧憬以及理想，也會出現讓人心灰意冷的落差，而老師本人也會感到厭煩。

——不能湧現想把那個背影占為己有的念頭。

這麼想的瞬間，感覺胸口有股莫名的悸動。

（哎呀……？）

怎麼回事？我只是一介幫傭，不像鎮上的人那樣，從一開始就對老師懷抱著尊敬或期待。讓老師過著舒適自在的生活。這是我的工作，也是我的所有。我跟老師之間，只要能進行工作上必要的溝通交流即可。今後，我只要在一旁安靜觀察老師的動靜，在關鍵時刻為他提供最貼近需求的服務就好。

所以，我不能過度解讀來自老師的溫情和善意。對老師來說，這些一定都只是無心之舉。他不會做多餘的事。因為老師就是這樣的人。

「……」

老師轉過身來。我判斷他的眼神在詢問：「妳要辦的事都辦完了嗎？」因此無言地點點頭。老師迎著風朝森林的方向走去。

回到家後，老師一如往常地走上二樓，我也開始繼續平日的工作。清掃灰塵、擦窗戶和地板。為了避免陷入無謂的思考，我拚命活動雙手工作。沒錯。該動的不是腦袋，而是這雙手。我試著這麼說服自己，將晾乾的衣物收進屋裡，操作位於房屋後方的熱水器，準備足夠泡澡的熱水。接著將菜刀磨利，開始料理晚餐的燉菜。

這麼忙進忙出的時候，夜晚一下子就降臨了。如同平時那樣。

——喀鏘。

老師走出浴室。今晚的飲料是加了各式香料和牛奶的紅茶。今天不需要再讓老師等了。我捧起托盤走向老師。

「……」

「……？」

老師沒有接下托盤，反而朝我遞出某樣東西。或許先收下他遞過來的東西比較妥當吧。我將托盤放回桌上，朝老師伸出手。他將一個巴掌大小、硬邦邦的東西放在我的掌心上。

（咦……）

明白那個物體是什麼之後，我整個人僵住了。這股淡淡的香氣是——

「老……老師！」

我像是觸電那樣猛地抬起頭，發現老師已經用空出來的手捧起托盤。動作好快。

「我不確定這是不是符合妳需求的東西。」

「就試用看看吧。」說著，老師的眼角彎成柔和的角度。雖然是極為細小、不起眼的變化，卻全都看在我的眼裡。

看著老師俐落走上樓，我連忙在他的身影完全消失前開口道謝，但整個人還是杵在原地。

（他給我這個……）

「為……為什……咦咦咦咦？」

我以不會傳到二樓的細微音量吶喊。

（咦～！老師給我這塊香皂？）

捧在手心裡的這塊香皂，確實散發出我尋尋覓覓的那股氣味。老師是不是覺得我在店裡執意找出某款香皂？不對，我應該沒做得那麼明顯才是。覺得自己有維持「只是在店裡賞玩各式香皂」的態度。

可是——

「我不懂……我真的不懂老師。他為什麼願意為我做這麼多呢……」

原本彷彿很遙遠、卻又好像恰到好處的距離感，現在突然讓我有種摸不清的感覺。

『我爺爺說啊，他已經幾十年沒看過老師施展魔法了呢。』

蒂蒂那句話唐突地在我腦中浮現。

「——！」

我忍不住蹲了下來。無法掌握距離感的人只有我嗎？還是說——

被包裹在掌心裡的香皂，透出讓我想起老師的香氣。胸口有種灼熱感。一股坐立不安的情緒，讓我整個人不知該如何是好。

（怎麼辦……）

之前那樣望眼欲穿的香皂，現在卻成了讓人有些用不下手的東西。

〔第四章〕四隻腳的冒險

「咦？」

落葉樹的葉片乘著風飄落到我的腳邊。鮮豔而帶著幾分寂寥的色澤。才剛覺得日照似乎沒有之前那麼強烈了，看來這個世界正慢慢準備邁向下一個季節。

我撿起落葉，以指尖捻著它旋轉。

「這樣的話，或許可以去撿栗子或採香菇呢。」

撿回來的栗子，可以放進燉菜裡、可以拿去蒸或是煮成甜點。採到香菇的話，就能當成香煎肉排的大量配菜。

（不知道老師喜不喜歡栗子跟香菇？）

我決定在近期踏進環繞著這個家的森林區域。

這麼說來，最近早上和傍晚確實變得有幾分涼意。前幾天，洗完澡的老師坐在沙發上等我調製飲料時，還打了個噴嚏。那是我第一次看到他打噴嚏。我當下亢奮地想著「剛才那是什麼聲音？打噴嚏？」像這樣為了老師也會打噴嚏一事而莫名感動。

不對啦。我該思考的是老師的保暖對策。雖然現在還是不知道他的真實年齡，但身子著涼必定不是好事。總是打赤腳感覺不太妥當，然而，要是針對這一點表達意見，老師一定會不高興。我也想過用毛線打一雙毛茸茸的襪子送給老師，但感覺會被嫌棄。

「嘿咻。」

位於屋舍後方的熱水器。第一次看到這個裝置時，我還搞不清楚是什麼東西。這似乎是老師自己開發的。將水加入水槽之中，再旋轉把手，隨後裝置就會以迴轉的動力慢慢將裡頭的水煮沸。

廚房和浴室用的熱水，都是從這裡供應。多麼完美的裝置啊。雖然我完全不明白運作原理的細節，但這麼方便的東西，應該要普及全世界才對。倘若有一天得離開這裡，我想拜託老師至少畫一張設計圖給我。

好啦。準備好一天份的熱水之後，接下來就是整頓室內。

今天就順勢把夏天用的地墊和桌巾一口氣換掉吧。我在當作倉庫使用的房間裡東翻西找，挖出一些適合在今後季節使用的生活雜貨。

（這個倉庫有好好挖寶的價值……感覺裡頭收藏了不少有意思的東西。）

原來倉庫意外是個有趣的地方呢。但我還是將這個令人振奮的發現擱置一旁，一口氣把自己的掌管區域，亦即一樓生活空間的外觀澈底翻新。

原本看起來很清爽的室內景觀，現在變得截然不同。暖色系的地墊和沙發套，光看就能讓人感受到溫暖。

「欸嘿嘿。」

感覺樂在其中的我，嘴角也忍不住上揚。怎麼樣？不知道老師看到這些，會露出什麼樣的表情？

在固定時間下樓吃午餐的老師，看到煥然一新的客廳後露出「哦……」的表情。不過，這並不是「很棒」、「真不錯」之類的讚賞，感覺比較像是「啊，妳今天做了這些嗎」這種含意的「哦」。

（咕唔唔……）

雖說原本就沒有抱持期待，但看到老師比想像中更淡漠的反應，我的動力幾乎要直線下降。不過，因為這點事就灰心喪志的話，可無法擔任這個家的幫傭。

看著老師默默吃完午餐的焗烤洋蔥湯與加了蔬菜的鬆軟歐姆蛋，在餐後為他送上以較濃的紅茶調製而成的奶茶，然後鼓起勇氣提議新的工作內容。

「請問，二樓需不需要……」

話還沒說完，老師雙眼散發出來的不明魄力以及「不用」的簡短回應，瞬間讓我後半句的「一起替換成新的外觀呢」灰飛煙滅。

老師對二樓的防守依舊堅固不已。第一天來家中報到時，他有領著我上樓參觀過，因此那裡應該不至於是禁止進入的區域，只是老師不願意讓我上去東摸西摸而已。除了臨時有急事而上樓敲老師的房門以外，我今後基本上應該不會踏進二樓。

（這次也行不通嗎？）

儘管一開始就知道會是這種結果，但被拒絕還是令人沮喪。

（不過……）

另一方面，我有也種鬆了一口氣的感覺。

要是突然聽到至今一直強烈抗拒我進攻二樓的老師回以「好啊」，我大概也會感到困惑。

打從跟老師同桌進餐又收到他送的香皂那天開始，我就變得不知該如何拿捏跟他之間的距離。過去，為了判斷怎麼樣才不算「多餘的事」，我一直在衡量能跟老師靠得多近；但現在，我卻在確認兩人之間的距離有多遠。

所以，看到他一如往常的淡漠表現，我反而感到放心。

（太奇怪了……這樣太奇怪了。）

不用說，奇怪的人是我。能跟雇主拉近距離、建立起彼此信賴的關係，理應不是一件壞事才對。

我究竟在害怕什麼？

『為了做研究，我要外出一星期左右。』

幾天後的早晨，我在桌上發現一張字條。

「……啥？」

剛起床的我，以尚未澈底清醒的大腦反覆解讀這行文字。

「哦？」

外出啊。為了做研究。出門一星期左右。

（嗯哼～）

我深吸一口氣，對著客廳玻璃門的外頭大喊：

「昨天就應該跟我說啦！」

什麼做研究啊。突然不見蹤影，不是會讓別人嚇一跳嗎？一個星期還真是長耶！我心浮氣躁地拍打地墊，灰塵隨著啪啪啪的沉重拍打聲漫天飛舞。

「哼！」

我重新握住用來拍打地墊的棒子，雙手抱胸望向老師房間外頭的陽台。既然這樣，我就趁老師不在時闖入他的房間吧。

「哎呀。」

這麼靈光乍現後，我愈來愈覺得這是個好點子。畢竟我也有工作上的安排呀。為了今天的早餐，我昨天特地做的醃漬品正在哭泣呢。

「反正我也不是要去他房間搗亂。」

只是去裡頭參觀一下而已。

這麼決定後，我開始亢奮起來。高漲的期待和悖德感。或許是我不該這麼得意忘形，也或許是我背地裡說老師壞話的懲罰吧——

「咦？菲力斯大師不在啊？」

突然有個陌生的聲音從身後傳來。

「！」

一股寒意竄上我的背部。這裡是被森林環繞的獨棟房舍。直到前一刻，庭院裡應該都只有我一人而已。我慌慌張張轉身，看到一名身穿黑色長袍的青年出現在眼前。紅髮紅眼的他，雖說是青年，但看上去應該只有十來歲。

「妳是這個家的人嗎？妳是他的誰？老婆？情婦？」

從說話語氣和用字遣詞，我判斷對方是個不太懂禮數的人。感到幾分不愉快的我，板著臉孔向他表示：「我是這個家的幫傭。」

「老師從今天開始外出一星期左右。」

聽到我淡淡的說明，青年毫不掩飾地露出一臉掃興的表情。

「唷～？搞什麼啊，難得我特地過來一趟。」

我懷著送客的心情，對青年投以「您今天還是請回吧」的冰冷視線。雖然只是個人推測，但我總覺得這名青年不是老師的「客人」。

（不對，等等……他剛才憑空出現在這裡，所以……）

說不定是魔法師——至此，我遲鈍的腦袋才開始警鈴大作。老師平常完全不會施展魔法，只有在擊退我的前雇主時用過一次。所以，在日常生活中，我並不會特別意識到「魔法」這種東西的存在，也壓根不會對他人湧現「這個人說不定是魔法師」這樣的揣測。應該說一般人都不會這樣，是這個城鎮比較特殊。

在我開始對青年湧現恐懼之情時，他也對我露出不懷好意的笑容。

「就這樣回去太沒意思了。嘿！」

「唔！」

青年突然朝我伸出他的掌心。下一刻，我眼前的光景開始扭曲變形。感到不適的我，唯一能判斷的，只有這並非普通的暈眩感。我緊閉雙眼，試著努力撐過這種天旋地轉的感覺，甚至開始有些想吐。

「哈哈！」的嘲笑聲傳入耳中。緩緩睜開眼的我，被一股極其反常的感覺支配。

（地面好近……？）

我抬起頭，眼前的青年身形看起來比剛才巨大好幾倍。

（什麼？發生什麼事了？）

「好～可愛喔～哈哈，真是太好了呢。那麼，幫我跟老師問好吧。」

拋下這句像是把人當笨蛋耍的發言後，青年衝刺一小段距離，接著高高一躍，就這樣飛向天空。

（啊！果然！）

他是魔法師。目睹這般不可思議的光景後，我終於可以這麼斷言。輕飄飄地彈跳著離去的青年，身影愈變愈小，終至消失無蹤。

（現在不是看著他發愣的時候！這種反常的感覺到底是……）

這時，我才發現自己是雙手撐在地上的姿勢。一股不祥的預感襲來。

我戰戰兢兢望向自己的手。映入眼簾的是——

（毛……毛茸茸的——？）

我身上究竟發生了什麼事？腦袋和精神狀態都陷入一片混亂的我，因為眼前難以置信的事態而僵住片刻。

等等。先等一下。冷靜點。不對，我無法冷靜。

驚慌失措。手忙腳亂。我狼狽地在原地走來走去或是不停繞圈子。我的身體現在是什麼情況？

我感受著劇烈心跳，再次細細打量自己的手。

（啊啊，我看過這個呢……）

一陣暈眩感襲向我。這個圓滾滾又可愛不已的手掌——

（是肉球啊。）

正打算說出「貓」這個字時，我的聲帶發出了「喵～」的叫聲。

「……」

喵啊啊啊啊啊啊！

我激動的叫聲響徹這一帶，也讓遠處的鳥群因為受驚而振翅飛上天空。

（貓！我變成貓了？為什麼？怎麼會？）

現在到底是怎麼回事？我該怎麼辦才好？

（救命啊！老師，快救救我！）

陷入混亂狀態的我，就這樣在庭院裡跑來跑去好一陣子。在變得疲累不堪後，我的情緒終於平靜一點了。不對，也不到平靜的程度。無計可施的我，只能沮喪地朝房舍走去。

（哇！）

我的身影倒映在客廳玻璃門上。大大的耳朵和眼睛。嬌小身軀。搖來搖去的尾巴。是貓。不管怎麼看都是貓。親眼看到自己變成貓咪之後的模樣，讓我對眼前的現實感到絕望。然而，隔了幾秒鐘後，我發現了更令人絕望的事。

（咦……我要怎麼進去家裡？）

客廳玻璃門牢牢上了鎖。印象中後門也是關著的。要是無法用貓的前腳和力氣打開玄關大門，我就是完全被關在外頭的狀態。把大門推開到我的頭可以擠進門縫的程度，應該就沒問題了。我跑到玄關外頭，然後……

「嗯——！」

用力推。

「嗯喵——！」

更用力推（因為沒辦法用拉的）。

我累得不停喘氣。不行。這扇門根本文風不動。完蛋了。

「喵……喵啊啊啊啊——！（老師——！）」

一心想求助的我，竭盡所有力氣吶喊出聲。

半天時間過去了。我在住家附近最能夠照到陽光的地方縮成一團。我不時試著發出「咪～（老師～）」的叫聲，但還是什麼都沒發生。聽到自己傷心的叫聲，我又試著「咪～咪～」地叫了幾聲，結果只是變得更難過。

如果老師照著留下來的字條那樣行動，他要一個星期後才會回來。這段期間，我該怎麼辦才好？我只能悲慘地蜷縮在這裡，苦苦等他返家嗎？

（昨晚做的醃漬品……會醃過頭啊……）

我不願想像放了一個星期後的醃漬品會變成什麼樣子。

話說回來，醃漬品是人類的食物，那我該吃什麼才好？既然沒辦法進去家裡，我只能靠自己的力量在這附近覓食了。

（貓可以吃什麼東西啊？）

我沒養過貓，所以也不清楚貓能吃或不能吃什麼。我所能想像的，只有牠們在喝牛奶的樣子。房舍後方的菜園裡種了許多蔬菜，但現在這個季節，能收成的主要都是馬鈴薯之類的根莖類植物。

「……」

沙沙。我拔起一撮老師喜歡的香草，試著放進嘴裡嚼幾口。

「嗚嗯嗯嗯嗯嗯～」

片刻後，身體明顯產生異常反應的我開始嘔吐。

「呼～噗嘶……」

我臉色蒼白地躺倒在地，呼吸也變得微弱。

（糟……糟糕！我可能會活不下去！）

就連等老師回來，都是相當艱鉅的任務。

「咪……」

我拉長嬌小的四肢伸了個懶腰，一邊隨意甩動尾巴，一邊躺在地上眺望夜空中的月亮。不知不覺已經是晚上了。月亮高掛在無邊無際的夜空，看起來異常遙遠。

我突然開始在意周遭的一片靜謐，也因此感到相當不安。我現在孤伶伶地獨自待在夜晚的庭院裡。

（好可怕……好孤單喔……）

開始覺得想哭的我，將自己的身體蜷縮成球狀。將背部貼上房舍外牆，讓我感到幾分安心，隨後疲倦地睡去。

變成貓的第二天。我的肚子發出咕嚕嚕嚕嚕的叫聲。

（肚子餓了呢。）

基於昨天失敗的經驗，我再也不敢隨便從地上拔一撮植物放進嘴裡。因為我知道它們有可能不只無法填飽肚子，還會讓身體飽受痛苦折磨。

我做出某個決定。沐浴在朝陽下的貓，腦中閃過了天才的點子。

（再這樣下去不行。）

突然變成貓而手足無措的我，沒辦法以這樣的狀態生存下去。不是在這裡餓死，就是因類似的原因而失去性命。

（去有人居住的地方吧。）

我離開了這個家。說不定過了一星期也無法回來。好不容易回來的時候，老師或許會站在屋簷下方，以冰冷視線望向變成貓的我。光是想像這一幕，就讓我背脊發冷。

要離開這個家，讓我感到相當煎熬、孤單又不安，但現在沒有其他選擇了。我相信這是最妥當的判斷，邁開步伐往森林隧道走去。途中，我依依不捨地轉頭望向身後，眺望那棟靜靜矗立在森林裡的白色屋舍。

（原來這麼遙遠嗎……）

人和貓走路時，每一步之間的距離跟步數都大不相同。我擺動纖細的四肢，輕快地在森林中前進。幸運的是，我一路上沒有遇到其他動物。要是遇上老師施展魔法那天在他身邊集結的猛獸，我想必會在轉眼間被牠們吞下肚。

我戰戰兢兢地拚命往前走，最後終於抵達鎮上。我放心地吐出一口氣。因為原本是人類，來到有人的地方，讓我感到安心許多。

我的目的地是寇特斯先生的商會。有一隻貓時常趴在商會建築物的窗邊，我猜想牠可能是寇特斯先生養的貓。這樣的話，比起突然變成貓的我，他應該更了解照顧貓咪的方式。

在變成大都市的城鎮街角前進片刻後，我抵達了商會所在的地點。我勉強爬上堆放在窗戶附近的箱子上方，隔著窗戶窺探裡頭的情況。值勤中的職員有的坐在辦公桌前、有的在服務窗口對應前來的客人，大家看起來都相當忙碌。

（寇特斯先生～）

我把額頭貼在玻璃窗上，試著以心電感應呼喚正在跟一群職員對話的寇特斯先生。

「嗯？」

不知道是不是心電感應成功了，寇特斯先生的視線移向我所在的窗戶。他帶著一臉好奇的表情朝這裡走來。

「我之前沒看過妳耶。怎麼啦？」

寇特斯先生打開窗戶和我說話。

「咪～咪～（我肚子餓了。）」

儘管知道寇特斯先生不可能聽得懂，我還是努力表達自身訴求。

「唔～是肚子餓了嗎？」

（奇蹟！）

看到寇特斯先生歪著頭這麼輕喃，我連忙用力點頭。

「咦？哈哈，妳聽得懂我說的話啊。好～妳等我一下喔。」

寇特斯先生的背景彷彿出現了神聖的光芒。選擇來這裡真的是太好了。這麼做是正確的。我感動得全身打顫。

片刻後，回到我面前的寇特斯先生捧著一個小碗。

（會是什麼呢！牛奶嗎！）

我心跳加速地等著他把手上的東西放到自己眼前。

「來，請用。」

「……」

寇特斯先生以無比溫柔的動作，放下讓我剛才欣喜若狂的情緒在一瞬間消散殆盡的東西。

（剩飯……）

不，他說不定是把昨天吃剩的晚餐當成今天的午餐，再把一部分分給我。又或者，這碗食物說不定有著不同於外觀的美味。寇特斯先生說不定是很不捨地把自己最愛的食物分給我。

「咦？怎麼了？多吃一點啊。」

「喵嗚……」

儘管寇特斯先生持續釋出善意，但看在原本身為人類的我眼裡，裝在碗裡的東西，都是在烹飪時被視為廢棄品扔掉的碎魚肉（生的）或是破碎的肉塊（生的）。

「咪——」

我不知該拿眼前這碗大餐怎麼辦。畢竟是自己主動開口要求的，我不想糟蹋寇特斯先生的一番好意。然而，我實在沒有勇氣吃下這些東西。

（傷腦筋啊……）

我默默盯著飯碗的時候，有個東西突然出現在我身旁。是跟我一樣毛茸茸的生物。

「啊，馬卡龍。」

（馬卡龍……）

在眼前登場的，是我這陣子常看到的貓咪。我吃驚地僵在原地時，馬卡龍先是朝我撇了一眼，接著迅速探出身子，把飯碗裡的食物吃個精光。

「啊！妳怎麼這樣！那是要給她吃的耶！」

得救了。雖然對生氣的寇特斯先生很過意不去，但這碗食物被搶走，我真的完全不會感到不甘心。甚至只想跟對方說謝謝。

馬卡龍搖晃著尾巴，帶著若無其事的表情轉身。她要去哪裡嗎？我盯著她看的時候，馬卡龍轉過頭來直直望向我。

『跟我來吧。』

『咦！』

語畢，馬卡龍從箱子上頭輕快地跳到地上，然後像是在等我那樣抬頭看過來。剛才搶奪食物的行為，再加上這一連串的動作，讓人感受到她強大的求生能力。我在她身上看到了可靠的感覺。

（嘿！）

我模仿馬卡龍，試著從箱子上方跳下地面。不知是出自貓的本能還是身體構造，我比自己想像得更完美落地。原本以為會很痛呢。

『走嘍。』

『好……好的！』

我跟上走路姿勢大方又優雅的馬卡龍。身後的寇特斯先生的不解輕喃傳入耳中：「牠們倆認識啊……？」

馬卡龍自在地穿梭於小巷之間。為了不要跟丟，我努力追上她。不過，走在前方的她偶爾也會轉過頭，確認我是否有好好跟上。

『請……請問！』我鼓起勇氣向她搭話，同時加快腳步走到她身邊，跟她並肩前行。正想以『我……』開口時，馬卡龍早我一步問道：

『妳是璐希爾對吧？』

馬卡龍的這句確認，讓我不禁瞪圓雙眼。她怎麼會知道？

『妳身上有璐希爾的味道。』

馬卡龍將鼻尖靠近我聞了聞。

『得先填飽肚子才行。』

她嫵媚地轉動眼球望向我，眼神像是在問：『妳很餓了吧？』看到這樣的馬卡龍，我幾乎要熱淚盈眶地喊她一聲「大姊頭！」了。

我們最後來到一間店家外頭。我對這裡有印象。

（Lillie……這是迪歐先生之前帶我來的莉莉安小姐的店？）

『這邊、這邊。』

望著看板發愣時，我聽到馬卡龍的呼喚聲。跟著她走到店面後方，來到後門外頭。

『聽好嘍，妳要盡全力可愛地跟她撒嬌。』

說完，馬卡龍開始發出像是在撒嬌的「咪啊～咪啊～」的叫聲。在我看得目瞪口呆時，後門內側傳來聲響。

「真是的！又是貓叫聲！」後門隨著一道暴躁人聲打開。開店前的莉莉安小姐走了出來。或許正在下廚吧，她身上穿著一件荷葉邊的圍裙。好可愛。

「啊，妳又跑來了呀。咦，今天還多了一隻？」

看到我之後，莉莉安小姐吃驚地往後退。

『就是現在！妳也快點動作！』

聽到一旁的前輩下達指令，我連忙端正自己的坐姿。

「咪啊～（莉莉安小姐～）」

「怎……怎樣啦，為什麼連妳也……」

「咪嗚～（請幫幫我～）」

看著眼前的兩隻貓咪一起以撒嬌的嗓音咪咪叫，莉莉安小姐的表情開始抽搐。

『只差一點了！』

聽到馬卡龍這麼說，我「喵嗚～」了一聲，然後倒地坦露自己的肚子。

「啊嗚！好……好可愛……！」

莉莉安小姐在我前方蹲下，像是再也忍不住那樣伸手撫摸我。仰躺在地上的我和馬卡龍四目相接。

『做得很好。』

她的眼神這麼對我說。

嚼嚼嚼。

（真好吃……）

我跟馬卡龍一起大啖莉莉安小姐給我們的食物。盡情撫摸我一陣子之後，莉莉安小姐喃喃說著「下不為例」、「我又輸了」之類的話，然後為我們端來煮熟的雞肉、香蕉和優格等大餐。

（吃飽了。）

心滿意足的我，跑到在一旁觀看我們進食的莉莉安小姐身邊。

（非常感謝妳。）

我心懷感激地以身體磨蹭她，莉莉安小姐伸手撫摸我的頭。雖然不滿地鼓著腮幫子，但她看起來很開心。

『走嘍。』

享用完食物後，馬卡龍隨即頭也不回地準備離開。

（超級冷淡！）

因為不能被馬卡龍拋下，我向莉莉安小姐「喵～（謝謝招待）」了一聲，輕輕朝她低頭致意後，連忙趕往馬卡龍身邊。

輕快地在小巷弄中前進片刻後，馬卡龍帶著我鑽進一戶人家架高的地板下方。

『這裡是我家。』

『咦！原來馬卡龍小姐不是家貓嗎？』

聽到我真心感到驚訝的疑問，她以鼻子哼了一聲。

『我才不要成為任何人的東西呢。』

她未免也太熟悉處世之道了。巧妙地引誘莉莉安小姐端出食物，卻一根毛都沒讓她摸到。馬卡龍的強大，讓我感到佩服不已。

『那麼，妳為什麼會變成貓？』

因為發生太多事情，我竟然澈底忘了這件最重要的事。這為我造成相當大的衝擊。

『其實……』

我向馬卡龍說明一切的前因後果。她看起來並沒有特別意外，只是認真地聽我訴說。

『是喔。還真是來了個討厭鬼呢。』

『我完全沒料到會變成這樣……要是老師在的話……』

『我就能變回人類了。』我沮喪地垂下頭。馬卡龍像是要安慰我那樣，用尾巴掃了我幾下。

『老師不在鎮上的話，我們也沒辦法通知他呢。』

『通知？』

馬卡龍打了一個呵欠，躺在地上開始放鬆。

『鎮上有很多貓咪是老師的傳話員喔。我們會向他報告鎮上發生的事。不過，這其實是我們單方面為他做的事情就是。噢，有些鳥類也會這麼做呢。明明有我們就夠了。』

看到我瞪圓雙眼的反應，馬卡龍露出得意的笑容。

『將妳來到鎮上、以及有個怪胎來鎮上找妳的消息告訴老師的，也都是我們喔。』

我想起前雇主尼傑爾來到這個鎮上時，突然有一大群貓竄出來直奔森林的光景。原來牠們是為了跟老師報告尼傑爾現身一事。壓根沒想過老師會從貓的口中得知真相。

『那時真的非常感謝你們。我因此得救了。』

我向馬卡龍深深一鞠躬。

『我們這麼做不是為了妳，是為了老師。』

馬卡龍的喉頭發出呼嚕呼嚕聲，看似心情相當不錯。

『老師他啊，很喜歡也很重視森羅萬象原本的樣貌呢。所以他幾乎不會施展會影響到自然環境的魔法。之前那次真的嚇了我一跳。他很珍惜妳喔。』

（這……這樣啊……）

我一時語塞。因為老師不會主動將這種事情說出口，要是沒聽到馬卡龍這番話，我大概一輩子都不會知情。感動不已的我，全身的毛都倒豎起來。不過，要是沒被變成貓，自己恐怕就沒有機會得知這件事。這麼想之後，我的心情變得相當複雜。

這讓我愈來愈想念老師了。然而，現狀仍讓人束手無策。

『老師一個星期之後才會回來吧？鎮上有很多不懂禮貌的傢伙，在他回來之間，妳就跟我一起待在這裡。』

沒有其他對象能依靠的我，決定承蒙馬卡龍的好意，暫時住在她家。

『寇特斯不行。他提供的飯菜，對妳來說難度太高了。』

『這邊每次都會端出很美味的魚。』

『我可不會做出去翻廚餘這種不成體統的行為。』

接下來的五天，在馬卡龍的看照下，我順利地以一隻貓的身分活了下來。她帶著我拜訪許多人家，有時還會聽到有人以不同名字呼喚她。我則是待在這樣的馬卡龍身邊，以「我是她的乾妹妹」的形象討好遇到的人。

四處討食得來的飯菜，從不曾讓我吃壞肚子而嘔吐。晚上也能睡得很安心。雖然個性有點高傲，但馬卡龍相當會照顧人也很溫柔。

（變回人類後，我一定要獻上一些東西表達謝意。）

這晚，我懷著深切的感恩之心，在馬卡龍身旁縮成一團。

第六天中午，令人困擾的事情發生了。

吃完午餐後，我跟馬卡龍準備前往一處能在暖陽照耀下午睡的地點。途中，一隻體型巨大、看起來不太好惹的野蠻公貓朝我們靠近。

『出現了啊，禽獸。』

『哦？妳今天帶了一個挺可愛的女孩子嘛。』

馬卡龍一開口就是攻擊性的發言。聽到她這句話，對方也不甘示弱地回道：『妳說啥，大嬸？』感受到雙方之間蔓延的火藥味，我害怕地躲到大姊頭身後。

『沒看過這女孩。她是誰？』

『是老師家的孩子，不許你對她出手。』

『我跟妳們不一樣，我才不管什麼老師咧。』

從對話聽來，在這個鎮上的貓咪社會中，這隻公貓大概是近似流氓的存在吧。身上有不少傷疤的牠，個性可能相當逞凶好鬥。

（好嚇人……）

跟馬卡龍你一言我一語的同時，公貓緩緩地走來走去，對躲在馬卡龍身後的我投以細細打量的眼光。那彷彿要把我從頭到腳看個清楚的視線，讓我感到相當不舒服。

『她果然很可愛耶。』

『給我閃一邊去，萬年發情期。』

萬年發情期。馬卡龍道出了聽起來相當危險的名詞——這是那個吧？不是用在人類身上的比喻。

湧現不祥預感的我。悄悄朝公貓瞥了一眼。

（噫！）

對上他透出凶狠光芒的那雙眼睛，讓我整個身子瞬間竄起雞皮疙瘩。我的本能在警告自己有危險。

「璐希爾，快逃！」

以假動作讓馬卡龍露出破綻的公貓，在下一刻突破她的防守，直接朝我撲了過來。

（嗚哇啊啊啊啊啊！）

腦袋變得一片空白的我連忙拔腿就跑。被追趕的恐懼讓我不停往前。兩隻貓的腳步聲緊追在後。比較靠近的是公貓，在後頭的則是馬卡龍。

『能逃多遠就逃多遠！否則會被那傢伙騎上去！』

——被騎。

這陣子最震撼的字眼傳入我的耳中。

我飛也似的在街頭奔跑。被我嚇到的路人紛紛吃驚地發出「哇！」的叫聲。

（對不起～～！）

我朝後方瞄了一眼，那隻公貓仍窮追不捨。

（呀啊啊啊啊啊！）

我拚命擺動幾乎要打結的四肢，盡全力和公貓保持一段距離。要是自己被牠追上，之後會發生什麼事，我連想都不願意去想。如果只是「打招呼」的話，就不至於演變成現在的狀況了。

「萬年發情期」和「被騎」這些駭人的字眼在我腦中不停打轉。光是想像，就令人汗毛直豎。如果……如果真的發生這種事，到底會變成怎樣呢？畢竟我原本是人，不是貓咪啊。

（感覺牠也不是能好好溝通的對象。）

「喵啊啊啊啊啊！」

（嗚哇，是半夜經常會在附近聽到的叫聲！）

帶著殺氣的嗓音從身後傳來。我的老家附近有很多流浪貓，每年總會聽到幾次貓咪嘹亮的叫聲。就像剛才那樣。

（糟了糟了糟了！）

我一股腦地持續奔跑，在街上死命逃竄。

「呼～！呼……！」

最後，回過神來的時候，我發現自己爬到高得嚇人的樹木枝頭上。我不知道自己是怎麼爬上來的。下方可以看到許多住家的屋頂。光是望向腳下，就讓我有種心跳瞬間停止的感覺。

「……」

不同的恐懼湧上心頭。

（不不不……不能看……不能往下看……）

在我全身僵硬地死盯著天空時，下方傳來兩隻貓的叫聲。

『嘖，竟然逃到那種地方。我不過是想逗她一下而已啊。哼。再會啦～』

『還不都是你害的！璐希爾！』

片刻後，我只聽得到馬卡龍的聲音。看來，剛才死命追著我跑的那隻公貓，似乎是覺得掃興就離開了。搞什麼東西啊。

『幫幫忙～！快來人幫幫忙～！她下不來了！』

馬卡龍求助的尖銳叫聲響徹這一帶。因為太害怕，我只能在樹頭瑟瑟發抖。

『怎麼了怎麼了？』

『什麼什麼？』

片刻後，有幾隻貓被馬卡龍的叫聲引了過來。我怕自己一往下看會暈倒，所以無法用雙眼確認，但應該不只一隻。

『這沒辦法了吧。』

『她是怎麼上去的呀？』

『都是某個笨蛋害的！』

啊啊，下方的貓咪在對話。但聽起來不太讓人抱期待。

「怎麼有這麼多貓聚集在這裡？」

我聽到一個不屬於貓咪的說話聲。是人類。太好了，這下子或許有救了。懷抱淡淡期待的我，虛弱地發出「喵～（救命啊～）」的叫聲。

發現我的存在的人「啊啊！」大喊一聲。

「不好了！有一隻貓卡在樹上下不來！」

「嗚哇，真的耶！貓咪有時候會這樣呢！」

（對不起。）

雖然原本是人類，但我似乎已經很適應貓的習性了。

為什麼會變成這樣呢。那個來到家中的可疑魔法師，是造成這一切的源頭。我被迫以貓咪姿態過著不習慣的生活、還一度以貓咪的姿態陷入貞操危機，現在甚至連生命都有危險。

「不過，牠在的地方真的太高了。」

「怎麼辦？放著不管的話，牠等等會不會自己爬下來啊？」

（我沒辦法啦！）

我陷入極度沮喪。就連被趕出尼傑爾家時的狼狽，也比現在的狀況好上太多。

「喵啊啊啊啊啊啊啊～（嗚哇啊啊啊啊啊啊～）」

無力感讓我放聲大哭起來。好過分、太過分了。我的哭喊聲響徹大街小巷，被牆壁反彈到遙遠的天空中。

我受夠了……我這麼哭哭啼啼時，突然有一陣強風吹來。

（！）

我使盡力氣用爪子攀住樹枝，勉強穩住自己的身體。精神和體力幾乎消耗殆盡的我，正感到萬念俱灰的時候——

「找到妳嘍～！」

身旁傳來一個似曾相識的嗓音。輕飄飄降落在枝頭的是之前那名紅髮青年。雞皮疙瘩竄上我的皮膚。跟萬惡之源重逢的我，內心湧現的不是憤怒，而是恐懼。

（你……你來做什麼啊……）

「還好我有想起妳～真是的～因為妳不見了，害我費了一番工夫。菲力斯大師馬上就要回來了！我終於可以跟他比劃一下！所以啦——」

青年接下來的發言，讓我說不出半句話。

「妳在的話，或許會對我比較有利。就抓妳當人質吧。不，應該說是貓質才對？算了，怎樣都好。喂，過來我這邊。」

青年瞪大的雙眼，透出彷彿在熊熊燃燒的光芒。

（這個人不正常！）

雖然想逃跑，但現在的我無處可逃。而且因為太害怕，我完全僵在原地。青年朝這裡伸過來的手，看起來像是慢動作播放那般遲緩。

要被他抓到了——在我的腦中變得一片空白的瞬間……

「唔喔！」

青年企圖抓住我的那隻手揮空。

（啊……）

有人從後方揪住青年的長袍，讓他的手沒能觸及我的身體。阻止他的人是——

「你在做什麼？」

（老……老師——！）

是我心心念念不已的老師。

「嘖！沒來得及啊！」

青年為了維持平衡而扭轉身子，但老師揪住他的長袍，以更強勁的力道往後扯。他大吃一驚，接著整個人像箭矢那樣咻地往後方飛出去。

「璐希爾。」

「喵啊啊啊啊！（老師～～～～！）」

看到我不停喵喵叫，老師的眉尾跟著下垂。他以「不要晃」制止我，再朝我所在的枝頭移動。老師一如往常穿著黑襯衫加黑長褲。看到這身他待在家裡時也會做的打扮，讓我心中湧現了再強烈不過的安心感。

『變回來！請把我變回原本的模樣！』

我拚命道出自身訴求，但老師只是皺起眉頭。

「在這裡把妳變回人類恐怕不妥。」

聽到老師平靜的嗓音，才猛然回神。我目前依舊卡在一棵高聳的樹上。

（的……的確。現在變回去，我大概也只會傷腦筋。）

我錯愕地看著老師在樹頭穿梭，然後來到自己身旁。明明身處高聳得令人不安的樹上，他的動作看起來卻像是在平地行走。老師真的好厲害啊。

老師說了一聲：「過來吧。」然後伸出手一把將我抱起。

「！」

雖然視野一下子來到更高的地方，但老師以手捧住我的背，又以自己的身體支撐我的全身，因此我一點都不害怕，反而感到溫暖又放心。

「抱歉。」

老師懷中。對現在的我來說，這個臂彎是唯一絕對能保障安全又讓人安心的空間。

老師向我道歉，同時溫柔撫摸我的背部。這雙讓人懷念不已的骨感大手的觸感，讓我忍不住縮進

「很想趕快讓妳變回來，不過……妳再撐一下吧。」

我「咦」地抬起頭的同時，遠方一陣「喝啊啊啊啊啊」的長嘯聲朝這裡靠近。

——是他。

察覺到我全身的毛倒豎，老師伸出手撫摸我。他的動作平靜到彷彿對青年的來襲毫不知情。

「喵……（咦咦……？）」

儘管帶著滿滿戰意的青年已經來到身後，老師卻連頭也不回。我不禁慌張起來。青年朝這裡伸出手。令人不快的記憶從我腦中閃過。

「吃我這招！菲力斯大師！還請多多指教嘍～！」

這個人的發言聽起來莫名其妙。伴隨著青年自信滿滿的嗓音，火舌從他的掌心竄出。

（那……那是～？）

我嚇得在內心發出「嘎啊啊啊」的慘叫聲，但老師只是一臉厭煩地嘆了口氣。我們的反應未免也相差太多。

神奇的是，烈焰無法觸及我跟老師所在的樹頭。

滋。

跟樹枝靠近到一定的距離時，所有的火焰都發出「滋」的聲響而原地四散。

（咦咦咦咦？）

我們所在的樹木下方也傳來「咦咦咦咦咦」的驚嘆聲。

「哈哈，完全不當一回事嗎。不愧是大師啊！」

「……」

老師有聽到那名青年魔法師說的話嗎？從他對著樹下的眾人表示「抱歉，嚇到各位了」的態度看來，應該是完全沒聽到。

青年施展出的火焰攻勢明明那麼猛烈，卻在某個距離外像是被截斷那樣憑空消失。我對魔法一竅不通。不過，如果是老師的魔法消滅了他的火焰，這兩人之間應該有著壓倒性的實力差異吧。

「那這招如何！」

因為老師完全對他不理不睬，看起來就好像青年一個人在演獨角戲。火焰從他的掌心消失，取而代之的是開始凝聚的炫目光芒。被老師擁在懷裡的我，以及待在樹下的貓和人，全都膽戰心驚地看著青年企圖以掌心發射出來的東西。

「老老……老師！」

在我忍不住朝老師的襯衫伸爪的時候——

「喂喂喂～跑來找菲力斯大師麻煩的人是誰啊～？」

一名魔法師像青年那樣突然從空中現身。他一頭柔順的金色髮絲在空中搖曳。是個帥哥。帥哥熟稔地朝著老師大喊：「好久不見了～！」感覺是個跟現場氣氛格格不入的存在。

看到新的魔法師登場，吃驚不已的我緩緩抬頭望向老師，結果看到他帶著一臉極度不悅的表情。

（嗚哇……）

「你誰啊～！別妨礙我！」

「啊哈哈！是之前看起來不懷好意的年輕人啊。你果然跑來這裡了～你的對手是我才對喔！」

金髮帥哥魔法師說著：「對吧，菲力斯大師！」朝老師拋了個媚眼。老師則是低聲輕喃一句：

「兩個都很礙事。」

「嘎啊～！」

「為什麼連我也？」

下個瞬間，兩名魔法師被一股看不見的巨大力量帶往遠方的天空，大概經過兩秒之後，便完全消失在我的視野之中。

「……」

『……』

原本身為人類的我可以明白。無論是待在現場的人類或貓咪，此刻都看傻了眼。再怎麼思考，想必也無法理解。唯一能明白的，只有老師超級厲害這件事。

「回去吧。」

這麼對我說的老師，已經恢復成以往那個平靜的他。

老師將我緊擁在懷裡，然後從樹上一躍而下。在地上等待的人們和貓一瞬間將我們團團包圍。

「老……老師，剛才那是……」

「抱歉，吵吵鬧鬧的。」

沒有說明一切的前因後果，只是淡淡道歉的老師，給人一種不容許繼續追問的感覺。隨後，他將我放在地上。

離開老師溫暖的懷抱後，感到幾分落寞的我，以迫不及待的眼神抬頭望向他。

老師朝我的臉靠近，然後吹了一口氣。周遭的人們吃驚屏息，現場一陣騷動。

「啊……」

下個瞬間，變回人形的我癱坐在地上。這種觸感、視野，以及能自由揮舞的雙手。

「——！」

我不禁望向老師，然後——

「老師——！」

「喵啊啊啊啊啊！」

我跟馬卡龍一起撲向老師。這是我們平常絕不可能做出的行為。儘管總是表現得堅強又穩重，但為了保護我，馬卡龍這陣子想必一直都繃緊神經。

終於能放心下來的這一刻，一直努力壓抑的恐懼和不安一口氣爆發出來，讓我們倆的腦袋變得一片混亂。

「……」

老師微微往後退，但並沒有將這樣的我們推開。

「那個人早上突然跑來家裡！回過神來的時候，我就變成貓了！吃了香草之後還吐出來！」

『這孩子突然變成貓！而且看起來一副很餓的樣子！』

老師皺眉聽著我們七嘴八舌的說明。雖然看起來有點受不了，但因為我和馬卡龍實在太激動，他罕見地選擇了妥協。

「我會跑到樹上，是因為被一隻公貓追著跑！」

『她差點就被那傢伙騎了！』

「什麼……？」

這是老師第一次開口反問。不過，我跟馬卡龍沒有回應他的疑問，只是連珠炮似的道出自己想說的事。總之，我想把發生的事情一五一十說個痛快。因為我這幾天真的過得有夠辛苦。

「我卡在樹上下不來的時候——」

「沒事吧？」

「呃？」

「妳最後沒事吧？」

老師打斷劈里啪啦說個不停並揪著他的我，甚至以手握住我的雙肩。光是這樣，就讓我稍微恢復冷靜。

（哎呀……？）

老師那雙紫色的眸子認真盯著我的雙眼。

「……」

「妳最後沒事吧？」

無視我感到害臊的反應，老師再次重複同樣的問題。從他的嗓音聽來，我意識到現在不是害羞的時候。

「那個……是的。我順利甩掉牠了。」

「————」老師發出又重又長的嘆息。隨後，他將視線從我身上移開，說了一句：「剩下的回家再聽妳說。」便轉頭望向森林的方向。

我回應：「好……好的。」然後從原地起身時——

「喵～」

馬卡龍來到我的腳邊。

（啊，對喔。她說的話……）

變回人類的我，已經聽不懂馬卡龍在說什麼了。這幾天跟她一起度過的日子，現在排山倒海地在我心中湧現。

「馬卡龍小姐，這幾天受妳照顧了。我會再帶禮物過來跟妳道謝。真的非常感謝妳。」

我朝眼前的小貓咪深深一鞠躬。沒能以貓的姿態向她道謝，讓我後悔得胸中隱隱作痛。

「喵～」

馬卡龍對著我喵喵叫，得意地以鼻子哼了一聲。

我和老師穿越森林隧道返回家中。久違的自家讓我感到無比安心，也對能夠再次回到這裡一事感激不已。

「璐希爾。」

原本答應繼續聽我說後續，一到家卻馬上走上二樓——這樣的老師罕見地開口呼喚我。儘管內心吃驚，我仍以「是」回應他。

看到老師「過來這裡」的手勢，我走到他的身邊。才剛在他面前站好時，老師突然以雙手扣住我的腦袋。

「！」

我的臉被他強行抬起。我吃驚地眨眨眼。光是被他捧著臉，就已經讓我難為情到不知所措了，老師竟然還把自己的臉靠過來。

老師仔細地望向我的雙眼，接著下達「把嘴張開」的命令。

（把……把嘴……？）

儘管這讓我相當抗拒，但現在恐怕不是能拒絕的情況。我戰戰兢兢地稍微張開嘴，結果老師眉頭一皺，以雙手大拇指抵住我的下頷，粗魯地強行撐大我的嘴巴。

「！」

我從未看過態度如此強硬又認真的老師。他直直盯著我的口腔深處瞧。無論理由為何，讓人窺探自己的口腔內部，都是一件很羞恥的事。更不用說對方還是老師了。

在我的臉頰愈來愈燙、眼眶也因為羞恥過度而微微泛淚時，老師終於放開我的腦袋。

「為……為什麼……？您這麼做是……」

我喘著氣，以帶點抗議的語氣這麼詢問。但老師卻像是沒聽到我說的話那樣，只是淡淡拋來一句：「身體有沒有異常狀況？」

「呃……？」我疑惑地確認身後的尾巴、臉上的鬍鬚和掌心的肉球是否已經確實消失。

「我……我想應該沒問題。」

老師一邊觀察我，一邊點點頭回應。

「原則上，禁止將生物變化成另一種生物。」

「咦……」

老師的表情相當嚴肅。

「玩弄生命的行為是不被允許的。」

我說不出半句話。想當然耳，一般人做不到這種事。是魔法師之間的協定嗎？還是馬卡龍所說的「很喜歡、也很重視森羅萬象原本的樣貌」的老師個人的主張？無論是何者，違反這個規定的青年，想必讓老師大為光火吧。我感受到一股外層冰冷、內部卻熾熱翻騰的情緒。

「老師……」

「而且要是施展魔法的人技巧不夠純熟，必定會搞砸什麼。」

老師再次將我從頭到腳細細打量過一次。

「過去曾出現在變回人類後，舔毛的習慣仍維持了一星期左右的案例。」

「…………」

變回人類的模樣後，仍改不掉舔毛的習慣。光是想像那樣的畫面，就已經相當詭異。這讓我莫名感到坐立不安，也開始冒冷汗。

我默默繃緊神經，確認自己的身體是否真的沒有其他異常之處時，老師一屁股在沙發上坐下。

「……」

那雙仰望我的紫色眸子看似想表達些什麼。

（「坐下來。」）

以自身認知這麼解讀老師的意思後，我窺探著他的表情，同時在沙發一角坐下。因為老師什麼都沒說，希望自己的判斷是正確的。

「我說過會繼續聽妳說後續。」

我瞬間瞪大雙眼，甚至忘了呼吸。

（老……老師！）

嘴上說要聽我說後續，但老師並沒有望向我這裡，態度看起來也不是非聽不可的樣子。儘管如此，我仍對他的這片溫情感激不已。

（啊，可是……）

該說些什麼呢？難得老師允諾聽我說話，我卻感到有些不知所措。因為剛才變回人形的時候，我已經跟他報告完大致上的來龍去脈了。

「那個……如果您不嫌棄的話……」

儘管不懷抱期待，我仍以姑且一試的覺悟，鼓起勇氣這麼請求老師。

「我想聽老師說您自己的事。」

老師轉動眼球望向我。他現在在想什麼呢？面對他像是在打量我的用意的犀利視線，我不禁有些坐立不安。

大概沒戲唱了吧──我這麼想的時候……

「妳想知道什麼？」

「……」

（咦……咦咦咦咦咦咦？）

我澈底愣在原地。好誇張。老師好溫柔。不對，我知道他原本就是個溫柔的人。只是，我沒想到他會允許我提問。

我有好多事情想問他。

您為什麼突然留我獨自看家？您到哪裡去、做了些什麼？那兩名魔法師是何方神聖？疑問陸陸續續在我的腦中浮現。我的腦袋像是沸騰那樣灼熱。

「首……首先……」

我轉身面對老師所在的方向，微微將上半身往前傾。下一刻，我的身子就這樣無力癱倒。

（咦——咦？）

我已經無法以意志控制自己的身體。身子使不上力，眼前也開始天旋地轉。在這股令人不適的暈眩感之中，桌緣一瞬間直逼眼前。要撞上了——仍能正常運作的一部分大腦這麼冷靜分析出結果。

然而——

「……」

老師以手扶住我的額頭，讓我免於狠狠撞上桌緣的命運。

「……呃？」

我已經連自己在說什麼都不知道了。幾乎澈底模糊的意識當中，只聽到老師簡短的一句：「休息吧。」

那苦澀卻也溫柔的嗓音，是我第一次聽到。

醒來之後，我發現眼前所見是自己房間的天花板。頭好昏。身體好沉重。感覺就連呼吸都會消耗好一番精力。明白那大口喘氣的聲音來自自己之後，我感到更無力了。

最後的印象，是自己坐在客廳跟老師對話。

（勞煩老師送我回房間了呢。）

原本是負責照顧人的一方，卻反過來被照顧。難以言喻的罪惡感湧上心頭。我至今從沒有昏倒的經驗。雖然有感冒過，但不曾澈底失去意識過。

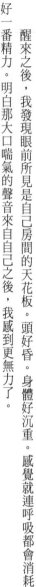

淚水濕潤了我的眼眶。陽光從窗戶外頭灑落室內。感覺時間還不算太晚。

（起床吧。）

我勉強坐起身。

「好痛……」

感覺全身的關節都在痠痛。或許是因為睡太久了吧。我打起精神下床，走出房間。客廳裡空無一人，牆上的時鐘指向十一點。

（嗚哇……不知道老師是怎麼處理昨天的晚餐跟今天的早餐呢。）

確認目前時刻後，明白自己已經錯失了兩次用餐時間。我滿心沮喪地將雙手撐在吧檯桌面上。

「但還來得及準備今天的午餐。」

我先灌下一杯水，接著拿起掛在廚房的圍裙。

「呃～鍋子、鍋子……」

我從糧食儲藏室裡拿出食材，將它們並排在廚房流理台上。接著是準備烹飪用具。我將手伸向放在上方櫥櫃裡的鍋子。

「啊……」

雖然碰到了鍋子把手，但在我握緊它之前，鍋子便轉了一圈，因失去平衡而落下，發出「匡！」的一聲巨響。

（哎呀～）

搞砸了。我有些厭煩地這麼想著，蹲下來準備撿起鍋子時，一陣響亮的腳步聲從上方傳來。

「咚咚咚！」走下階梯的是——

「妳到底在做什麼？」

表情看上去很嚇人的老師。

（糟糕。一定吵到他了吧。）

老師大步大步走進廚房，直直盯著掉在地上的鍋子和蹲在地上的我。

「不好意思，製造這種噪音。」

我這麼道歉後，老師蹲下來望向我的臉。

「好好休息。」

他意外低沉的嗓音，讓我不禁全身僵硬。我這才明白原來並不是鍋子掉落的聲響驚動了老師。

（不，可是……）

「您的午餐……」

聽到我輕聲這麼說，老師的表情變得更可怕了。他轉過頭輕輕嘆了一口氣，看起來像是對我感到無言的反應。我的胸口也因此隱隱作痛。

聽到老師重申「好好休息」這句話，我沉默地點點頭。

走回房間的途中，老師仍一直盯著我。背部可以感受到他那道彷彿在熊熊燃燒的視線。我整個人躺倒在床上，隨後便因為倦怠感而再也無力動彈。方才跟老師的對話在腦中重播。

既然身體狀況欠佳，就好好休息。

我知道。也很清楚這個道理。但我並不是完全動不了。就算發燒、就算全身痠痛，我仍有必須做的工作。如果還能勞動，就得繼續勞動。

（要是幫不上雇主的忙……就沒有資格讓他把我留在身邊……）

在包吃包住的職場工作的幫傭，不但什麼都不做，甚至還讓雇主反過來照顧自己，簡直可以說是差勁透頂。畢竟我不是這個家的一分子。我只是基於受僱者的身分，因為契約關係而待在這裡。如果還是貓咪的模樣也就算了，但我已經變回人形，而老師現在也在家裡。

（真沒用。啊啊……不行。感覺我快要哭出來了。）

我對自己的工作能力有一定的自信。正因如此，眼下的狀態才讓我難受。現在的身體狀況確實不好，淚腺也脆弱不堪。

這時，房外傳來「咚咚」的敲門聲。

（咦……）

沒等我回應，老師便打開房門。呃，這種時候，我希望他可以等一下。

「……」

看到趴倒在床上的我沒有蓋棉被，老師無言地皺起眉頭。我今天老是讓他露出這樣的表情呢。

「非常抱歉。」

已經不知道自己為何要道歉的我，慢吞吞地鑽進被子裡仰躺著。

我仰望一旁的老師，發現他手上捧著我平日用來端茶具的那個托盤。老師將托盤放在我的床邊櫃上。正好奇他要做什麼時，我發現老師從房間角落搬來一張椅子放在床邊，接著一屁股坐下。

（嗯？）

這種暫時不打算離開的行動是……？

在我的大腦因此陷入輕度混亂時，我瞥見老師緩緩朝我伸出手，連忙用力閉上雙眼。隨後，骨感的手覆上我額頭的觸感傳來。

「……三十八．七度。」

（他測得出數字？）

這樣的做法，一般應該都只能判斷「是不是發燒了？」才對啊。老師果然不同於凡人。

「燒成這樣，應該很難受吧。」

老師的表情變得有些陰鬱。

（老師……）

發現他的眼神中透露出幾分擔憂，我感到胸中一陣騷動。

「我不在的時候，讓妳吃苦了。」

淚水從我的眼角滑落。老師吃驚地瞪大雙眼。但落淚的我比他更震驚。

（咦！）

我連忙用手擦拭眼角。竟然在雇主面前流眼淚……明明沒有挨罵，也沒有遇到特別讓人傷心難過的事情啊。

「不……不好意思……」

感到無地自容的我，忍不住整個人躲進被子裡。我將棉被拉高到眼睛上方，但淚水仍止不住地湧出，沾濕我的眼眶。

（咦？咦？怎麼辦，眼淚停不住……）

感覺鼻子也開始受到影響了。要是發出吸鼻子的聲音，就算躲在棉被裡，也會被老師發現我還在哭。在我焦急得不知該如何是好時，老師困擾的表情映入眼簾。他緩緩移動那雙紫色眸子開口。

「保障妳的人身安全和身心健康，是身為雇主的我的職責所在。」

「……」

「很抱歉，我在這方面有所疏忽。」

（老……老師……）

看到老師對著我低頭致歉，我錯愕不已。

（我怎麼能讓您做這種……）

「……」

我說不出半句話。

大腦無法運作。心裡亂成一團。面對眼前這完全讓人搞不清楚的狀況，只有一件事我能確定。

（老師他……這個名為菲力斯的人……）

並沒有將幫傭視為「低賤之人」。回想起來，老師從不曾以輕蔑的態度對待我。所以，他才會跟我同桌用餐、尋找符合我的喜好的香皂、向我坦承自己的缺失並道歉。

這不是「其他家庭的做法才是正確的」或「這個家的做法比較特別」之類的問題。每個人心目中理想的關係都不一樣。到頭來，只能自己去適應身處的職場的作風。

然而，我實在無法不尊敬老師這個人。豐厚的薪水和優良的職場環境，都只是表面上的要素。隱藏在這些條件背後的，僅是他一小部分的溫柔心意。

此刻，我感覺自己是第一次，單純以看待一個人的眼光來看菲力斯這個人。

（啊啊，原來如此。）

無法掌握和老師之間的距離，為何會讓我感到恐懼。

在內心某個角落，我隱約明白了，當自己不是把老師當成「雇主」而是當成一個人來看待時，我或許會被他的人格所吸引。

我偷偷窺探垂著頭的老師臉上的表情，和他的紫色眸子四目相接。

「……我會好起來的。」

聽到我以沙啞的嗓音這麼說，老師微微瞇起眼，眼神也變得溫柔。

老師將水壺、生薑紅茶，以及加了水果丁的優格留在我房裡。這讓我感激不盡。

我吐出發燙的氣息。

（大概是因為鬆了一口氣……或說是終於感到安心了吧。）

我茫然望著天花板沉思。回想起來，自己這幾天真的消耗了很多精神。不知道思考了「要是變不回人類怎麼辦」這個問題多少次。我壓根沒想過自己會連身為人類的權力都被剝奪。

看到老師現身的當下，內心湧現的安心感，真的不是三言兩語所能形容。

（他還對我說：「過來吧。」）

以雙手將我抱起來時，老師的動作非常溫柔。

「……」

熱度開始集中在我的臉頰上。不是因為發燒，而是因為羞澀和難為情的情緒。我想起了老師以手環抱我的背部，以及我靠上他的身體時的觸感。那時，我幾乎是整個人被老師支撐著重量。整個人被他抱在懷裡。

（不……不得了……）

腦中浮現「寡廉鮮恥」、「蠢才」等怒罵聲。儘管如此，我仍無法制止自己反覆回想那時的觸感。

幾隻鳥兒飛到房間外頭的陽台上。

『老師，璐希爾呢？』

「還在睡。」

『哦～真可憐。不能用魔法讓她舒服一些嗎？』

貓頭鷹轉動頭部這麼問。菲力斯望向一段距離外的黑暗森林深處。鳥兒們也隨著他的視線望去，但沒發現任何異狀，看起來是一如往常的森林。

「所謂的休息，並非只有肉體上的休息。如果少了『慢慢恢復』的階段，人便和道具沒什麼兩樣。再說，自然恢復是最理想的做法。」

『哦～太難了，我們不懂呢。』

聽到鳥兒這麼說，菲力斯露出慈祥的表情。

「你們已經足夠聰明了喔。」

我抬起上半身，然後試著扭轉身子。

（我復活了……！）

感覺不再全身無力，也沒有哪裡痠痛。整個身子都變得輕盈的我，此刻只覺得神清氣爽。

「嘿咻。」

這樣的話，可以說是已經好起來了吧。就算上工也沒問題。

結果，我整整睡了三天。從昨天中午開始，其實就已經恢復得差不多了，但因為老師不允許我復工，我只好繼續躺在床上靜養。

放在床邊櫃上的托盤，裡頭擱著一只空盤。我昨天傍晚醒來時，發現老師竟然為我準備了以海鮮高湯烹煮而成的燉飯。燉飯的盤子和附餐的紅茶杯子旁邊，還分別附上「請慢用」和「請慢慢喝」的字條。不用說，我差點激動到暈過去。

讓老師照顧我的愧疚感，我之後得好好工作來補償才行。

（平常心、平常心。）

已經被點燃的心，八成是無法復原了。我能做的就是努力避免讓災情擴大，同時秉持比過去更強烈的敬意，以及這個家的受僱者的榮耀，繼續這份工作。

不能主動靠近老師這件事，我再清楚不過。更何況，我是因為幫傭這個身分，才能夠待在這裡。絕不能忘記自己的立場。

「好！」

我以雙手輕拍自己的臉頰，在充分鼓舞士氣後走出房間。

七點鐘，老師來到客廳。我隨即朝他走去，然後低頭致意。

「我已經完全康復了。非常感謝您。」

老師淡淡回以一句：「太好了。」儘管語氣平淡到讓人懷疑他是否真心這麼想，但這種淡漠的態度才像老師。既然已經說出口，就代表這是他的真心話。

我們沒有多做交談，便返回各自的早晨生活。灑進客廳裡的陽光，看起來比以往更加燦爛。

順利完成每一項日常工作後，轉眼已是夜晚。一天的工作逐漸邁入尾聲。我將雙手撐在廚房流理台上伸了個懶腰。因為一連睡了好幾天，感覺身體變得懶洋洋的。

「嗯嗯～」

我一邊做伸展運動，一邊等洗好澡的老師從浴室出來。今晚的空氣帶著幾分涼意，我希望他能好好溫暖身子再出來。等等準備讓老師帶上樓的飲料，我也打算選喝了能讓身體發熱的東西。

「差不多該來燒開水了。」

我望向時鐘，反過來推算老師走出浴室的時間。判斷他應該快走出浴室後，我將水壺放在爐子上，然後點火。

（他還是改掉打赤腳的習慣比較好吧。）

想到即將到來的季節，調製飲料的同時，我不禁在內心挑剔老師平日的生活習慣。打開肉桂粉的罐子時，裡頭的細微粉末跟著飄散出來。

（哇！）

不小心吸了一口氣的我，感受著香料刺激自己的鼻腔。

「哈啾！」

我忍不住打了個噴嚏。就在我為了這個偶爾會發生的小插曲而鬆懈的瞬間——

喀鏘！

老師有些猛力地打開客廳大門。

「！」

我嚇了一跳。平常，他都會安安靜靜地走進來才對。有時甚至安靜到我沒能發現。

「……」

老師無語地望向我所在的方向。這時，我才恍然大悟。我的腦中閃過一個想法——為了避免剛洗好澡的自己著涼，老師大概是快步從走廊上走進客廳吧。糟糕。這樣的話，我得趕快把飲料送到他手上才行。

我慌慌張張地準備繼續調製飲料時，原本以為會坐在沙發上等待的老師，不知為何朝這裡走來。

（喔喔喔？）

他很罕見地踏進廚房。怎麼了？是不想喝肉桂拿鐵嗎？我記得老師今天沒有特別指定飲料才對。

我戰戰兢兢地窺探踏進廚房的老師臉上的表情。但他的視線並沒有落在我正在準備的飲料上。

「如果還沒有完全恢復，就去休息吧。」

「…………」

（啊！）

我不禁屏息。是這麼一回事啊。老師聽到我剛才的噴嚏聲嗎？所以才會擔心地走過來。原來如此。

（怎麼會這樣呢。）

我強忍著感激涕零到幾乎要咳血的衝動。老實向老師坦承「我是吸到肉桂粉才打噴嚏」後，他以帶著幾分懷疑的眼神望向我，但看起來沒有打算繼續追問。

不，比起我的噴嚏……老師帶點水氣的髮絲、泡過澡後看起來變得紅潤的臉色、或許是為了散熱而捲高至手肘部分的衣袖，以及若有似無的那股淡雅香氣。

（太奇怪了……）

不用說，奇怪的人是我。至今已經看過好幾次的這張臉。真要說起來，還是每天都會看到的這張臉。為什麼今天看起來會特別性感呢？

（啊啊啊啊啊！）

雖然很想以雙手抱頭吶喊，但我必須靠毅力、靠幹勁撐過去。我以精神論說服自己冷靜，然後請老師坐在沙發上稍待片刻。

聽到我狼狽又不得要領的要求，老師走出廚房，老實地在沙發上坐下。

（太……太好了……）

「好……好累啊……」

終於結束一天的我返回房間。這天，沒有發生什麼特別的事情。因為是返回工作崗位的第一天，我多少有些賣力過頭了就是。

傷腦筋。原本想平常心以對，但我總是會下意識感到心動，這樣根本沒有意義。

（咕嗚嗚……）

我靠在枕頭上，發出類似痛苦呻吟的聲音。要習慣。只能習慣了。我並沒有「想跟老師發展成其他關係」的宏偉野心。更何況，老師也沒有這種打算，為什麼我會有這種少女心的期待呢？

（只要能待在他身旁就夠了。）

湧現這樣的想法後，我卻覺得好像在哪裡聽過這句話。啊啊，說了這句話的人——

原本天真無邪的少女，最後帶著成熟的表情歸去。從那個女孩——蒂蒂口中聽到這句話的當下，我還覺得事不關己。頂多就是對她從年幼時期一直仰慕著老師至今的事實感到佩服而已。

（我……我真的很愚蠢……）

但現在的我，卻懷抱著跟蒂蒂相同的想法。

「唉～～～～～～」

面對這讓人無所適從的感情，我將整個腦袋埋進枕頭裡。

（對不起。蒂蒂……對不起喔。）

這是不小心跟她迷戀上同一個對象的愧疚感？或是當初以「稚嫩」評價她的夢想的罪惡感？抑或兩者都有？

在靜謐的夜色中，只有我的嘆息聲不斷在房裡空虛地打轉。

「啊～！混蛋！」

紅髮青年以蠻力一把拆下旁邊的鐵製柵欄，「匡！」一聲將它狠砸在地。鏽蝕的柵欄碎片瞬間四散各處。

金髮青年踩上瓦礫堆，俯瞰著眼前的紅髮青年。

「竟然跑去找菲力斯大師麻煩，你有什麼毛病啊？是不是腦袋不太好？」

他冰冷的視線，迎上紅髮青年宛如熊熊燃燒的視線。

「啊啊？你找死嗎？真要說的話，要是你沒出現……」

「嗚哇，是我不擅長應付的類型呢。」

金髮青年像是聞到惡臭味那樣以衣袖掩住口鼻，接著將另一隻手的掌心對準紅髮青年。

「！」

下一刻，紅髮青年的身體輕飄飄浮起，像是被什麼東西綁住手腳那樣動彈不得。

「因為你而被拖下水，讓我現在很不爽喔。真是的，真虧你幹得出這種蠢事！」

兩名青年突然現身在廢墟座落的荒野上，又在轉眼間消失無蹤。無人目睹他們的身影。

這裡曾是專為魔法師打造的監獄亞拉涅姆。魔法師們企圖遺忘的過去最終在這裡腐朽風化。

〔第五章〕擁有力量之人

把鬆軟綿密的栗子放進燉菜裡頭後，我輕輕點頭。口感彈牙的蕈類，則是在清炒後以胡椒鹽簡單調味。

「……」

老師望向我這裡。那是「合格」的意思。

（很好很好。）

前些日子，我終於如願到森林裡頭散步了。迫不及待地踏進森林後，我發現現在正是最適合採集野味的時期，也因此順利帶回整籃的戰利品。作戰成功。

不知是不是我多心了，大啖熱騰騰燉菜的老師，臉頰看起來微微泛紅。

（真可愛……）

在我從廚房一角對老師投以帶著邪念的視線時，玄關大門外頭傳來一陣敲門聲。

是誰會在老師用餐時來訪呢？向老師知會一聲「我去開門」之後，我走出廚房。會來這裡拜訪老師的人十分有限。商會會長寇特斯先生、他的祖父朱諾先生，以及偶爾會出現的香皂工廠的高層人士。但他們至今都不曾在用餐時間登門拜訪過。

我不解地回應：「來了。」打開玄關大門。

「……！」

我在下一刻隨即關上門，心跳也變得劇烈不已。

「咦咦咦咦？不是吧～！為什麼？」

大門外頭傳來抗議的人聲。然而，我沒有勇氣迎接這位客人入內。我握著門把，不知所措地杵在原地時，老師從後方走了過來。

「怎麼了？」

「之之……之前……之前的金髮魔法師……」

沒錯。站在大門外頭的，是我變成貓的最後一天，在紅髮魔法師冒出來找老師麻煩時，介入兩人之間的那個金髮美型魔法師。

雖然不清楚他的為人，但現在打從心底覺得「我不想再跟陌生魔法師打交道了」，我反射性地立即關上玄關大門。

「我……我剛才有開門，但忍不住又關起來。」

我以一臉「該怎麼辦才好呢」的困擾表情，戰戰兢兢地望向老師。後者朝我點點頭。

「很好的判斷。」

「我說啊————！」

大門外頭再次傳來像是在埋怨又像是在譴責的吶喊聲。

到頭來，那名金髮魔法師還是進到家裡來了。因為我們實在受不了他拚命敲門的聲響和吶喊聲。

「啊，我叫艾達。請多指教嘍！」

「啊，是……」

相當有親和力的他，帶著滿面笑容這麼自我介紹。為了回應他的誠意，我也簡單做了自我介紹：「我是擔任幫傭的璐希爾。」坐在一旁的老師散發出來的冰冷氛圍，比外頭的冷空氣更加刺骨。

「你來這裡有什麼事嗎？」

我吃驚地瞪大雙眼。老師不同於平常的說話語氣，讓我湧現「咦，這位大哥是什麼厲害的人物嗎？」的猜測。但這樣的想法只維持了一瞬間。

「你……你好過分喔～菲力斯大師。你之前把我也一起丟到亞拉涅姆去耶。難得我特地過來幫你趕跑那個失禮的年輕人。」

「我沒有拜託你這麼做。你來也只是礙事。」

雖然說話語氣很客氣，發言內容卻不帶半點敬意。這不是想謙虛有禮地跟對方交談，而是企圖撇清關係的表現。感覺意味著老師想跟這個人保持距離。

「怎麼這樣～」

艾達先生「咦～」地歪過頭。他好厲害。面對老師冷冰冰的態度，他看起來卻完全不氣餒，甚至還轉過頭問我：「啊，妳知道亞拉涅姆嗎？」

「我剛才說的亞拉涅姆，是很久以前的人打造出來專門收容魔法師的監獄。」

他的口中開始迸出一些聽起來很危險的字眼。儘管我沒有拜託他，艾達先生仍親切地繼續為我說明。一旁的老師散發出來的魄力也依舊很驚人。

「就是那個啦，妳有聽過女巫狩獵或魔法師狩獵嗎？其實，想根除掉我們，根本是不可能又浪費力氣的事情。不過，我以前也曾一度被抓，然後關進那裡。我當時真的覺得好可恥呢。」

「呃，噢……」

我聽著艾達先生的說明，敷衍地附和幾聲。這種像是發生在另一個世界裡的事情，對我來說太沒有真實感了。總覺得好像在聽童話故事。

「所以嘍，菲力斯大師……把我丟到那裡的行為，感覺太惡劣了一些呢。」

艾達先生的眸子在一瞬間綻放出危險的光芒。湧現不祥預感的我，忍不住轉動眼球望向一旁的老師。難道這個帥哥表面上很友善，實際上卻是來報復老師的？

（還是不要過度刺激他，想辦法用和平的方式讓他離開……）

「因為我很討厭你們。」

（老師——！）

聽到老師果斷地這麼說，我整個人傻在原地。怎麼辦，不得了了。我的心臟現在變得超級不得了了。因為太緊張，甚至開始胃痛。老師說話為什麼火藥味這麼重呢？感覺他今天莫名強勢啊。

我膽戰心驚地望向艾達先生。聽到老師的回應，他的表情一瞬間僵住。然而——

「啊哈哈！」

他隨即露出開心的笑容。

（咦——）

我一頭霧水。完全跟不上這樣的情況。從現在開始，我決定像一尊擺飾那樣站著。因為感覺這是我擔心也毫無意義的事情。

「看到你還是老樣子，我就放心了。你之前久違地施展魔法，在我們那邊引起了不小的騷動呢。連高層都出面了。」

「……」

「結果，你就成了一些年輕孩子之間的話題人物。」

「……」

「說是想測試自己的實力。想法真的很愚蠢呢。更別說是想見識一下你的實力了。我光是聽到這種話，就覺得好丟臉。逮到之前那個孩子後，我就跟協會報告，要求他們向所有魔法師下令『別幹這種事』了。」

「…………」

老師的心情似乎愈來愈差了。他看起來明顯不耐煩。然而，比起讓他如此不悅的艾達先生，在一旁的我反而更加心驚膽跳，這樣的情況也真是詭異。對健康很不好。

「你也沒必要這麼排斥嘛。協會一直都很尊重你，一貫維持著不干涉過問的立場啊。」

聽到艾達先生追問「對吧？」老師靜靜別過臉去。

「那麼，你今天來到這裡，是為了什麼？」

「啊～這個嘛……」

艾達先生露出苦笑。

「要是有還沒收到協會指示的年輕人過來鬧事，那可就不好了，所以我打算來這裡當監視員！」

我瞪圓雙眼，老師則是露出更加厭惡的表情。

過了三十分鐘後，我開始吃自己來得稍遲的午餐。不知為何，艾達先生也一起。

「嗚哇啊～真好吃！好棒、好好吃喔，璐希爾！」

「謝……謝謝你。」

老師已經返回二樓。雖然很希望他不要丟下我，但今天的老師有些無情。

剛才，雖然稍微爭論了一下，但我們最後得出的結論，仍是讓艾達先生暫時待在這個家中。

「為什麼是你？」

「因為，要是你親自出面趕跑這些人，反而會引來更多想跟你交手的怪胎啊，菲力斯大師。如果有個在立場上讓那些人難以出手的人物守在這裡，會比較好吧？」

類似這樣的對答持續幾次後，艾達先生硬是讓老師收留了他這名食客。儘管老師看起來只把他當不速之客，艾達先生仍非常開心。

「呼～吃得好飽喔。」

「合你胃口真是太好了。」

艾達先生將手肘靠在餐桌上，以手托腮繼續往下說：

「真好～老師每天都能吃到這麼美味的飯菜啊～」

不知道該如何回應的我，只能匆匆將空盤放到托盤上。艾達先生毫不避諱地一直盯著我看，讓我感到渾身不自在。

「請問……有什麼事嗎？」

受不了他的視線的我，忍不住開口詢問艾達先生。但這位金髮帥哥只是輕輕一笑。

「沒事～抱歉喔，妳別在意。」

聽到他補上一句：「接下來請多指教嘍。」我實在不知道該怎麼解讀這句話才好。面對笑容滿面的艾達先生，我只能以不太自然的態度向他點點頭。

砰～！轟隆隆隆隆隆隆隆！

「——！——！」

「——！——————！！」

爭執聲，以及劇烈的爆炸聲響。

這天深夜，我雙手環抱雙腳坐在客廳，隔著玻璃門遠眺在庭院上空展開的激烈戰鬥。

我並不是想看才看的。之所以會坐在這裡，單純是因為被吵得睡不著而已。

這場大戰的導火線在半夜三點被點燃。突如其來的巨響和刺眼光芒，讓熟睡中的我嚇得從床上彈起來。我來到客廳向外看，發現令人困擾至極的事態正在上演。不可能在這樣的騷動中安然入睡的我，只好坐在這裡觀戰。

光點在昏暗的夜空中宛如螢火蟲那樣高速來去。三個光點朝離得較遠的一個光點靠近。

（喔喔……）

下一刻，離得較遠的光點綻放出更加刺眼的光芒。這樣的亮度，讓周遭森林樹木的輪廓在黑夜中清晰浮現。另三個光點失去光輝，化為黑點從空中落下。

（啊，要墜落了……）

我不禁探出上半身。

不過，殘存的光點隨即捕獲那幾個往下掉的身影，然後降落在地面。三個黑色人影癱倒在外頭的庭院裡，看樣子是無力動彈了。把三人帶來這裡的人物，匆匆將類似字條的東西貼在他們身上，說了一聲：「可別再來嘍！」便將三人對準夜空的另一頭發射出去。

我望向時鐘。三點半。

朝這裡搖搖晃晃走過來的人，不用說，就是剛才轟轟烈烈打了一場的艾達先生。

咚咚咚。他伸手輕敲玻璃門。

「讓我進去～」

他以有些傻氣的笑容掩飾臉上的疲態。我起身朝玻璃門靠近。

「……請你從玄關大門進來。」

「……」

艾達先生無力地垂下頭，但還是乖乖走到玄關大門外。

「累死我了……」

「嗯，我想也是。」

從玄關走進客廳後，艾達先生整個人癱倒在沙發上。他看起來真的是累壞了。畢竟，自從他來到這裡後，不速之客便像是算準時間那樣每天接連現身。順帶一提，把今天算在內的話，這樣的狀況已經持續五天了。這些人彷彿事前說好那樣，全都陰險地選在大家睡得正熟的半夜展開突襲，導致我因此每天睡眠不足，而疲憊的艾達先生也總會賴床到很晚。

發生這種事的第一晚，我因為睡眠被打擾而勃然大怒。不過，那些傢伙並不是針對艾達先生而上門找碴，所以我現在反而開始同情負責趕跑這些人的他。

在這段期間，只有老師從未對這些事情表現出半點興趣。從他一如以往的膚質看來，我猜測是老師堅強的意志力讓他睡得很安穩。這我恐怕模仿不來。

「今天一開始來了五個人呢。」

「這樣呀。其中兩個被你趕跑，最後剩下三個人嗎？」

「不，那兩個人是得知身為協會一分子的我守在這裡，所以馬上就逃走了。留下來的是真的一無所知的人。」

「協會……」

艾達先生打了一個大呵欠，無奈地在沙發上翻身。

我輕聲重複這個令人在意的名詞。至今，我仍不知道艾達先生偶爾會提及的「協會」是什麼樣的存在。

「協會是魔法師的組織。除了菲力斯大師這個特例以外，加入協會的人和沒有加入的人，立場完全不一樣喔。在協會裡不是負責管理別人就是被管理……呼啊～不過，協會相當重視上下關係，所以加入其實也挺麻煩的……大概就是因為這樣，菲力斯大師才不想加入吧……」

喃喃叨唸了幾句之後，艾達先生便沉入夢鄉。暫住這個家的期間，他總是睡在客廳沙發上。雖然這張沙發躺起來絕對很舒適，但這樣接待他的方式，其實讓我內心很不安。

「組織啊……雖然還是搞不太懂，嗯，但感覺老師不擅長應付這種關係呢。」

原本覺得艾達先生很輕佻，但他或許意外過得很辛苦呢。替他蓋上毛毯後，我也返回自己的房間睡回籠覺。

早上。在一如往常的時間走下樓的老師，朝在沙發上熟睡的艾達先生一瞥，然後嘆了一口氣。

我將早餐端上桌後，那雙紫色的眼睛轉而望向我這裡。隨後，老師又輕輕嘆了一口氣。

（咕嗚嗚……）

雖然不知道老師為何表現出這樣的態度，但我確實有點受傷。

「如果會影響到妳的健康狀況，就跟我說。」

這麼輕聲開口後，老師在餐桌前坐下。明白他所指的是持續了好幾天的夜襲後，我不禁感到苦澀。看來他發現我睡眠不足的事實了。雖然覺得由老師親自趕跑那些人，應該會更有效率，但這麼做的話，上門鬧事的人恐怕只會有增無減。而且，艾達先生看上去似乎很喜歡老師，所以一心想幫忙我也不想辜負他這樣的心意。

（希望所有魔法師都能早點收到協會的指示，讓這裡恢復平靜。）

我含糊地回應老師，繼續將早餐端上桌。

「呼啊啊啊～」一個呵欠聲傳來。艾達先生起床了。他向我道了一聲：「早安。」但其實現在已是接近中午的時刻。他將一頭柔順金髮隨意紮起，然後踏進廚房來。

「看起來好好吃喔～妳在煮什麼？」

這個人的行為舉止真的很無拘無束呢。雖然我不打算開口指摘這一點。

「這是雞蛋做的鹹派。」

「我可以試吃嗎？」

語畢，艾達先生便以試吃為名偷吃了一口。他大概肚子餓了吧。不過，午餐時間馬上就要到了，我希望他能乖乖再等一下呢。

對我內心的想法一無所知的艾達先生喊了一聲：「真好吃！」

「你好像小孩子呢。」

聽到我的感想，艾達先生瞪大雙眼。

「小……小孩子！璐希爾，妳知道我幾歲了嗎？」

既然不喜歡被說成小孩子，就應該做出像個大人的行為舉止吧——但我還是沒有說出口。

「不好意思。不過，單從外表看的話，感覺你年紀跟我差不多或是只比我大幾歲而已。」

這麼坦承後，艾達先生做出：「也太年幼了！」這種難以引起我共鳴的回應。呃……洋香菜、洋香菜。我一邊跟他聊天，一邊繼續手邊的工作。因為艾達先生站的位置剛好擋到收納櫃，我以手示意「請你讓一下」。

「啊，抱歉。呃～可是，別看我這樣，我已經一百零九歲了呢。」

「哦……啥？」

正準備用湯杓攪拌熱湯的我，因為過於吃驚不慎將湯杓落在地上。等等等等等等，他剛才說什麼？

看到我澈底愣住的模樣，艾達先生也一臉吃驚地表示：「咦，不是吧……有這麼意外嗎？」

「不……不不不，我當然會嚇到呀！對一般人來說，這已經算是超級老爺爺的年紀了！」

「老爺爺！」

「你覺得被稱作老爺爺很失禮嗎？」

「當然啦！我是老爺爺的話，菲力斯大師又該怎麼說啊！」

艾達先生以手指指著二樓猛烈抗議。

（老……老師……？）

等等。我握著湯杓，以雙手抱胸的姿勢開始沉思。看起來像個大哥哥的艾達先生一百零九歲，所以……？老師他……？那頭銀白色的髮絲，讓他看起來更是加倍年長……？

思考至此，我用力抹去腦中的想法。

「老……老師就是老師啊！」

「啊！什麼啊！好奸詐喔！」

「……你們在做什麼？」

「「啊。」」

在我們閒聊時，午餐時間已經到來。老師一臉無言地站在客廳裡。我將艾達先生趕出廚房，匆匆忙忙備妥老師的午餐。然而，內心仍是一片混亂。

（艾達先生一百零九歲……所以，魔法師的壽命感覺是我們一般人的四、五倍？）

壓根沒想到差異竟然這麼大。怪不得寇特斯先生的祖父還是個小孩子時，就已經認識老師。我終於明白「魔法師很長壽」這句話真正的意思了。

被艾達先生上前搭話的老師，看起來滿臉的不滿。我偷偷望向這樣的他。

（感覺沒有之前那麼像老爺爺了。）

明明才剛得知老師的實際年齡可能相當驚人的事實呢。不知道是不是因為我的觀點改變了？

儘管如此，我總覺得好像想知道又好像不想知道。遠超過想像的歲數差異，反而讓我湧現「到了這種程度，就算在意也毫無意義」這般豁然開朗的感覺。老師一路走來，以及今後還會繼續走下去的時間。想到自己無法以相同速度跟上他的腳步，我感到些許落寞。

我按捺著內心波動的情緒，仔細將鹹派切好裝盤，接著盛湯。老師已經一如往常地在餐桌前就座，艾達先生也安分地坐在同一張桌前。

我不知道老師有沒有看向這邊，倒是一直感受到來自艾達先生的視線。他歪著頭，一副有話想說的樣子，讓我從剛才開始就不得不思考：「是不是該問問他有什麼事？」

然而，我目前還在工作。我正在執行「準備中餐」這個極為重大的任務。

「噯噯～」

（他忍不住了。）

艾達先生像是要打斷我的思考那樣大剌剌地開口搭話。我沒有停下手邊的動作，以「是」簡短回應他，同時迅速將蒜片灑在沙拉上頭。

「妳也跟我們一起吃嘛。」

「咦咦？」

艾達先生眨了眨眼，以極其自然的語氣詢問：「為什麼不行？」純粹的疑問浮現在他的眼底。那是一雙多麼天真無邪的眸子啊。

（這個老爺爺……！）

我真想把分裝完蔬菜的大碗倒扣在他頭上。

（我是幫傭，所以不能跟雇主同桌用餐！如果是雇主的要求也就罷了，而且老師應該也不在意這種事，但規矩就是規矩！可沒有幫傭會厚臉皮到主動跟雇主坐在同一張餐桌前！）

我將這一長串心聲吞回肚裡，以平淡語氣回答：

「不，我晚點再吃就好。」

「咦～？但這樣妳不是還要再另外裝盤再收拾一次嗎？」

「請不用顧慮這些。」

我迅速將餐點的托盤放到兩人面前，在杯中注入紅茶。艾達先生看起來仍是一臉不能接受的樣子。確實得另外準備沒錯，但我並不引以為苦。

「我覺得這樣很不合理耶。」

艾達先生這麼咕噥。正當我轉頭準備再次說「請不用顧慮這些」時，老師平靜地喚了一聲：「艾達。」

「她有她做事的方式。你不要干涉。」

「！」

（老……老師！）

語畢，老師將雙手合十，接著便開始用餐。他還是老樣子，只會說必要的話。雖然這樣的老師偶爾會讓人覺得冷淡，但現在，他簡潔俐落的作風讓我覺得既可靠又帥氣。

過去，一同到餐廳享用牛排時，他並沒有將我視為下人對待。但在家裡，他仍會像這樣尊重我的做法。因為太開心，我努力抑制想要露出傻笑的衝動。

被老師這麼直截了當地教訓後，艾達先生有些誇張地做出大受打擊的反應。打從他造訪的那天以來，我便明白這個人有著不屈不撓的性格，所以想必馬上就會復活吧。現在這種反應，說不定也只是演出來的。

「那我也開動嘍……」

看到兩人都開始進餐，我返回廚房。

用過午餐後，老師走上二樓。我隨意切了一塊鹹派，再把剩下的熱湯倒進碗裡，當成自己的中餐。似乎已經厭倦在這個家中探險的艾達先生，因為閒來無事，直接在我對面的座位上坐下。

「我原本是個吊車尾的，但在遇到菲力斯大師之後，我就改變了呢。」

「嚼嚼……」

「那時，菲力斯大師只是造訪了學園的植物園，但……」

「嚼……」

「就算只是很簡單的魔法，菲力斯大師施展出來的，就是縝密得與眾不同。無論是力量或技巧，他都是我見識過的魔法師之中最厲害的。因為景仰這樣的菲力斯大師，為了追上他，我卯起來用功讀書。最後，我締造了學園首席的成績，也培養出足以加入協會的力量。」

「你很努力呢。」

我們聊天的內容，是艾達先生的人生，以及他與老師奇蹟般的邂逅。雖然他說得很起勁，但我還在吃飯，所以多半的時間只能當個聽眾。

「唉唉～我一直很景仰菲力斯大師，他卻老是那種態度。很過分吧？」

看來，老師似乎從以前就是這種淡漠的個性。即使被自己敬愛的人這樣對待，艾達先生仍沒有因此氣餒，這讓我很佩服。這個人嘴上埋怨老師很過分，看起來卻有幾分喜孜孜的呢。

「不過，他其實是個溫柔的人呢。」

艾達先生笑著這麼說。

（噢，這個……）

「我明白。」

我放下湯匙，點頭同意艾達先生的說法。在明白老師溫柔的本性後，即使被他冷淡以對，我也不會放在心上了。對這點感同身受的我，臉上忍不住浮現笑意。

「哦～」

「怎麼了嗎？」

我抬起頭，發現艾達先生直直盯著我看。我覺得不太舒服，因此以帶著幾分譴責意味的語氣質問他，結果他以一句感覺別有含意的「嗯～沒事」回應我。你感覺根本不像沒事。

「那我該回去工作了。」

原本猶豫著要不要問個清楚，但我還有工作。決定先完成受僱者應盡義務的我從桌前起身，結果艾達先生也跟著站起來。

「請你繼續坐著休息吧。」

「嗯？噢，沒關係、沒關係。」

說著，艾達先生伸了個懶腰。難道他——

（是為了讓我不要一個人吃飯，才坐下來跟我聊天嗎？）

這麼想之後，自己剛才那種敷衍的態度，現在讓我有些過意不去。畢竟艾達先生還會關心我多花工夫準備自己那份午餐的問題，所以他想必也是個溫柔的人吧。

以「非常感謝你」向他道謝後，艾達先生一臉不解地詢問：「謝什麼？」我無法判斷他是在裝傻、還是真的不懂我的意思。在這種地方，他果然還是讓人猜不透。

向艾達先生一鞠躬後，我走入廚房。將碗盤洗淨擦乾，然後放進收納餐具的櫃子裡。我抬起頭，發現艾達先生站在客廳的玻璃門旁眺望著庭院。至今，在白天展開的攻擊行動，就只有我被變成貓的那一次而已。看來今天也沒有異常狀況發生。

那麼，趁院子裡還一片和平的時候，去把曬好的衣物收進來吧。我以圍裙擦乾雙手，準備從客廳走向玄關時，身後傳來另一個腳步聲。

「怎麼了嗎？」

我轉過身。一如所想，是艾達先生。他朝我露出親切的笑容。

「我想幫妳的忙。」

他的回應讓我傻在原地。

他想必真的是閒到發慌吧——我在內心這麼想。直到昨天，艾達先生白天都還在屋內四處探索、到森林裡散步，或是在院子裡做日光浴。今天，他之所以會說要幫我的忙，我想不到其他理由了。

不過，有人手能夠幫忙，是值得感激的事情。比起一個人，兩個人能完成的工作量更多。就連平常沒有餘力顧及的地方，或許也能夠一併處理了。

我領著跟在自己後頭的艾達先生，來到曬著衣物的庭院一角。早上拿出來曬的床單已經乾透了。這陣子天氣很冷，若是讓衣物暴露在外頭的冷空氣之下太久，反而會變得潮濕，所以一旦曬乾，就要趕快收進屋裡才好。

「那麼，艾達先生，請你從另一頭……」

在我轉頭準備這麼指示艾達先生時，他揮動手指「嘿！」了一聲。

唰唰唰。床單、枕套、毛巾和襪子全都從曬衣架上飛起來，在空中自動堆疊整齊。

「！」

僅僅花了幾十秒，一切便大功告成。曬乾的衣物整整齊齊躺在我手中的籃子裡，等著我進屋內把它們收起來。看到我愣在原地，艾達先生俏皮地眨了眨眼。

「擁有力量之人，必須為了無力之人奉獻一己之力。」

「……」

「這是協會的教誨。」

我有種無法接受的感覺。或許是表現在臉上了吧，艾達先生望著我輕笑道：

「好像有些誇張了。」

語畢，他看似有些靦腆地將手撫上後腦勺。

艾達先生所施展的魔法，正是我過去想像中的魔法。能夠在一瞬間完成原本必須手動處理的工作。年幼時期在童話故事裡見識到的魔法，便是這般方便又迷人的東西。所以，在被老師僱用前，我以為就算不聘請幫傭，他應該也能用魔法打點各種生活大小事才對。然而——

（的確很方便沒錯，但是……）

至此，我猛然回神，匆匆揮去心中那股鬱悶的感覺。艾達先生這麼做，確實幫了我很大的忙。我向他道謝：「非常感謝你。」艾達先生看似滿足地點了點頭。

見識過深夜的魔法大戰後，我能理解艾達先生想必也是一名極其優秀的魔法師。

「嘿！」

「啊！」

「看我的！」

「啊啊！」

艾達先生的「幫忙」，並不僅限於將曬乾的衣物收進屋裡這項工作。跟在我身後的他，在掌握住我當下的工作內容後，便會以魔法三兩下解決它。太陽還高掛在空中的時候，我便已經完成打掃工作、備妥洗澡用的熱水、做好晚餐的準備。我不禁感到茫然。這樣的經驗還是頭一遭。

艾達先生總會在我開口允諾前，就擅自揮動手指施展魔法。每當他這麼做，我就忍不住像過去的蒂蒂那樣發出「啊啊！」的慘叫聲。這是我頭一次覺得艾達先生的魔法很厲害，但是——

（我的工作會被搶走！）

這可是攸關我的存在意義，亦即僱傭關係的問題。再這樣下去，我很可能無法繼續留在老師身邊。緊急狀況發生。我不能只是在一旁乾瞪眼。看著為了找事情做而不停在我身旁打轉的艾達先生，我以手指指著他毅然決然表示：

「今天沒有其他事情要忙了，請你休息吧！」

雖然身後傳來像是不甘心的「咦～」的抗議聲，但我佯裝沒聽到，換上長靴，拿起鏟子，逃到屋子後方的菜園裡。

「菲力斯大師，我今天也有幫忙做家事喔。」

「……」

到了晚餐時間，艾達先生嘻皮笑臉地這麼對老師搭話。後者依舊是一副不知道有沒有聽進去的態度。看著這兩人之間的溫度差，讓我心中七上八下。至今，我仍無法習慣他們這種奇妙的相處模式。

「因為最近老是半夜把璐希爾吵醒，害得她睡眠不足。」

聽到艾達先生這麼說，老師的視線才終於移向他，看起來好像是為了艾達先生察覺到這個事實而倍感意外。

老師這樣的反應，明顯讓艾達先生更開心。他一臉得意地笑著表示：「而且我來做的話，也會更快又更輕鬆啊！」

「……」

聽到這句話之後，老師轉而將視線移到我身上。他犀利的眼神，讓我心驚了一下。從艾達先生的語氣，老師想必已經察覺到他是用魔法協助我做家事吧。針對這一點，老師會怎麼想呢？

（我……我不知道！我今天無法替他翻譯！）

儘管我現在已經能輕鬆分辨送上桌的餐點是否「合格」，以及「我今天想喝咖啡」的表情，但牽扯到其他人時，要解讀老師的反應，對我來說還是太難了。

（怎麼辦？如果是「妳偷懶了是嗎？」或是「妳沒有好好工作？」之類的意思，我可無法輕率地回應他呢！）

要是一個沒弄好，我可能會一下子就失去老師的信任。

「……咕嗚！」

因為緊張，我的喉頭發出奇怪的聲音。我對以謹慎嚴肅的視線回應老師。

（我絕對沒有拜託或懇求艾達先生這麼做。）

老師垂下眼簾。我無法確認這樣的辯解有沒有順利傳達給他。

（如果之後艾達先生說要幫忙，還是回絕他吧。）

害怕老師的視線、更擔心被解僱的我，最後這麼下定決心。

「妳現在要洗碗對嗎？」

看到艾達先生從一旁探出頭來，我隨即擋在他的前方。

「沒關係！請你去休息吧！」

我竭盡所能以堅定的態度果斷拒絕他。艾達先生愣愣地眨了眨眼。

「讓我來的話，轉眼間就能做好了耶？而且我也毫不費力。」

這種事我再清楚不過。不過，必須由我自己做才有意義。

「這是我的工作！」

我以更強硬的態度這麼主張後，艾達先生聳聳肩走向客廳。他輕聲道出：「像隻氣到全身炸毛的貓咪呢。」不知是挖苦還是諷刺。

（真搞不懂這個人。）

看似基於善意幫忙，有時卻又表現得相當不解人情。總之，我算是成功死守住自己的勢力範圍。

不知道艾達先生是以什麼樣的表情，看著我放下心來後開始洗碗的身影。

「明明可以交給擁有力量之人來做……」

他的這句自言自語，終究沒有傳入我的耳中。

這天，我神清氣爽地醒來。昨晚久違地沒有人夜襲，所以我一夜好眠，心情也十分舒暢。我拉開窗簾，發現外頭是相當適合曬衣服和種菜的好天氣。這麼說來，菜園裡的地瓜應該差不多能採收了。

（地瓜！）

我的幹勁一下子湧現。我一直很細心栽培那些地瓜。可以做成烤地瓜、地瓜燒。灑上一些肉桂粉的話，老師或許也會喜歡。我的夢想不斷膨脹，肚子則是愈來愈餓。

懷著「今天也要好好努力！」的開朗心情走出房間。

雖然昨晚沒有發生魔法大戰，但艾達先生仍在熟睡。他躺在客廳沙發上，蓋在身上的毛毯隨著呼吸規律起伏著。

「請好好休息吧……」

我走進廚房，正打算從後門走到庭院裡時——

（咦……）

我僵在原地。

放在瓦斯爐上的鍋子，裡頭裝滿了像是湯汁的液體。一旁是已經做過基本處理，只等著下鍋的食材。還有等著被食物填滿的餐具。

我有種胃袋一下子被灌滿冰水的感覺。我不禁惡狠狠地望向仍在熟睡的艾達先生。

（是……是他幹的好事吧……！）

被將了一軍啊。沒想到他會做到這種程度。竟然早我一步把早餐準備好。以若無其事的表情熟睡著的艾達先生，想必是在我起床前，就揮動他的魔法手指完成了這一切吧。怎麼會這樣呢。

（他為什麼要這麼做……）

若是質問他，大概也只會得到「我來做比較快也比較輕鬆」這樣的答案吧。能感受到自己雙頰漲

紅的反應。我很生氣。家事是我的責任範圍。被人搶走工作，並不是什麼讓人開心的事。更何況，我是因為喜歡才會從事這份工作。

下一刻，我猛然回過神來。一股不祥的預感從腦中閃過。我的注意力轉移到房舍後方的菜園。

（難……難道！）

在把艾達先生挖起來抗議之前，我匆匆門門從後門走向外頭。我一邊在內心祈禱：「拜託不要啊……」一邊衝向菜園。

「……」

看到眼前這片光景，我彷彿能聽到太陽穴附近的血管爆開的聲音。

「咕……咕嗚嗚嗚嗚嗚！」

再也無法壓抑滿腔怒火的我發出低吼聲。

過去——不對，直到昨天，都還滿布在菜園地表的地瓜葉。那些縱橫交錯的藤蔓，現在乾淨澈底地從菜園中消失了。取而代之的，是被集中堆放在某處的地瓜小山。

沒錯。地瓜。我嘔心瀝血養大的那些地瓜。栽培農作物，除了能品嚐到它們的滋味以外，就屬收成的那一刻最令人喜悅了。那個瞬間，可以實際體會到至今耗費的心血，真的如同字面那樣「開花結果」的感受。在各類蔬果的收割作業中，挖地瓜可以說是最有趣的。可是……可是，我眼前這片田地，卻已經不剩半顆地瓜。

這件事我實在不能忍。我迅速轉身，怒氣沖沖地跑回家裡。

「請你起來！」

看到艾達先生睡得正舒服的模樣，我用力扯下他身上的毛毯，以強硬語氣叫醒他。

「咦咦……怎麼了？早安……？」

「你還問我怎麼了！請跟我過來一下！」

我拉著仍睡眼惺忪的艾達先生再次走回菜園裡。是為了確認犯案現場。我想質問這是不是他做的。

「這是怎麼一回事！」

看到我手指的方向，艾達先生以懶洋洋的表情表示：「什麼啊～原來是這個。」

「因為拔地瓜感覺很辛苦，我就幫妳做好嘍。」

他大方地這麼說，看起來完全不覺得自己做錯了什麼。這讓我內心的怒火再次高漲。

「我沒有拜託你做這種事！」

「可是我來做的話——」

「比較快、也比較輕鬆，是嗎！」

我橫眉豎目地打斷艾達先生的話，但他仍一臉毫不在意地回答：「沒錯。」從表情看來，他反而像是好奇我為什麼要生氣。

我忍不住、真的是忍不住，下意識地以低沉嗓音這麼開口：

「請你適可而止。」

「妳怎麼了啊？」艾達先生的語氣中帶點安撫的感覺。

（為什麼要用這種像是在跟小孩子說話的口吻啊。）

我以堅定的態度反駁：「不是我怎麼了。」

「之前也說過了，這是我的工作。我壓根沒有想要把一切都交給你代勞。這些事情必須由我來做……不對，應該說我想做。」

「咦咦？抱歉，我不太懂妳的意思……」

艾達先生臉上滿是疑惑。我的情緒也從憤怒轉變成無言。

「因為妳說的話完全不合理啊。我的力量明明能在一瞬間解決這些事情。」

「這點我很清楚。」

「嗯？」

問題在於看待事情的出發點。用魔法來做家事確實很快。不過，如果能用魔法解決一切的話，我早就被老師炒魷魚了。不對，應該說他根本不會僱用我。

（艾達先生跟老師之間存在著很大的認知差異。）

艾達先生的發言中令人不快的要素。現在，我終於明白那是什麼了。

「老師從不曾將我視為無力之人。他甚至還說我很優秀。」

艾達先生吃驚地瞪大雙眼。

「你說過，『擁有力量之人，必須為了無力之人奉獻一己之力』。」

「對啊，因為妳——」

「我確實無法施展魔法。但是——」

我頓了頓，然後筆直望向艾達先生的雙眼。

「請不要再這樣瞧不起人。」

「我！我沒有——」

「瞧不起妳啊……」艾達先生道出後半句話的音量愈變愈小，雙眼也不願迎上我的視線。

「就算無法施展魔法，我也能做家事。至少，在這個家裡、在我能力所及的範圍之內的事情，我都會做好。用自己的雙手去做才有意義。對我們一般人來說，這是『勞動』、是『生活』。」

「……」

「老師之所以排斥你們，想必是因為你們會像這樣，以理所當然的態度鄙視不會魔法的人吧。老師確實給人不擅長應付組織生活的感覺，但比起這個，你們恐怕在最基本的認知上就沒有交集。」

「……我說妳。」

看到艾達先生的眼神，我才發現自己或許說得有點過火了。因為一時激動，我忍不住把自己想像中的老師也拿出來說嘴。

那雙像是在熊熊燃燒的眸子，很明顯是動了怒氣。

（不過，我不打算收回自己剛才說的話。）

老師從不會鄙視他人。雖然態度總是很冷淡，但那是另外一回事。無論他的魔法多厲害、無論別人做事多麼不得要領都一樣。明明排斥多餘的事，卻總會對他人的工作懷抱敬意。所以，他沒有用魔法打理自己的生活，而是選擇交由我來處理。

「想談論菲力斯大師，妳再等個兩百年吧。」

（我又不能活那麼久。）

他的嗓音聽起來像是在按捺怒氣那般平靜。對艾達先生來說，「老師」的話題恐怕就是他的逆鱗。他的臉上已經不見平常那種親切笑容。

「看妳自以為是地仰慕菲力斯大師，但妳又了解他多少？妳知道他在做什麼研究嗎？曾立下多少功績？是什麼的創始人？」

艾達先生宛如連珠炮般的嘲諷，讓我說不出半句話。

（太狡猾了！祭出老師的職涯話題，未免也太狡猾了！）

我並不是因為對老師進行過詳細調查，才會站在這裡。再說，這些跟老師的為人是兩回事吧？如果要比誰更了解老師的人生，我一定是壓倒性的不利啊。

看到我的表情，艾達先生得意地補上一句：「看來妳不知道嘍。」我不甘地狠狠咬牙。

「我打算以後慢慢了解他！要是擅自調查或問東問西，會讓老師反感呀！」

「哈！妳想把自己的無知怪罪到老師身上？」

「你扯到哪裡去了！」

我們醜陋的爭論內容愈來愈沒營養、愈來愈讓人聽不下去。不知不覺中，已經變成主張自己有多麼仰慕老師的辯論大賽。

「我可是早在妳出生前，就一直追逐著菲力斯大師的背影了！」

「你愈是糾纏老師，只會愈讓他覺得反感！老師是必須從遠處靜靜守護的存在！」

「別說得好像自己很懂一樣！明明只是個非魔法師！」

「啊？那是什麼蔑稱？是蔑稱對吧！」

在我們的爭論終於發展成對罵時，為這一切劃下句點的——

「……你們在做什麼？」

「「…………」」

是老師無言到極點的嗓音。

我和艾達先生同時愣在原地。察覺彼此都已經失去理智後，我們一下子感到尷尬起來。

不知何時出現的老師看起來一臉厭煩。一隻鳥看似很得意地停在他的肩膀上。回過神來的時候，我發現上方也傳來許多鳥兒振翅的聲音。

『鎮上有很多貓咪是老師的傳話員喔。我們會向他報告鎮上發生的事。不過，這其實是我們單方面為他做的事情就是。噢，有些鳥類也會這麼做呢。明明有我們就夠了。』

馬卡龍的嗓音在我的腦中復甦。明白發生了什麼事的我，在下個瞬間嚇得臉色發白。

（是……是那隻鳥跟老師告狀！）

——此刻，能拉攏老師的一方，將會取得勝利。

或許是湧現了同樣的想法吧，我跟艾達先生的視線在一瞬間交會。先採取行動的人是他。

（糟糕！）

艾達先生「哇啊～」地哭出聲，然後趕到老師身旁。你是哪來的少女啊。

（一百零九歲！都不覺得可恥嗎！）

「菲力斯大師。璐希爾不會魔法，所以她無法明白……！我試著用魔法幫助她，她卻說用自己的雙手做事才有價值。」

「咕嗚！」

糟了。我這麼想。因為我察覺到，到頭來，我的堅持其實跟艾達先生「魔法比較厲害」的主張並沒有什麼不同。對於無法施展魔法的我來說，以自己的雙手完成工作更有意義——我用這種只考量到自身立場的意見跟他爭論不休。

（嗚，真丟人……）

判斷我苦澀的表情意味著「認輸」的艾達先生，露出「我贏了」的表情。

「不……不是的！我只是不想把自己的工作全數丟給別人！」
這是真心話。我拚命強調自己的主張。
「……唉。」
聽到老師這聲重重的嘆息，我和艾達先生才明白只有我們在一頭熱。
我和艾達先生先是吃了一驚，然後雙雙愣在原地。
「……」
要是再繼續爭論下去，只會更凸顯自己的醜陋。終於理解這一點的我們，站在原地默默等老師的下一句話。
老師瞪著這樣的我們。
「沒有誰比較偉大這種事。」
（就是說啊……）
我將原本企圖說出口的辯解吞回肚裡。
「不過……」說著，老師望向艾達先生。
「要是除去魔法能力，我們還剩下什麼？」
「咦……」
老師望向遠處。
「能夠施展魔法的人，總會過度仰賴這種力量。我們是因為有魔法，才能活下去嗎？並非如此。將強大的魔法能力視為自身的價值所在，反而是一種劃地自限的行為。你必須明白這一點。」
「……」

艾達先生看起來一臉茫然。我也說不出半句話。

魔法師或非魔法師（引用）。魔法或手動作業。已經不是這種層次的問題了。我和艾達先生面面相覷，總覺得剛才卯起來唇槍舌戰的自己很渺小，也因此羞紅了臉。

「還有——」

今天的老師特別多話。他的視線再次落在我和艾達先生身上。我們雙雙挺直背脊站好。

「我討厭不好好鍛鍊能力的魔法師，更討厭只會仗著權威濫用魔法的無能協會。最討厭的，則是大刺刺侵擾他人管轄範圍的人。」

語畢，老師便轉身走入家中。我戰戰兢兢地轉動眼球偷瞄艾達先生。

「…………」

一如所料，他的雙眼泛著淚光。

我該跟他說些什麼才好呢？被最尊敬又最喜歡的老師連番斥責的艾達先生，此刻看起來宛如失了魂的空殼。

就算是剛才跟他爭得面紅耳赤的我，也沒辦法以「你活該啦！」嘲笑現在的艾達先生。

艾達先生「咚」一聲雙膝跪地，一雙眼則是望向遙遠的天空。

看著這樣的他，讓我坐也不是、站也不是。儘管不知道該對他說什麼，我仍以「呃……那個……」向他搭話。

「那個……我……覺得很抱歉。因為我一直很期待親手挖地瓜，看到這個樂趣被剝奪，讓我一下子氣得失去理智……」

並沒有想讓老師來教訓你或是傷害你的意思——我試著兜個圈子為自己辯解。

聽到我這番話，艾達先生睜大雙眼望向我。臉上完全失去表情的他，看起來有點可怕。

「……」

我們就這樣無語地對視片刻。無法從艾達先生的表情判斷他此刻的感受，讓我很傷腦筋。

「……我……」

艾達先生緩緩開口。

「完全搞錯狀況了呢。」

這麼說的他，看起來很悲傷。

「……」

我實在說不出「你從一開始就搞錯了」這種話。

「等等、等等、等等。」

五分鐘後。我死命揪住艾達先生的衣角。

「沒關係。對不起喔，璐希爾……」

從剛才開始，艾達先生便一直試圖往跟我所站的位置相反的方向前進。用一句話簡單說明的話，他打算走進森林裡。

沮喪到極點的他，在表示「我不能繼續待在這裡」之後，決定躲到森林裡監視來犯之人。無論我怎麼勸說都沒用。

（這麼做根本治標不治本！）

面對艾達先生孩子氣的舉動，我揪住他的衣角阻攔他。總覺得他的衣服被我拉到有些變形了。

「艾達先生！」

看著完全不聽勸的他，我開始感到不耐煩，忍不住以強硬語氣呼喚他的名字。

「……」

艾達先生臉上的表情依舊相當黯淡。無從判斷他到底希望我不要管他，還是希望我看顧他。

（有……有夠麻煩！）

「真是的！你給我差不多一點，一百零九歲！」

我這麼吶喊後，艾達先生終於轉過身來面對我。他的眉毛落寞地彎成八字狀的模樣，看起來真的像個孩子。

「你想逃走嗎？」

「因為我不知道該怎麼做才好。」

「你平常那種強硬的氣勢，現在都到哪兒去了？」

「我是第一次被老師以那種嚴肅的語氣拉開距離呢……」

他說自己不知道該怎麼做才好，或許的確是事實。挨罵的年幼孩子，不知該怎麼道歉或彌補，因此變得不知所措——現在的艾達先生有這樣的感覺。

然而，逃避面對最根本的問題，既無法解決任何事情，還會讓事態惡化。這是這個世間的常理。

「要是你現在逃走了，只會讓老師離你愈來愈遠吧？」

「……」

艾達先生不發一語。不過，這樣的道理他想必也明白吧。

（真拿他沒辦法耶～）

畢竟，我也是造成這種事態的元凶之一。有此自覺的我，實在無法丟下艾達先生不管。

「來。」

「……？」

我把艾達先生拖到廚房裡。從他沒有激烈反抗的態度來看，艾達先生或許還想做些什麼來彌補吧。

看到我遞出的湯杓，艾達先生露出一臉「妳要我拿這個幹嘛？」的表情。

「請你幫忙攪拌湯。就是你之前用魔法完成的那鍋湯。現在已經快七點了，必須將它加熱才行。為了避免底部燒焦，請你一邊煮一邊攪拌。」

「……我知道了。」

艾達先生開始乖乖以湯杓攪拌大鍋裡的湯。

「另外，我想調整成老師偏好的口味，能請你加一點放在那邊的小茴香嗎？」

「加一點是加多少？」

「大概唰唰唰這樣吧。」

「太籠統了，我聽不懂啦。」

艾達先生握著裝有小茴香的瓶子沉下臉。我從他手中搶過瓶子，對著湯鍋隨意灑了幾下，然後讓艾達先生嚐嚐味道。雖然嘴上說「好吃」，但他的語氣不知為何帶著不滿。

看到他不滿地嘟起嘴，我試著提問：

「艾達先生。平常，你身邊的人都是魔法師嗎？」

「嗯。」

「跟我一起試試看非魔法師的做法吧？雖然比較麻煩，但或許也會讓你覺得很有趣喔。說不定你還很擅長這樣的做法呢。」

「……」

艾達先生帶著黯淡的表情沉默下來，看起來似乎在思考什麼。他的臉上不見平時的親切笑容。那張憂鬱的側臉，讓我看了有些心疼。

「魔法師真好呢。」

「妳怎麼了啊？」

聽到我突然做出羨慕魔法師的發言，艾達先生看起來很驚訝。

「不管用不用魔法，魔法師都能生存下去。感覺進可攻、退可守。我的人生就不存在這樣的選項呢。而且，魔法師的壽命也比我們一般人長。所以，不是可以放慢腳步，體驗各式各樣的事情嗎？」

這樣的發言，或許會讓艾達先生覺得我很粗神經。不過，總覺得現在得說些積極正面的話才行。

艾達先生眨眨眼，欲言又止地說了一句：「妳……」然後看看自己握著湯杓的手，又看看另一隻手。

「說得也是。」

不知道是不是我多心，艾達先生的臉上終於浮現笑意。看來他順利振作起來了。

在固定時間走下樓的老師，看起來一如往常到讓人畏懼的程度。即使艾達先生沒有坐在同一張桌前，即使知道他其實躲在廚房裡，老師也沒開口說過半句話。

（好……好驚人！我都要覺得艾達先生有點可憐了！）

我膽戰心驚地替老師送上早餐，然後轉身準備離去。可是，今天的餐點並不是我準備的。罪惡感一下子在我的內心湧現。

「今……今天的早餐是艾達先生準備的！」

這麼說之後，我才想到這句招供恐怕是多餘的。雖說是不可抗力的事態，但一心害怕被解僱的我，竟然主動坦承自己沒有好好工作的事實。慘了。我開始冒冷汗。

我戰戰兢兢望向老師，但他只是淡淡回以一句：「是嗎。」

（……嗚。）

一點點。雖然只有一點點，但我覺得老師望向我的眼神有些溫柔。

用過早餐後，老師再次返回二樓。我跟艾達先生則是在同一張桌前坐下，邊吃早餐邊閒聊。

「老……老師剛才是不是稍微笑了啊？」

向艾達先生拋出「你覺得他為什麼會笑？」的問題後，他不解地反問：「妳怎麼會不知道呢？」

「是因為妳很老實吧。」

「咦？」

「老師大概是覺得妳已經沒在生我的氣或是生魔法的氣了吧。」

「因……因為，雖然一臉理所當然地送上早餐，但突然想起自己並不是負責製作早餐的人……」

若要問我是不是還在生氣，其實我已經不氣了。畢竟艾達先生今後想必不會再擅自用魔法做些什麼。地瓜那件事我還沒有完全原諒他，不過，我的腦袋現在已經冷靜許多。

艾達先生如此直言不諱，我不禁有些愣住，結果他「哈哈！」地笑出聲。

「看來，妳是做不了壞事的人呢。」

雖然感覺自己好像被當成傻瓜，但看到艾達先生單純坦率的笑容，我決定不跟他計較。

接下來一段時間，「年輕人」登門問候（小試身手）的間隔愈來愈長。在艾達先生來訪後的第三個星期邁入尾聲時，他突然沒頭沒腦地這麼問我：

「璐希爾，妳喜歡菲力斯大師對吧？」

「啥？」

我險些把正在清洗的盤子掉到地上。差點就要締造來到這個家第一次打破盤子的紀錄了。

「您您您說的這是什麼話呢！真是的！」

看著因為動搖而說話結結巴巴的我，艾達先生露出壞心眼的笑容。

「我覺得妳不是單純景仰他而已呢。」

「你答對了，我就是單純景仰他而已。」

「臉紅成這樣，很沒有說服力喔。」

我連忙把圍裙掀起來遮住臉。陽光打在布料上，勾勒出艾達先生的剪影。看到我匆匆採取的防禦態勢，艾達先生以鼻子哼笑一聲，一邊將盤子收回餐具櫃裡，一邊繼續往下說：

「要不是我現在這樣，我就出手幫妳了。」

「哦……」

我不自覺放下將圍裙拉高的雙手。艾達先生並沒有露出不懷好意的表情。真要說的話，他看起來還有幾分遺憾。

「你……你不會覺得奇怪嗎？」

「什麼奇怪？」

「是我……喜歡老師。」

「要是反過來，我就會嚇到了。」

「……」

我一瞬間湧現用洗碗精攻擊艾達先生的衝動，但最後還是作罷。的確，因為艾達先生也很景仰老師，站在他的立場，看到別人喜歡上老師，並不值得大驚小怪。不過，就算這樣，他剛才的態度還是有些失禮吧？

「我是開玩笑的啦。」

看到我明顯不悅的表情，艾達先生有些尷尬地這麼解釋。

「無所謂。反正我也不會妄想跟老師有什麼發展。」

「咦，是這樣嗎？」

「就是這樣。只要能待在老師身旁，我就心滿意足了。」

「哦～」

聽到艾達先生意味深長的回應，我又強調了一次：「是真的！」結果他「哎呀呀」地聳聳肩。

「你那懷疑的眼神是什麼意思呀！因為我……」

「因為妳？」

「因為我……」

我沒能繼續說下去。連我也不確定自己想在「因為我……」的後面接著說什麼。看到我沉默下來，艾達先生嘆了口氣。

「也罷。既然妳本人都這麼說了。反正我也幫不上忙。」

「因為我沒資格跟老師說話。」艾達先生望向遠方這麼說，長長的睫毛透出一絲憂鬱。

在那之後，艾達先生沒再跟老師說過話。因為每次都是他主動找老師搭話，自從他不再這麼做，我便沒看過這兩人交談。

老師看起來已經沒在生艾達先生的氣了。應該說，地瓜事件（我為求方便所以這麼命名）發生的時候，與其說老師在生艾達先生的氣，我覺得他更像是為魔法師的生存意義感到憤慨。

認為老師是在對自己生氣的艾達先生，這陣子一直努力學習非魔法師的生活方式，但不知道老師是怎麼看待他這樣的行動。

我這個人，要是看到身邊有認真努力的人，似乎就會忍不住想聲援對方。像之前的蒂蒂那樣，我現在也想站在艾達先生這邊。

（畢竟蒂蒂之前都那麼拚命了，但老師的態度還是完全沒改變嘛。唉，不行了，無法期待。）

在我陷入有些離題的思考時，一旁的艾達先生「啊」了一聲。

「雖然沒辦法撮合妳跟菲力斯大師，但如果妳有什麼想知道的事，我可以告訴妳。」

發現自己或許能幫上忙的艾達先生露出笑容。但我只是搖搖頭。因為我覺得這不是該找他幫忙的事情。艾達先生看起來有些打擊，但這也是沒辦法的事。

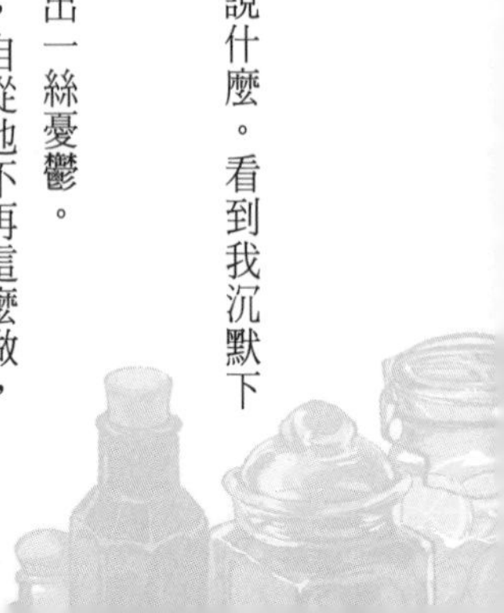

「我會自己問他的。」

我有些難為情地輕聲這麼說。沉默半晌後，艾達先生笑著回應：「說得也是。」

不再主動找老師攀談之後，艾達先生跟我交談的機會變多了。因為我們每天都一起做家事，這或許也是必然的發展。

「呼……呼……」

我在一段距離外對氣喘吁吁的他開口：

「你還好嗎，艾達先生？」

艾達先生將手中的鏟子直直插進土裡，整個人倚著鏟子站著。就算拿著鏟子，帥哥依舊是帥哥呢。

為了在先前用來栽培地瓜的這片區域種下新的作物，我們正在一起翻土，但艾達先生的體力似乎已經耗盡了。

「請你先休息一下吧。」

這麼對艾達先生說完，體力還很充足的我繼續舉起鏟子幹活。他看著我「嗯」了一聲，然後慢吞吞地離開菜園。

艾達先生返回家中後，菜園裡便剩下我一人。我賣力地用鏟子翻動泥土。這種單調的工作，其實意外很有趣呢。專心、專心。

（接下來，我要把這裡變成蕪菁和洋蔥的大型農場！）

懷抱著這般宏偉的計畫繼續翻土時，一個踩上泥土地的腳步聲傳來。我原本以為是艾達先生回來了，但轉頭一看，眼前的人並不是他。

（老師。）

老師會踏進菜園，感覺是很罕見的事情。判斷他或許有什麼事要交代的我，連忙將鏟子插進土裡，然後趕到老師身旁，但他只是默默眺望著我整理了一半的菜園。

（咦？他不是要找我嗎？）

雖然我已經來到老師身旁，但如果沒有要特別交代事情，希望他能直接說出口呢。在我不解地想著「他是為了什麼而來？」的時候，老師緩緩望向我。

「艾達呢？」

（喔？）

老師主動提及艾達先生的名字。這樣的情況更罕見了。我有些驚訝地回應：「他去休息了。」老師的視線再次移回菜園上。

「怪不得這麼安靜。」

我不禁心驚一下。

（難……難道我們很吵嗎！最近……咦？我們應該沒有大聲喧譁吧！）

這句感覺也能解讀成抱怨的發言，讓我的背脊竄上一陣寒意。

對我心中的不安情緒一無所知的老師，看著菜園淡淡道出「妳的進度看起來不錯」這樣的感想。看來剛才那句話並非在抱怨。如果真的嫌我們吵，老師八成馬上會以冰冷的語氣出聲指摘吧。

鬆了一口氣之後，我開始思考老師的發言。他說的進度，是指替菜園翻土的工作嗎？我負責後方的區域，艾達先生則是負責前方的區域。

「目前的情勢是我占上風。」

因為我的進度壓倒性地贏過艾達先生，於是我半開玩笑地這麼說。結果被老師問了一句：「你們在比賽嗎？」我有些害臊地回覆：「沒有。」老師輕笑出聲。那淺淺的笑容，讓我的心跳瞬間加速。

「艾達先生很努力呢。」

「是嗎。」

老師以輕柔嗓音回應，然後輕拍了我的頭一下。

一陣風吹來。我就這樣默默佇立在菜園裡。迎面而來的風，讓我感受到臉頰的熱度。

（他這樣突然出現，原本是想做什麼呢？）

只是一時興起？又或是平常吵吵鬧鬧的聲音突然消失，所以有些在意？如果單純想來看看我們的工作情形，我希望他能在艾達先生辛勤翻土時過來看呢。

在原地發呆時，又有一陣腳步聲靠近。這次是艾達先生。

「我回來了。」

「歡迎回來。」

艾達先生補上一句：「久等了。」將頭髮重新綮好，走到我面前詢問：「妳為什麼站在這裡發呆？」正當我在思考該如何回答他時，艾達先生突然皺起眉頭。

「噯，妳的手都發紅了。」

艾達先生捧起我的手，確認我的掌心。

「沒事的。反正沒有起水泡。會這樣很正常。」

看到他誇張的反應，我感到有些無言。拿鏟子幹活就是這麼一回事。會一一在意掌心發紅或起水泡的人，可沒辦法從事農業。

我坦然的態度，讓艾達先生眉心的皺紋變得更深。

他突然幹勁十足地表示：「之後的工作就交給我吧！」然而，要是把翻土的工作全都交給不習慣拿鏟子的他負責，艾達先生的掌心恐怕會變得比我更悽慘。

「我也一起做吧。」

「不用了、不用了。」

「我會稍微放輕鬆一點啦。」

澈底忘了剛才「我們或許很吵」的擔憂，跟艾達先生你來我往地鬥起嘴來。這種像是跟手足嬉鬧的感覺，讓我有些懷念。

一隻鳥兒在上方的高空中發出嘹亮叫聲。

就這樣，在老師跟艾達先生停止交談的這段期間，雖然偶爾還是有些尷尬，但我們一直過著和平的生活。直到某天——

「我差不多該告辭了。」

離別的時刻突然到來。

艾達先生來到這個家一個月了。我也已經習慣這種讓他跟在身邊學習「非魔法師生活」的日子，因此有種難以言喻的落寞湧上心頭。

「這段期間受你們照顧了。」艾達先生朝我一鞠躬。待在這裡的期間，艾達先生幫了很多忙，所以我也可以說是受到他諸多照顧。

（未免太突然了……）

或許是看穿我內心的動搖，艾達先生朝我露出有些愧疚的笑容。這幾個星期以來，我們的關係變得相當不錯。

『沒錯沒錯，用鉤針勾住那邊的線圈。』

『噢，像這樣？』

有時教他打毛線。

『加入少許胡椒。』

『我知道了。』

有時一起做菜。

『我來撢上面的灰塵。』

『那我負責掃下面。』

有時一起打掃。

回想起這些日子，我不禁感到難過。艾達先生以溫柔的眼神望向我。

「我今天早上收到協會的聯絡。說是所有魔法師都已經收到指示，所以我該回去了。」

「這樣呀。」

說起來，艾達先生是為了在所有魔法師都收到協會「不准來找菲力斯大師」的指示前，擊退特地來「打招呼」的不速之客，才會留在這個家。不過，因為最近訪客出現的頻率減少很多，我也不知不覺忘了他真正的目的。

聽到艾達先生的報告，老師一派淡漠地回應：「是嗎。」

雖然很仰慕老師，但現在跟艾達先生也相處融洽的我，其實有點希望老師再多對他說些什麼。艾達先生真的很努力幫忙做家事，而且，之前被老師訓斥後，他便不曾再把我或無法施展魔法的人視為「無力之人」。

看著老師捧著紅茶茶壺的托盤走上樓，我不禁有些焦急。

「只要大師沒把我當空氣，我就很滿足了。」

艾達先生看似故做堅強地這麼說。經過之前那件事後，他的視野似乎變得開闊不少。此刻，他臉上平靜的表情，讓人覺得過去那個灰心喪志的他彷彿不曾存在過。

「呵呵，妳要跟菲力斯大師好好相處喔。」

聽到他別有含意的這句話，我的胸口微微刺痛了一下。他輕易看穿了我對老師的戀慕之心。想到我跟老師之間驚人的年齡差，這樣的心意，就算被人當笑話看待也無可奈何。然而，艾達先生從不曾嘲笑過這樣的我。

「我支持妳喔。」

他露出柔和的笑容這麼說。這不是剛認識時那種猜不透他在想什麼的笑容。能看到他這樣的表情，我覺得很開心，也很感激他的鼓勵。然而，我的心情卻依舊很沉重。

（現在是說這種話的時候嗎？）

面對即將離開的艾達先生，感到手足無措的人，似乎只有我一個。

（就這樣跟他道別真的好嗎……？）

艾達先生開始整理自己的行李和隨身攜帶的物品。我忍不住望向通往二樓的階梯。

（老師不像我這麼膚淺，所以他表現出來的態度想必是最妥當的。）

我喊了一聲：「老師！」然後衝上樓。「多餘的事情」。這是我第一次刻意試著觸犯這個禁忌。

在來到這個家的第一天之後，我便不曾造訪二樓。我無法按捺內心緊張的情緒。不過，想到自己接下來打算做的事情，這種情緒便算不了什麼。

判斷老師不是在書房，而是在他的房間裡。我深吸一口氣，接著伸手輕敲房門三下。裡頭馬上傳來回應。

「有事嗎？」

戴著眼鏡的老師走出來。他看起來比平常更加知性。他很適合戴眼鏡呢。我不自覺止住呼吸。

（討……討厭啦……好帥喔……！）

不對。現在不是怦然心動的時候。在一瞬間的陶醉之後，我隨即重整心情。

「那個，我明白說這些是多管閒事，但……」

「艾達的事嗎？」

老師早已看穿我內心的想法。他有些不耐地挑眉。我鼓起勇氣，抬起頭筆直望向他那雙紫色眼眸。

「艾達先生這陣子一直很努力在拓寬自己的視野。不靠魔法，而是用自己的雙手打理生活——他已經不會說這樣的做法沒有意義了。」

「……」

「他能夠做出漂亮的紅蘿蔔雕花，也完全學會了回針縫這種縫紉技巧，就是最好的證據！他現在甚至能用毛線打手套呢！」

「還有……還有……」在我拚命列舉艾達先生的功績時，突然有個「呵」的輕笑聲傳入耳中。我這麼努力地為他說好話，你怎麼可以笑呢？

「老……老師？」

我以有些抗議的語氣呼喚發笑的老師。後者掩著自己的嘴巴回應：

「之前對艾達大發雷霆的妳，現在竟然這樣替他說話。」

「那……那是因為……」

聽到老師的調侃，我頓時羞紅雙頰。

「所以，妳希望我怎麼做？」

老師以平靜的嗓音詢問。我將緊張的情緒吞下肚。

「請您跟我一起送他離開吧。」

艾達先生震驚得瞪圓雙眼。因為收拾好行李、站在玄關準備出發的他，看到我和老師並肩出現在他眼前。

「菲力斯大師，我……」

艾達先生支支吾吾地開口。

「人生還很長。你的一個轉念，足以讓一切改變。」

「……是。」

聽到老師近似格言的這句話，艾達先生的眼眶變得濕潤。

（太好了、太好了。）

至此，我終於鬆了一口氣。若是離開前沒能再見上老師一面，艾達先生想必會感到很落寞。幸好老師願意下樓一起替他送行。既然已經沒有在生艾達先生的氣，我希望老師不要那麼快就返回二樓，而是在一樓看著他離開呢。是我期待他太多了嗎？

雖然還是有一些不能接受的地方，但看到這兩人的交流，讓我滿心感激。

（哎呀？）

外頭的天色突然轉暗。原本以為是烏雲遮蔽了陽光，但望向窗外後，我發現情況似乎不太對勁。

（怎……怎麼回事？魔法師們應該全都收到協會的指令了吧？）

變得昏暗的庭院颳起一陣風，吹得草木沙沙作響。覺得這番景象有點詭異的我，不禁抬頭仰望一旁的老師。

老師瞇起雙眼，定睛凝視著庭院裡的異常現象。另一方面，艾達先生「啊」了一聲，像是預測到什麼似的，臉色也變得有些難看。因為他長得很帥氣，看起來格外有一種悲壯感。

庭院裡的野草被風吹得宛如漩渦那樣翻騰打轉，看起來極為不自然。就像老師過去將烏雲集中在城鎮上空那樣不自然。

（啊哇哇……）

一陣白色煙霧高高竄起，一個人影從裡頭走了出來。

「唔！」

我不禁繃緊神經。

從煙霧之中走出來的，是一名身穿漆黑長袍的人物。臉被帽兜罩住，再加上一身能隱藏體型的長袍，讓人無從判斷性別。唯一能確定的，只有看起來不是普通人。

「卡洛大師……」

艾達先生這麼輕喃。或許是聽到他的呼喚了吧，現身的這名人物像是要打招呼似的舉起一隻手，直接掀開頭上的帽兜。

（哎呀，是一位女性呢。）

在黑色帽兜襯托下，她一頭金色的蓬鬆捲髮十分閃耀動人。濃密的睫毛再加上鮮紅色的口紅。看起來很強勢的這名美麗女子，對著我們露出自信的微笑。

「艾達！你離開自己的崗位太久了！」

「非常抱歉。」

艾達先生垂下頭朝女子道歉。不知道是不是錯覺，他的語氣聽起來有些僵硬。不過，美女感覺並不在意他的回應，只是自顧自地站到老師面前。

「好久不見了，菲力斯大師。」

（原來是老師認識的人啊。）

我從老師的身後望向艾達先生，結果他對我露出一個苦笑。這是什麼意思？

看到老師僅以點頭的方式回應，美女露出微笑。那對鮮紅唇瓣勾勒出的弧度，看起來十分性感。

「真是的，您還是一如往常的冷淡呢。您過得好嗎？」

（開……開始閒聊了！）

我偷偷摸摸移動到艾達先生身旁。

「這……這位小姐是？」

我悄聲詢問艾達先生。他也壓低音量回應我。

「卡洛大師，是我的上司，她好像跟菲力斯大師認識。應該說，她是菲力斯大師的粉絲。」

「粉絲……」

「就像我這樣。」

原來如此。跟老師攀談的卡洛大師，看起來一臉喜上眉梢的樣子。然而，老師卻幾乎不會回話或應聲。我不禁擔心這樣的對話是否真的能成立。

「艾達受你照顧了～這孩子也沒跟我商量一聲，就擅自跑來。雖說他有正當理由，但要做這種事的話，我倒希望可以由自己來負責呢。」

說著，卡洛大師以散發出危險光芒的雙眼望向我和艾達先生。看到身旁的艾達先生露出自信笑容，我有些不知所措。

「哎呀？這個女孩是？」

卡洛大師眨眨眼。她似乎是直到這一刻，才發現我的存在。我連忙朝她一鞠躬。

「她負責照顧我的生活起居。」

「咦？」

「我……我是這個家的幫傭！」

老師早我一步開口說明。光是這樣，就足夠讓我吃驚了，再加上他沒有確實說出我的職業名稱，感覺可能引來奇怪的誤解，所以我一下子焦急起來。當著粉絲的面，可得謹言慎行才可以。

「哦，幫傭呀。哦～」

卡洛大師盯著我這麼喃喃自語。接著——

「妳是魔法師嗎？」

看著她皮笑肉不笑的表情，我搖搖頭回答：「不是。」卡洛大師看似倍感興趣地「哦～？」了一聲。

（她的眼底沒有笑意……）

有種不祥預感的我，忍不住對老師投以求助的眼神。

老師招手示意我「過來」，我趕緊快步走到他身後待命。

「你們請回吧。」

老師雙手抱胸，淡淡地這麼開口。艾達先生坦率地以「是」回應，但他的上司卡洛大師看起來不太高興。

「您不用擺出這種臉色，我們也會離開的。只是，希望您能回答我一個問題。明明沒有發生天災或戰爭，您之前卻動用了魔法。這吹的是什麼風呀？未免太不自然了。」

直到前一刻，感覺都還像個小粉絲的卡洛大師，表情一下子變得嚴肅起來。而她企圖追根究底的發言，也讓老師散發出警戒氛圍。

「協會不是站在不干涉的立場上嗎？」

老師沒有回答卡洛大師的問題，而是望向一旁的艾達先生問道。至此，我才發現他對艾達先生說話時，已經不再用那種彷彿拒人於千里之外的客氣口吻。

面對老師強大的魄力，艾達先生有些緊張地回答：「是……是的。」

「那就堅持這樣的立場。」

這麼要求艾達先生的老師，依舊沒有理會卡洛大師。被他視若無睹的後者漲紅著臉開口：

「只有在不會魔法的人遇上危機時，您才會施展魔法幫助他們吧？這才是擁有力量之人的榜樣！所以，我們才會對您尊敬有加。發現您施展魔法時，也會擔心是不是發生了什麼大事呀！」

（啊，原來老師是這樣的人嗎？）

老師的確鮮少使用魔法。想到他之前為了我，不惜施展睽違數十年的魔法，我就感激得幾乎要痛哭流涕。

因為這樣，我能理解老師施展魔法，會讓人格外有「特別」的感覺。不過，根據我至今為止的觀察，除了魔法以外，老師也只會在判斷「有必要」的時候，做出因應的行為。也就是說，他只會在判斷有這麼做的必要時，才會施展魔法，沒有其他更多的理由。

從剛才開始，卡洛大師的發言就給我一種不自然的感覺。她彷彿將老師視為英雄般崇拜。而這樣的信仰，源自於協會「擁有力量之人，必須為無力之人奉獻心力」的強大信念。感覺是很一意孤行的仰慕方式。

而且，她還向本人如此強調。這讓我覺得，她崇拜的或許並非「老師」本人，而是已經成形、無法撼動的「老師的形象」。

這樣的話，老師恐怕——

（……噫……）

沒錯。不用看老師臉上的表情，我也能明白。這種讓人如坐針氈的魄力，再加上艾達先生的超級苦瓜臉，不難推敲老師現在的心情如何。

「不需要把我英雄化，也不要過問多餘的事情。」

「就是因為尊重您，協會才會採取不干涉的態度呀。」

卡洛大師的這句話，讓老師整個人散發出更加冰冷的感覺。

「我倒不知道協會的地位什麼時候比我還高了。光是『不干涉』還不夠，請妳回去告訴協會，今後將我視為跟他們『毫無關係』的存在。」

老師冰冷的嗓音，透露出澈頭澈尾的拒絕意志。光是聽到他決定撇清關係的這種發言，就連我都忍不住有些難過。

「你總是很排斥其他魔法師。這是為什麼？明明我們才是相同的種族，你為什麼更重視那些不會使用魔法的人？」

勉強擠出這句話的卡洛大師，以鄙視的眼神朝我一瞥。艾達先生過去發明的「非魔法師」這個蔑稱，此時再次從我腦中閃過。無法施展魔法之人，是立場比自己更弱小、更低等的存在——這或許就是他們的基本認知也說不定。

（感覺有點討厭呢……）

跟艾達先生對上視線。表情看起來尷尬不已的他，蠕動唇瓣向我說了句：「對不起喔。」

我對魔法師和協會一無所知。不過，或許是他們長久以來根深柢固的觀念和立場，讓卡洛大師做出這樣的發言吧。畢竟，就連覺得協會裡頭的上下關係很麻煩的艾達先生，都不曾質疑過他們這樣的教誨了。

老師的想法和立場，跟其他魔法師有著多麼大的差異？即使是我這樣的局外人，也能看出雙方之間的關係宛如兩道平行線。

——不過，撇開老師不多話，也總是在對方理解自己之前就先拒絕他人的個性，不管是卡洛大師或協會，感覺都是基於單方面的見解，把老師這個存在過於理想化了吧？

（我無法接受。）

「卡洛大師。這些都是我們一廂情願的想法。我能明白您的心情，但我們今天還是先回去吧。」

艾達先生從旁插嘴。

（艾達先生！）

站在那裡的，已經不是平時那個有些輕浮的大哥哥，而是一名有著誠摯眼神的青年。他的上司也因此露出一臉難以置信的表情。

「艾達？你剛才說什麼？你不知道我現在在說很重要的事嗎？」

卡洛大師並不了解在這裡生活過一段時間的艾達先生。

「真要說的話，還不是因為菲力斯大師一時興起施展了魔法，才會讓那些年輕人迫不及待地想來找他切磋一下呀。」

「！」

（什麼跟什麼啊！）

要不要施展魔法，理應是老師個人的自由才對。而且，要追根究底的話，那些年輕魔法師之所以會上門挑釁，恐怕也是因為老師被扭曲的形象深植於他們心中的緣故吧。聽著卡洛大師愈來愈偏頗的發言，我內心的怒氣慢慢湧現。

回過神來時，我已經往前踏出一步。

「你……你們未免也管太多了！」

「「「……」」」

三人的視線一瞬間集中到我身上。站在我的視野正中央的卡洛大師，以凶狠的眼神瞪著我開口：

「這件事跟妳沒關係吧，小妹妹？」

她以滿面笑容提醒我認清自己局外人的身分。因為我是非魔法師。但這並不是重點。

「這跟是不是魔法師無關，而是更基本的問題。你們判斷一個人的方式，會不會太過主觀了？這是相當傲慢的行為。每個人的特質，不見得會完全如同他人想像中那樣。您自己應該也是如此吧？」

「只活了幾十年的妳也想對我說教？」

卡洛大師以嘲諷的語氣，回應鼓起勇氣挑戰她的我。單憑這句話，我可以感覺出她根本沒把我放在眼裡。我實在很想回她：「妳呢？活了這麼久，眼界倒還是挺狹隘的嘛。」

（不對。我並不是想跟她爭論這種事。我——）

我吐出一口氣，然後筆直望向卡洛大師。

「跟各位相比，我的確是少不更事的年輕人。不過，有一件事我很確定。只要活著，人就會改變。有時還是在他人，甚至自己都沒能察覺到的情況下改變。」

我瞥見視野一角的艾達先生露出微笑。

「只因為跟自己認知中的形象不符，就拒絕認同真實存在的人的處世方式，或是細微的變化，這等於是否定了對方的人生。」

卡洛大師緊抿唇瓣，眉心也擠出皺紋。她或許正在思考該怎麼反駁我吧。我判斷這是乘勝追擊的好機會，於是繼續道出自身的主張：

「而我的工作！便是守護雇主舒適自在的日常生活！無論是監視！追問！或是將自己的想法強押

到老師身上的行為，都請適可而止！此外，也請不要再管老師的事情了！這哪裡算不干涉呀，根本是過度干涉！」

我堅決的表態，讓卡洛大師氣得整張臉紅通通的。這番發言，在她聽來想必囂張到不行吧。畢竟連我自己都這麼想。在我警戒她的下一句話時——

「……唔！」

「瞧瞧這代替我發言的能力。是一名很優秀的幫傭對吧？」

正當卡洛大師打算回擊時，老師搶先她一步開口了。他悠哉地以雙手抱胸，接著又補上一句：

「無需使用魔法，她也能把我的日常生活打理得無微不至。」

老師毫不留情的挖苦，讓卡洛大師的臉更紅了。

「真的非常抱歉……」

幾分鐘後，我以幾乎要讓身體對折的姿勢朝老師鞠躬致歉。

在那之後，卡洛大師沒有再做出任何反駁。艾達先生一邊推著她往外走，一邊頻頻回頭向我們道歉，兩人的身影隨後便消失在庭院之中。

只剩下我和老師留在原地。

（我太多管閒事了呢。）

最近的我真的愈來愈奇怪了。凡是牽扯到老師的事情，總會忍不住開口表達意見，或是採取什麼行動。身為在背後照顧他生活起居的人，這樣似乎不太恰當。
竟然把老師晾在一旁，逕自開口反駁卡洛大師的意見。我在內心默默抱頭哀嚎。
（沒……沒事的。老師看起來沒有生氣，應該不會有事。）
為了抹去內心的不安，我試著這麼說服自己。這時，老師一句話傳入耳中：「妳現在變得比較多話了呢。」我心中一驚，隨即以讓身體對折的姿勢朝他一鞠躬。
（我讓老師生氣了……）
不斷冒冷汗的我，只能默默望著雙腿後方的景色。雖然拚命思考該如何為自己辯解，但我一片空白的腦袋擠不出任何答案。
「我不是在責備妳。」
老師的語氣罕見地帶點困惑。我反射性地「咦？」一聲抬起頭。
「妳不過是說出事實罷了。何必道歉？」
老師這麼問，然後帶著若無其事的表情關上敞開的玄關大門，接著走回客廳。
「我擔心自己做了逾矩的行為。」
走在老師身後，我不太有自信地這麼說。將雙手插在口袋裡的老師轉過身來。
「我不在意。」
緊繃的神經在一瞬間放鬆下來。
（不在意。）
這應該是值得慶幸的事情吧？我追到老師房門前要求他出來送行，又在他和別人對話時插嘴，但這些老師都不在意。

難道老師所謂「多餘的事」，現在範疇縮小了許多？又或者，它的定義原本就沒有我想得那麼嚴謹？諸如此類的天真想法在我腦中浮現。

「因為這麼做的人是妳。」

（…………嗯？）

我一瞬間愣住。沒聽錯的話，老師剛才好像說出了一句絕對無法讓人忽視的發言。

「——唔！」

「……？」

面對一如往常地說完話就走人的老師，我忍不住伸手揪住他的衣角。他有些訝異地望向我。

（我……我這是……做什麼……）

被自己的行動嚇到，簡直是無藥可救了。我現在揪住的，可不是在鬧彆扭的艾達先生的衣角。得說些什麼才行。在大腦開始運作前，我的嘴搶先一步動作。

「打擾了！」

「打擾什麼？」

（打擾什麼？）

老師一針見血的疑問，跟我心中浮現的疑問重疊。

（啊啊啊啊啊！）

我到底是打算打擾什麼？又來了。在思考得出結論之前，我的身體便動了起來。

（我又搞砸了……）

明明才剛對折身體向老師道歉，現在竟然又揪住他的衣角不放。真的是太得意忘形了。我不過是受僱於這個家的一介幫傭。現在，沒有發生什麼必須由雇主作主的事情，我卻企圖留住他，這可是絕對不該有的行為。

明明很清楚這一點，然而，忍不住對老師懷抱的期待，還是讓我做出了這樣的舉動。

（怎麼辦啊……）

沒辦法裝作沒事。面對自己下意識採取的行動，我無計可施。我輕輕放開老師的衣角，因為不知所措而以雙手掩面。

「沒……沒什麼。我很抱歉。」

按捺著想衝回房間、躲進棉被裡頭避難的衝動，盡可能以若無其事的語氣回應。只要老師就這樣返回房間，就不會有問題。在我期待他能當作一切都沒發生過的時候──

「是嗎。」

他的這句回應，讓我感到放心、也有些落寞。不過，這樣一來，老師就會忘記我方才的奇異行徑。

「在這裡等著。」

老師的腳步聲遠離。

「……」

（嗯？「在這裡等著」？）

遲了半晌，我的大腦才接收到老師這句話。抬起頭來，但老師已經不見人影。腦袋上方浮現大量問號，只能默默杵在原地。

幾分鐘後，再次現身的老師指示我準備茶水。不是他的，而是我自己那一份。老師手上已經捧著剛才拿回房裡的紅茶茶壺和茶杯。

我照著老師所說，為自己準備一杯飲料後，便和老師在同一張桌前面對面坐下。無法理解眼前狀況的我，一舉一動都顯得有些可疑。

「那麼。」

（那麼？）

老師緩緩靠上椅背。相較之下，我則是坐得直挺挺的，等待他的下一個動作。

「不可能沒什麼吧？」

那雙紫色眸子彷彿看透了我。有話想說的不是老師，而是我。是老師特別花時間陪我坐在這裡。有種胸口被緊緊揪住的感覺。老師並沒有對我奇特的行為置之不理。滿心的喜悅和愧疚感，讓我幾乎要吐出來。

（我該怎麼回答？要怎麼回答？）

我垂下頭。

（「為什麼這麼做的人是我，您就不在意呢？」）

不，不行。這種問題我死也問不出口。要發花痴也該有個限度。問老師這種問題，我是期待聽到什麼樣的答案呢？要是沒能聽到自己最想聽的那個答案，恐怕只會有糟糕透頂的後果在等著。

「……璐希爾？」

（請別這樣。不要用那麼溫柔的語氣呼喚我……）

為了讓亂成一團的內心鎮定下來，我垂著頭深深吐了一口氣。

（冷靜點吧。沒事的。我不會說什麼奇怪的話。）

緩緩抬起頭後，我和老師四目相接。感覺快要為他的氣勢折服，我以毅力勉強維持平靜的心情。

（好。難得有這個機會……！）

我將上半身往前傾，打算再次掌握住之前錯過的機會。

「雖……雖然已經過了一段時間……」

「——而世界樹位於其中心。」

「原……原來如此。」

「由世界樹所主宰的物質還原以及生命體的精神回歸，會在其內部以元素的形式融合。」

「……」

我聚精會神地傾聽老師的解說。因為這正是我想了解的內容。不對，真是如此嗎？

（我……我聽不懂啦……！）

因為聽不懂，所以更努力聽。然而，我的智力早早便瀕臨極限，導致陷入想聽卻聽不懂的悲慘狀態。幾乎都要雙眼泛淚了。

剛才我問了老師這個過去一度想問的問題：「您不在家的時候，都在哪裡做些什麼呢？」當時，因為發燒而倒下，也失去了詢問他的機會。之後，便不知道該在什麼樣的時機開口發問了。

老師像是回想起什麼那樣「噢」了一聲，接著開始鉅細靡遺地為我說明。說得簡單一點，就是老師在某天早晨，突然發現自己作為研究對象的世界樹開花了，於是便匆忙趕往現場。除了是老師的研究對象以外，世界樹似乎也是魔法師們長年以來持續研究的珍貴樹木。

在協會這樣的組織成立前，老師也曾和其他魔法師共同進行研究。然而，原本就對魔法至上主義存疑的他，因為無法忍受繁雜的組織體制，最後拒絕成為創立協會的一員而退出。至於現在加入協會且過去曾是老師研究伙伴的那些魔法師，據說目前仍期待看到老師的研究有所進展。

至此的內容我還能夠理解。然而，在話題進入專業領域之後，我的腦袋馬上就當機了。

「就是這麼一回事。有解答妳的疑問嗎？」

大致說明完畢後，老師帶著認真的表情這麼總結。我以同樣肅穆的表情點頭回答：「有的。」老師做了比我想聽到的答案更詳盡的解說。沒想到平日沉默寡言的老師，也會這樣滔滔不絕地說話。情報量充足過頭了。

「非常抱歉。有些部分對我來說太過艱澀，所以我沒能完全理解……明明勞煩您替我說明這麼多。」

因為怎麼也無法以「我現在很清楚了」回答老師，儘管丟臉，我還是老實說出自己的感想。老師「唔」了一聲，露出沉思的表情。

「用看的或許比較好懂。」

「咦？」

老師說了一句：「到書房來。」然後起身。他以眼神示意我跟上。看來說明尚未結束。

（但我想知道的事情，剛才大概都已經獲得解答了呢。）

我揮去腦中不敬的想法。只能跟過去了。我繼老師之後從桌前起身。

這是我第一次踏進書房。裡頭陳列著好幾個書架，看起來儼然有如一座小型圖書館。裡頭的藏書量相當不尋常，放眼望去全是書本堆成的小山。老師的身影在這些書櫃叢林裡穿梭。

「好……好驚人的藏書量啊。」

聽到我這麼讚嘆，老師以略微嚴肅的語氣提醒：「不要隨便碰這裡的書。」正打算將手伸向附近某本書的我嚇了一跳，匆匆抽回自己的手。

「很……很抱歉！」

我連忙道歉。老師朝我原本打算觸碰的書籍瞥了一眼，回說：「那本沒關係。」我不解地歪過頭，結果老師從書櫃上方取下另一本書。

「雖然對妳不太好意思，不過，這裡有很多受詛咒的書隨意亂放。例如這本，如果不知道正確的對應方式，就會一直閱讀書籍到死為止。」

「……」

聽到老師淡淡道出這般關鍵的情報，我不禁一陣暈眩。直到剛才，都還因為能踏進書房而興奮不已的心情，現在一下子降到冰點。

在我震驚得說不出話時，老師將那本受詛咒的書放回原位，又對我說了一次：「抱歉。」

「所以，我不能讓妳進來書房打掃。這裡亂成一片，妳看了想必很不舒服，不過還是希望妳能忍耐。」

「日後我自己會整理。」看著老師望著其他方向這麼說，我眨了眨眼。

（原……原來是因為這樣的理由嗎……）

「那……那麼，您的房間也？」

我以有些動搖的尖細嗓音詢問。老師說道：「那邊也一樣。」並沒有望向我。感覺一直籠罩在腦中的霧氣，在此刻一下子散去。

（原來他不是討厭別人入侵他的私人空間啊！只是因為裡頭很危險而已！）

老師並不是不願卸下心防，才禁止他人進入。話不多的他，這種時候就很令人傷腦筋呢。如果背後有著這種理由的話，我希望他能告訴我。但另一方面，我也真心慶幸自己之前沒有硬要進來打掃。

「……是。」

我懷著五味雜陳的心情點點頭。

為了避免無意間接觸到書本，我縮起身子跟在老師背後。老師在一個收納著大開本書籍的書櫃前停下腳步。櫃子上有許多又大又厚、不知道是不是圖鑑的書籍並排著。老師從中取出一本，以熟練不已的動作翻開它，彷彿已經知道自己要尋找的內容記載在哪一頁。

「這就是世界樹。」

「咦！」

我探頭望向老師翻開的頁面，出聲驚呼。

在「世界樹」這樣的標題下方，有著一棵線條描繪得十分細膩的大樹。樹梢深入雲霄，粗壯的樹根向四處延伸。雖然不知道它真正的大小，但想必是一棵巨大至極的樹木吧。

這時，我不禁湧現了一個疑問。這般巨大的樹木，理應相當具有知名度才是。

「這棵樹在哪裡呢？」

「世界的內側。」

「內側？」

老師抽象的答案，讓我的大腦再次陷入混亂。看到我愣愣地複述他所說的話，老師露出柔和的笑容。他似乎發現我沒聽懂。

「哪天也讓妳看看吧。」

（這是他願意帶我去看的意思嗎？）

過於單純的內心湧現輕飄飄的小小期盼。無法按捺心中喜悅的我向老師道謝，他以平靜的表情輕輕向我點頭。

〔第六章〕可以僱用我一輩子嗎？

我踏進好一陣子不曾造訪的城鎮，在小巷裡東張西望。路人們對我投以「這個人是怎麼了？」的眼神。有幾位比較親切的人過來詢問：「妳在找什麼嗎？」但我以「沒有」回應他們。因為，我在尋找的是——

「啊！找到了！」

我看到一條長長的尾巴在視野一角甩動。

「馬卡龍小姐！」

因為太開心，我忍不住高聲呼喚牠的名字。在一段距離外的那隻貓以「咦，妳叫我？」似的望向這裡。

「不好意思，隔了這麼久才來。」

我單膝跪地，拿出自己帶來的貢品。雖然一直想著要過來向牠表達謝意，但不知不覺就拖了好一段時間。直到今天，我終於有機會過來回禮了。馬卡龍一臉平靜地坐在原地，輕輕搖晃自己的尾巴。

對一隻貓表現出畢恭畢敬的態度，以敬畏的語氣跟牠說話，還將食物並排在牠眼前。幸好沒有其他路人經過。畢竟這裡是馬卡龍自家的外圍。

因為大馬路上和商會裡頭都沒看到牠的身影，我只能憑藉自己的記憶找到馬卡龍家附近。途中，之前變成貓時能輕鬆穿越的小徑，現在想鑽過去變得極為困難。儘管因此焦急不已，但費了好一番工夫後，我終於順利抵達目的地。

「喵～喵～」

馬卡龍看似開心地鳴叫幾聲，跑過來用頭蹭我的膝蓋。之前那般可靠的牠，現在只是一隻可愛的小貓咪。原本以為可以趁這個機會摸摸牠，但我伸出的手還是被馬卡龍完美避開了。看來牠的個性還是一如往常的高傲。

原本想摸牠的那隻手，現在只能重複握拳又放開的動作。我試著詢問：「妳最近好嗎？」

「喵嗚。」

馬卡龍彷彿聽得懂我說的話那樣叫了一聲。聽到她像是在說「我很好」，我不禁感動不已。

「咦！妳聽得懂我在說什麼？」

『想想妳被變成貓那時發生的事吧。』

馬卡龍再次以「喵～」回應我，但這次的嗓音聽起來似乎有些沒好氣。看來，牠的確聽得懂我說的話。不過，因為我不懂貓的語言，只能單方面跟牠說話。

「之後，陸陸續續有魔法師跑來我們家，發生了不少事情呢。」

『真是辛苦妳了。』

「老師現在還是老樣子。」

『我知道。』

好厲害。馬卡龍都會在巧妙的時間點回應我。我不禁因此有些得意忘形。

「讀……讀書的時候，老師好像都會戴眼鏡。戴上眼鏡的他，整個人散發出來的氣質又不一樣了，真的很迷人……！」

『哎呀，妳這孩子真是的。』

回過神來的時候，我已經跟馬卡龍聊了各式各樣的事情，甚至還告訴牠老師最近讓人心跳加速的表現。

「所以，這陣子的我簡直愚蠢得無藥可救呢。」

『原來妳也有自覺呀。』

「光是能待在老師身邊，應該就要感到滿足了。但我還是會因為一點小事而歡欣鼓舞，或是做出一時衝動的言行舉止……」

這時，我的腳突然傳來一個溫熱的觸感。我低頭一看，是馬卡龍用牠的前腳按在我的腳上。這是要我冷靜的意思嗎？

（我也真是的。竟然這樣連珠炮說個沒完，也不覺得害臊。）

為自己的醜態感到相當難為情。就算聽眾只是一隻貓，我也太多話了。

「真抱歉。有人能聽我說這些，讓我覺得很開心，一不小心就停不下來了。」

我朝馬卡龍輕輕低頭致歉。下一刻，牠的肉球直接貼上我的額頭。

「！」

「喵啊～（加油嘍）」

馬卡龍中氣十足地叫了一聲，接著將前腳離開我的額頭。

這時，我壓根不知道其實還有很多隻貓躲在這附近。我作夢也沒想到，在這之後，我會因為終於察覺自己的粗心行徑，而羞恥到幾乎要暴斃的程度。

「啊。應該可以了吧？」

肉桂的香氣開始飄出。判斷時間差不多的我望向烤箱裡頭，看著一個個染上金黃色澤的地瓜燒。

雖然沒能享受到挖地瓜的樂趣，但將它加工成其他食物的樂趣，以及細細品嚐滋味的樂趣依舊存在。最近，我很努力在消耗艾達先生收割的那堆地瓜，慢慢減少它們的數量。昨天是地瓜濃湯、今天是甜點，大概是這樣的菜單安排。

烤好的地瓜燒誘人的甜蜜香氣，隨即在室內瀰漫開來。

「唔哇啊～！好香喔！」

我想讓老師吃到剛烤好的地瓜燒。趕快端到他的房間去吧。我把兩塊烤得金黃的地瓜燒移到盤子裡，正準備走出廚房時，一陣步下階梯的腳步聲傳來——是老師。

「……」

老師望向我這裡，然後帶著倍感興趣的表情靠近。他的臉上掛著眼鏡。

（咦！他竟然戴著眼鏡下樓！是忘記摘掉嗎！）

我忍不住亢奮起來。

發現我捧在手裡的地瓜燒之後，老師一臉恍然大悟地表示：「原來是這個。」

（「原來是這個」？）

老師走到我面前微微彎下腰。看到他靠近的臉孔，我瞬間心跳加速。

「我被這個的香味吸引過來。」

（啥？也……也太可愛了！）

這是怎麼一回事啊。快來人為我詳細說明一下。老師的衝擊性發言，讓我的心跳變得更加劇烈。

「我……我正想端上樓給您。」

我以因為緊張而變得尖細的嗓音勉強開口後，老師說了「那麼」兩個字，便從我手中拿走盤子。什麼「那麼」啊。

將目標物入手後，老師俐落地轉身離開。他這種不拖泥帶水的個性，有時真令人恨得牙癢癢。

（啊！他吃了一個！）

我看到老師一邊走上樓，一邊捧起一個地瓜燒放進口中。感覺老師最近的一舉一動愈來愈自在了。他每個舉手投足的動作，總能讓我暗自欣喜不已。對這點一無所知的老師，真的是個罪孽深重的存在呢。

昨晚的濃湯令人讚不絕口。原本以為地瓜這種食物不可能變得更美味了，但此刻，菲力斯才發現自己的想法有多麼膚淺。

看著眼前的空盤，菲力斯陷入沉思。雖然表情看起來像是在面對艱鉅的難題，但他所思考的，其實是再和平不過的內容。

是不是該下樓多要幾塊？

有著誘人肉桂香氣的地瓜燒。柔滑的口感、活用地瓜本身甜味的風味，以及將它烤得恰到好處的純熟技巧。

好一陣子之前，菲力斯便明白璐希爾大致上已經掌握到自己的喜好了。他知道璐希爾很努力研究加了各式香料的風味料理，但沒想到她的學習能力這麼強。她端出來的菜色正合菲力斯胃口的機率愈來愈高了。

這道地瓜燒亦然。璐希爾想必是為了配合菲力斯的喜好，所以多加了些肉桂進去吧。她的觀察力真的相當入微。

沒錯。她一直都在注意他。

璐希爾所說的每句話、做出來的每個行動，再再顯示出這樣的成果。一開始，菲力斯很配合地擔任她的觀察對象。因為他判斷有這麼做的必要。雖然她投射過來的視線有時也會太熱烈，但菲力斯試著不放在心上。

最後，璐希爾完美地適應了這個家——適應了菲力斯。不過，她並不是為了菲力斯，而是為了自己想繼續在這裡工作的期望，才得以祭出這樣的成果。

分析過自己的觀點後，菲力斯認為，他之所以不會覺得璐希爾的所作所為很多餘，是因為他將這樣的她視為一名稱職的工作者，並懷抱著尊敬之念。

心心念念的甜點，讓菲力斯無法集中精神思考。

他判斷自己沒有必要繼續沉思下去，於是用一隻手捧著小盤子起身。

再次來到客廳時，他跟正準備大口享用地瓜燒的璐希爾對上視線。後者大吃一驚地閉上嘴巴。

「您……您怎麼了嗎？」她紅著一張臉慌慌張張地問道。從她的態度判斷自己來得不是時候，菲力斯轉而將視線移往廚房，問了一聲：「還有嗎？」

聽到他的提問，璐希爾以開朗的嗓音回應：

「還有！」

她接過菲力斯手中的小盤子，朝廚房走去。

「您還要幾塊呢？」

「……兩塊。」

「好的！」

璐希爾滿面笑容地捧著地瓜燒走回來。菲力斯不明白她為何會這樣喜孜孜的。

「您會想再多吃一點，感覺很罕見呢。」

這麼一說倒也是。菲力斯沉默地想著。

璐希爾端出來的餐點，份量總是恰到好處。不會太多、也不會太少。這確實或許是他第一次要求「再來一盤」。

「妳的那一份還夠嗎？」

璐希爾以看起來更開心的笑容點點頭。回想起來，不只是現在，她這陣子感覺心情一直很不錯。雖然不知道發生了什麼事，但如果她能順利適應這個家的生活，也是菲力斯希望看到的結果。

「我準備了很多，明天還能繼續吃。」

「是嗎。」

是嗎。明天也能繼續吃。

想到明天還能享用美味的點心，菲力斯感覺世界彷彿增添了一層鮮豔的色彩。這種耀眼，讓他不自覺望向每天都會踏入的客廳。

牆壁、天花板、窗簾、沙發、椅子、桌子。

這些東西原本是這樣的顏色嗎？菲力斯疑惑地眨了眨眼，接著將視線移回眼前的璐希爾身上。

是妳揮灑的色彩嗎？

不知道自己臉上帶著什麼樣表情的菲力斯，就這樣靜靜地凝視著璐希爾。工作總是可靠又勤奮的她，在眨眨眼之後羞紅了雙頰。

『噯，你聽說老師家那個璐希爾的事情了嗎？』

『聽說了、聽說了。』

貓咪們開起了咪咪喵喵叫的八卦大會。

『那傢伙還真有一手。』

『我原本就覺得會變成這樣。』

鳥兒們聚集在行道樹的枝頭。

『哎呀，那孩子真是的！』

『讓人憐惜呢！』

森林裡的野獸們熱烈討論著。

璐希爾原本只打算跟一隻貓咪傾訴的心事，不知何時像水面的漣漪那樣擴散開來，讓住在城鎮裡的動物全都知道了。這幾天以來，成了牠們閒聊時最熱門的話題。

「您……您也要一起去嗎？」

老師點頭回答我的提問。

聽到他的答案，我懷著有些自暴自棄的心情穿上外套。難得可以跟老師出門，我卻這般提不起勁。原因是他要求再跟我一起去吃牛排。

「今天是那個日子嗎？」老師像是突然想起來似的這麼說，接著便直截了當地下達：「在中午前出門。」這樣的同行指示。

順帶一提，上個月我是一個人去吃。無法掌握老師的心情變化。如果只是想吃牛排的話，跟我說一聲，我就會努力將它端上桌。我是因為偶爾也想吃別人做的料理，所以每個月無論如何都會去一趟餐廳。

雖然很喜歡老師，但可以的話，我比較想獨自享受那個瞬間。要是老師就在眼前，我會緊張到吃不出自己最喜愛的肉食的滋味啊。

（說不出口。我沒辦法把這種理由說出口。）

老師已經做好出門的準備。我只能死心了。

我跟老師維持著一公尺左右的距離，沉默著走在森林隧道裡。這裡的樹木已經完全染上不同色彩，森林裡的氣溫也變得更低，讓我們呼出來的氣體化為薄薄的白霧。

（這裡的景色會因為季節而大幅改變呢。）

「呼～」我抱著玩心吐出白霧，結果望向正前方的老師輕聲開口：

「馬上就會變冷了。」

「這附近會不會下雪呢？」

「偶爾會。」

「那就必須做好相關準備才行呢。」

老師淡淡地「嗯」了一聲。他堅挺的鼻尖有些泛紅。這段簡短的閒聊，不知為何讓我感慨萬千。為什麼會有這種揪心的感覺呢？

（是季節的緣故？）

聽到我吸鼻子的聲音，老師詢問：「會冷嗎？」

「不會。」

我說不出「看著你，突然讓我好想哭」這種話。

我跟老師一起踏入餐廳後，裡頭的服務生一如所料地做出吃驚反應，但仍以鐵板二重奏為我們送上佳餚。對著被清空的碗盤一起做出雙手合十的動作時，我和老師自然而然對上視線。內心湧現的羞澀，讓我將視線轉而移向窗外。

街角有幾隻貓依偎在一起。

（貓咪們也很冷嗎？）

像那樣聚集在一起，感覺的確會比較溫暖。看著牠們，我漫不經心地想著：「這個鎮上的貓咪感情都很好呢～」

「不好意思，我去買一下食用油。」

聽到我說要去採購，老師回應：「那就一起去買完再回家。」他手上現在提著沉甸甸的購物袋。

讓老師幫忙提東西一事，讓我愧疚得再三向他道歉。我一心焦急地想要快點完成這項任務，為了避免漏掉該買的東西，確實鎖定必須造訪的店家進攻。

「食用油、食用油……啊，還有鹽巴！」

老師站在店外等著。我忐忑不安地看著店員仔細地將商品包裝起來的動作。

『啊！是老師！』

『真的耶！』

『璐希爾好像也在！』

聽到這樣的對話，菲力斯以視線打量周遭，同時豎耳傾聽。聲音似乎是來自對街的三隻貓，以及屋簷上的鳥兒們。

他佯裝什麼都沒聽到，繼續在原地等待璐希爾結束採買。每當菲力斯偶爾造訪城鎮，這裡的居民和動物總會相當吃驚。這不是什麼需要大驚小怪的事情吧——他有些無奈地這麼想。

『嗳！嗳！他們倆感情真好呢！』

『約會？是約會嗎？』

約會。

這個出人意表的字眼，讓菲力斯忍不住望向聲音傳來的方向。貓咪和鳥兒們驚喊一聲：『他聽到了！』然後各自散開。

是誰跟誰約會？

菲力斯不自覺死盯著方才那些貓咪所在的場所。他想質問牠們那句話是什麼意思。

「讓您久等了。」

這時，璐希爾剛好提著購物袋走出店內。菲力斯一瞬間湧現的怒火慢慢消散。

「您怎麼了嗎？」

璐希爾不解地歪過頭，看著菲力斯愣愣地眨了幾下眼。後者將視線移開。

「沒什麼。」

「約會」這個感覺跟自己格格不入的名詞，就這樣繼續殘留在菲力斯腦中的某個角落。

(好奇怪……)

事到如今，我變得很奇怪已經是家常便飯。所以，現在奇怪的人不是我——

(老師好奇怪。)

不知為何，我最近時常感受到來自老師的視線。過去，我總是躲在廚房一角執拗地偷窺老師，但現在，只要我將視線移到他身上，我們就一定會四目相接。老師也會望向我這裡。

(怎麼？有什麼事嗎？)

我們今天第五次對上視線時，我再也忍受不住了。就算垂下頭來，我總覺得老師還是一直盯著這邊看。

(是我看起來哪裡怪怪的嗎？有什麼東西黏在臉上、身上之類的？)

今天起床的時候，我的頭髮的確翹得亂七八糟。但只要紮起來，應該就能蒙混過去了。

（還是長痘痘了？）

我下意識用手撫過右邊臉頰，確實摸到了一顆突起物。

（老師是想暗示我最近皮膚很差嗎？）

不對。我不覺得老師會在意這種事。我有沒有好好保養肌膚，根本是無關緊要的事情。如果是衛生習慣太差，倒是需要提醒就是。

那麼，他這樣的視線究竟是為了什麼？儘管很想吶喊：「別這樣！不要看我！」但我當然不可能這麼做。

「！」

判斷老師應該已經移開視線後，我抬起頭，才發現他早已用餐完畢了。怎麼會這樣呢。不看著他的話，會影響到我的工作；但看著他的話，又會變成跟他對望的狀態。

（到底要我怎麼做啦！）

我在心中這麼吶喊，然後加熱用來裝拿鐵的杯子。

待老師返回房間，我才終於鬆了一口氣。會感到異常疲倦，應該不是我的錯覺。這一切是從什麼時候開始的呢？我趴倒在桌上思考著。

要說值得特別一提的地方，大概也只有前幾天跟老師一起出門那次。除此之外，我們每天的生活都相當規律。

一起吃牛排的時候，老師一如往常。頂多就是心情感覺比平常好一些。結束採購回到家後，他雖然有些疲憊，但並沒有發生任何稱得上是異常狀況的事情。

這樣的話——我的腦內閃過一個想法。

（他是在打分數……？）

我猛地起身。原來如此。倘若真是這樣，就能理解他為何對我投以像是在試探的犀利視線了。沒錯。再怎麼說，我跟老師都只是僱傭關係。就算他跟我一起出門，答應總有一天要帶我去看世界樹，這些都不是能讓我得意忘形的理由。

然而，因為最近跟老師的交流機會變多，我的確多少有些鬆懈了。

（不妙。）

我嚥了嚥口水。倘若這些所作所為，都是老師以雇主身分進行的嚴格審核，我可不能因為覺得難為情就迴避。這樣只會讓工作效率變差，影響到老師對我的評價。

「這可不得了……」

我暗自發誓，絕對要讓最近樂昏頭的自己自律一些才行。窗外緩緩降下白色的雪花。

隔天早晨。

「……」

「…………」

坐在餐桌前的老師，和站在廚房裡的我默默地凝視著彼此。不對，應該說我們是迎上對方的視線。我告訴自己，先移開視線的人就輸了，然後直直盯著老師的雙眼，甚至強忍著想眨眼的衝動。

不用說，這麼做當然讓我相當難為情。在不安地想著「我可能只能再撐幾十秒了吧」的時候，老師先移開了視線。

（我贏了！！）

我在廚房流理台下方偷偷做出雙手握拳的勝利姿勢。老師垂下頭，默默以叉子將食物送進口中。

我繼續眺望著這樣的他。換作是平常的話，一開始就應該是這樣的狀態了。

（很好很好很好很好。）

之後，老師沒有再望向我，靜靜吃完早餐後便離開客廳。令人緊張的審核時間結束，讓我鬆了一口氣。

這樣一來，我應該可以自信滿滿地說自己「很正常」了吧。

真是百看不膩。

雖然這是菲力斯最真實的感想，不過，他並不是為了得出這樣的結論，才盯著璐希爾看。他在椅子上翹起腳換了個坐姿。

「約會」這個輕浮又令人不悅的詞彙，遲遲不肯從他腦中離開。他和她並非這種關係。璐希爾是值得信賴的優秀工作者。之前的外出採購被說成約會，感覺像是在扭曲她的工作價值，菲力斯也因此感到不快。

更何況，宛如盛開鮮花般年輕有活力的她，竟然被誤會成跟年紀有著極大差距的自己在約會。要是璐希爾聽到，絕對會背脊發冷。

為了肯定這樣的想法，菲力斯望向璐希爾。他總覺得，只要看著她勤奮工作的身影，就能讓自己把那天聽到的令人不悅的詞彙，澈底當成荒唐無稽的笑話看待。

但結果呢？

將餐點擺盤時的輕柔動作、觀察食物烹煮過程的眼神、以「有點重喲」提醒的嗓音。儘管這些都是菲力斯早已知道的，卻讓他感到新鮮無比，勾起了他的興趣。

為什麼會變成這樣？

為了得出答案，菲力斯更進一步地觀察璐希爾。他的視線不斷被她吸引。

因為璐希爾也經常窺探菲力斯臉上的表情，兩人不時會對上視線。璐希爾總會表現出困惑的反應，但這樣的她讓菲力斯更感興趣。不過，或許是再也受不了這種情況了吧，昨天的璐希爾意志堅定地回望著他。她的一雙眼睛彷彿透露出「快吃吧」的指示，於是菲力斯決定中斷觀察。

好冷。如同老師所說的，天氣變得愈來愈冷了。早上起床時，發現菜園裡四處都是結霜的狀態。

「好冷、好冷。」

位於廚房下方的糧食儲藏室，被比室內溫度更低的刺骨冷空氣籠罩。這對維持食材新鮮度很有幫助，但對人體就不太好了。只想趕快離開這裡的我，迅速將需要的蔬菜和瓶裝酸黃瓜揣進懷裡。

這時，上方突然傳來木板受到擠壓的聲響。是有人走進廚房的證據。現在明明還不到老師下樓的時間。我慌慌張張地準備離開糧食儲藏室時，因為動作太匆忙，不小心讓懷裡的一顆馬鈴薯掉到地上。

我不禁發出「啊啊……」的悲嘆聲，結果老師來到儲藏室入口往下方望。他蹲下來的樣子看起來有如某種小動物，讓我一如往常地馬上心跳加速起來。會把老師比喻成小動物，就連我自己也覺得很誇張。看來我是病入膏肓了。

告訴老師我弄掉一顆馬鈴薯後，他伸出手，看起來是要先幫我把揣在懷裡的糧食拿上去。他這樣的動作，彷彿是在救助落入洞穴裡的人。我有種想要握住他的手的衝動。

「那個，沒關係的。我先上去一趟就好。」

我理所當然地婉拒了，但老師沒有出聲回應。他維持著將手伸向我的姿勢，還散發出一種像是在說「動作快」的魄力。這種時候，除了遵從他的指示以外，沒有其他選擇。

「不好意思。」

我隨即放棄堅持，將懷裡的馬鈴薯一一遞給老師。碰觸到老師的手的瞬間，我原本暴露在地下室冰冷空氣之中的手，因這樣的溫熱觸感做出敏感的反應。直到剛才，都還冷得直打哆嗦的身子，現在因為從指尖傳遞過來的熱度而慢慢升溫。

終於從糧食儲藏室爬出來後，我發現老師正站在廚房裡燒開水。

（原來他覺得很冷嗎！所以想下來弄些溫熱的東西喝！）

既然這樣，就應該穿上襪子呀——我忍住想這麼勸諫的衝動，匆匆站起來捲起衣袖。

「別在意。妳去忙妳的工作吧。」

我正想說「我為您準備些什麼吧」，一下子就被挫了銳氣。

（咦～！但這也是我的工作啊！）

雖然有些愣住，但我也不能這樣就妥協。

「這也是我份內的工作。」

「……」

老師以那雙紫色的眸子打量我。

「唔！」

因為完全沒做好心理準備，他的視線讓我再次心動。

（審……審核。這是在審核。）

久久未移開的視線與沉默。儘管努力說服自己，一旦開始心跳加速，我便再也無法冷靜下來。

（撐……撐不下去了……！）

終於瀕臨極限的我別過臉去，以兩隻手掩住想必已經紅通通的雙頰。好燙。身體也彷彿沸騰那般發燙。

「我輸了……」

我以細微到好比蚊子叫的音量這麼表示後，老師像是感到不解那樣呼出一口氣。

「……」

這片沉默令人煎熬。我戰戰兢兢地稍微移開手掌，從指縫之間窺視老師。他的表情看起來很嚴肅。

「……非常抱歉。我覺得有點害羞。」

判斷老師是因為無法掌握狀況而感到困擾，於是我選擇據實以告。老師的眉頭皺得更緊了。

「為什麼要害羞？」

「……」

為什麼要問呢？而且還是用這麼若無其事的態度。我不禁有些恨這樣的老師。這可是問不得的問題啊。

（老師會這麼問，就代表他完全想不到我害羞的理由。）

剛才慢慢升高的體溫，此刻彷彿一口氣下降。

「……請不用在意。」

「為什麼要沮喪？」

看著掩面垂下頭的我，老師以平淡的嗓音這麼詢問。我只能無語地搖搖頭。這個傷害太大了，希望他能讓我一個人靜一靜。

「璐希爾？」

對我內心的感受一無所知的老師，仍執拗地呼喚我的名字。換作是平常，我可能高興到整個人都要翩然起舞了；但現在，我卻被夾在喜悅和揪心兩種感情之間，並因此痛苦不堪。

「那個，我沒事的。真的沒事。」

「印象中，妳所謂的沒事，都不是真的沒事。」

這份溫柔好令人憎恨。我像個賢者那樣暫時閉上眼沉思。

（但我就是喜歡老師這一點呢。）

這時，我猛然察覺到一件事。

（把這份心意告訴他就行了吧？）

這不是基於「乾脆讓他傷腦筋一下」或是「怎麼樣都無所謂了」的想法。要舉例的話，大概就像是「請把換洗衣物放進這裡頭」或「請晚上六點過後再洗澡」這樣的公事聯絡。

如果不把「其實我一直很仰慕您」這個事實說出來，像這樣尷尬的瞬間以後恐怕只會繼續增加，讓我們彼此都很困擾——這就是我察覺到的真相。總有一天，老師或許會對這種曖昧不清的時刻感到厭煩。如果讓他知道我的心意，他應該就會多注意自己的言行了。

可是、可是呢……

儘管明白目前這種狀態對我非常不利也會影響到我的工作。

（不行。我說不出口。）

就算有蒂蒂和艾達先生這些先例，我還是無法抹去內心的不安。向老師告白後，他還會願意讓我繼續待在這個家裡嗎？關於這點，我實在沒有自信。

即使直接向老師表達好感，他也沒有做出半點反應的光景，我已經用這雙眼睛見識過了啊。所以，他想必也不會把我的告白當一回事。儘管這麼想——

（要是事情沒有這麼發展的話？如果只有我讓他覺得「真令人厭煩，還是解僱妳吧」這樣呢？）

有可能。這樣的事情非常有可能發生。我輕易就能想像出這樣的場面。

身為專職幫傭，就應該優先考量業務效率；雖然沒出息，但無論如何都想繼續留在這裡——這兩種想法不停在我心中交戰。

「被您一直盯著看，會讓我很害羞。」

「……抱歉。」

到頭來，我將自己平常也總是盯著老師看一事擱置一旁，以一個安全牌的說法蒙混過去。

這天晚上，我看著擱在桌上的某個東西陷入沉思。這是我洗完澡走出浴室時發現的。

「……」

我以單手扶額，默默盯著那樣東西。

『說不出口的話，就寫在這張紙上。』

這是什麼可愛的東西啊。一張紙？在那行標題旁邊，還有一行「請寫下自己的要求」的文字。這百分之百是很在意早上那件事的老師準備的。多麼簡單明瞭的標題啊。連我都能理解。

（都已經說不出口了，哪裡還能寫下來啦！）

老師體貼他人的方式，感覺微妙地少根筋。完全就是不習慣體貼他人的感覺。面對他突然做出的傻氣舉動，我不知該作何反應。

更何況，就算不像這樣刻意做出體貼的行為，老師其實就已經很溫柔了。硬是讓他試著體恤他人，結果就會變成這樣。我感到非常愧疚而坐立不安。

既然他這麼做，就代表審核應該結束了吧？審核的下一個階段，是改善業務績效嗎？

「搞不懂啊。」

總之，我不能辜負他這番體貼心意。我拚命動腦思考能夠寫下來的事項。

臨時叫我寫下自己的要求，我也寫不出來呢。這裡的薪資待遇無可挑剔，也沒有什麼不方便的地方。損壞的柵欄，我前幾天也自己修好了。這樣一來，能想到的其他事情相當有限。

「對了，木製飯杓已經有一定程度的磨損。另外……」

我一邊叨唸一邊思考，然後——

「啊。」

我抬起頭來。

（襪子。畢竟老師的穿著打扮看起來真的很冷，希望他能穿上襪子，不然我會擔心。）

從天氣開始轉涼時，我就這麼想了。光腳走路，恐怕很容易讓身子受寒吧。我一直都努力以溫熱的洗澡水和飲品替老師維持體溫。這樣的我，實在很難不去在意他光溜溜的腳丫子。不過，問題在於這樣勸諫老師，會不會讓他感到厭煩。不是當面直接要求，而是像這樣寫下自己的訴求，不知道可不可行？

沉思片刻後，我寫下這樣的內容。

『我能不能送您襪子呢？另外，我想要新的木製飯杓。』

感覺前後文好像沒有半點關係，看起來只是很一般的許願文。

「沒辦法了。」

回過神來時，我才發現時間已經很晚了。實在太想睡，於是決定以這樣的內容定案，把字條放在桌上返回房間。

隔天，看過我的字條後，老師沉默了半晌。雖然看起來好像有什麼話想說，但他終究還是只回了一句：「我明白了。」

原本還擔心這不是老師想看到的答案，但既然他願意允諾改善，這樣或許也好。

總之，既然老師以「我明白了」回應，就代表我可以織襪子給他。我隨即前往鎮上採買毛線，準備編一雙毛茸茸又暖呼呼的襪子。看著老師光溜溜的腳，連我都覺得自己的腳要凍傷了。

（沒惹他討厭，還真是奇蹟呢。）

在生活雜貨店思考要用什麼顏色的毛線時，一道呼喚聲傳來：「咦，璐希爾小姐？」我轉身，發現是寇特斯先生。一陣子沒見過他了。想到他之前端出來招待我的貓用大餐，內心不禁百感交集。

「感覺好久不見了呢。」

「就是說啊。你也來買東西嗎，寇特斯先生？」

寇特斯先生手上捧著一個俏皮的玩具。看起來是木製火車。真可愛。

「那個……」

「我先聲明，這可不是買給我自己的東西喔。」

察覺到我想說的話後，寇特斯先生露出苦笑否定。

「這是我準備送給外甥的禮物。因為星夜祭快到了嘛。」

「星夜祭……」

我眨眨眼。

（對喔，還有這樣一個節日。）

所謂的星夜祭，是為了冬季某天夜晚會出現的流星群而舉辦的祭典。人們會對著流星許願，然後交換禮物。我一直過著跟這種活動無緣的生活，所以壓根忘了有這回事。還在老家時，我們只會單純觀賞流星，不會交換禮物。開始幫傭生活後，更是跟這樣的活動扯不上關係了。

在我默默感到驚訝時，看到我手上的毛線，寇特斯先生露出有些壞心的笑容。

「璐希爾小姐，妳打算編什麼東西送給老師嗎？」

他這樣的表情和說法，想必是以為我在準備星夜祭的禮物吧。

（雖然實際上不是這樣，但現在的時期，或許就會給人這種感覺……？）

將我的沉默不語視為肯定的意思後，寇特斯先生露出開朗笑容。不知為何，他看起來很開心。

「不知道妳會收到什麼呢？」

在一瞬間的思考後，想到答案的我「噢」了一聲，將雙手緊緊握拳表示：

「照目前的情況看來，應該是木製飯杓。」

「……木製飯杓……」

寇特斯先生一臉像是吃到怪東西的微妙表情。看到他的反應，我選擇將「而且還是我自己要求的」這句補充吞回肚裡。

——星夜祭。和寇特斯先生道別後，我一邊在腦中反芻這個名詞，一邊走在街上。

（雖然我壓根沒有這個意思……）

我的臉頰開始變得溫熱。會在星夜祭交換禮物的成年人，基本上不是戀人就是夫妻。

（要是讓老師覺得很奇怪，該怎麼辦呢？）

我雙手使力將毛線揣在懷裡。我卯起來買了相當高級的毛線。為了思考適合老師的色系，花了很長一段時間。

（不對。）

一陣冷風從我的腦中呼嘯而過。我停下腳步，看著在附近挽著彼此的手走在一起的戀人們。

老師會願意參與星夜祭這種活動嗎？這感覺是人們硬是把自然現象跟娛樂扯上關係而成的祭典。不曾感受過流星群帶來的恩典，所以可以毫無顧忌地拉低它的價值。

我試著想像說出「今天是星夜祭呢」這句話的老師，然後陷入輕度混亂。

（所以，不要緊的。他不會察覺到什麼。）

這個只是從觀察老師得來的無憑無據的答案，卻讓我莫名有自信。於是，我帶著滿滿幹勁開始織襪子。

我只會在晚上打毛線。老師家基本上都很安靜，但晚上更是格外靜謐。有時，整個空間裡只聽得到鉤針互相碰撞的輕微聲響。我停下默默打毛線的動作，將半成品拿起來欣賞。

（嗯，線圈排列得很整齊。）

我忍不住露出傻笑。老師收到時，會露出什麼樣的表情呢？他會覺得開心嗎？還是看起來一臉嫌麻煩的樣子？光是想像這些，就讓我樂不可支。

夜色愈來愈深。不管打了多久的毛線，我都不覺得想睡。真是傷腦筋。

「哇，結露結得好誇張。」

帶著些許睡眠不足的感覺起床的這天早晨，我發現客廳的玻璃門因為結露而變得一片霧茫茫，幾乎看不到外頭的景色。昨晚確實很冷呢。

（……荷包蛋。）

我以手指滑過玻璃門表面，發出「啾」的摩擦聲。波浪狀的輪廓，加上中心的一個圓形。雖然沒有什麼繪畫天分，但我至少會畫荷包蛋。感覺畫得不錯呢。

（……貓咪，還有兔子。）

我又追加了兩隻看上去大同小異的動物。雖說只是塗鴉，但這次畫得也太爛了。我果然不擅長畫畫呢——我笑著這麼想，將自己的作品就這樣留在玻璃門上，轉身走向位於後方的菜園。

「……」

準時走下樓的老師，在望向玻璃門後停下腳步。我的不明塗鴉還留在上頭。捧著早餐托盤的我也跟著僵在原地。

「……感覺意義深遠呢。」

「咕！」

根本沒有半點深遠的意義。應該說，我希望他不要試圖從那些塗鴉裡發掘出什麼。

不知道老師是發自內心這麼說又或是在調侃我，但他沒有再多說什麼，只是走到餐桌前坐下。

他以倍感興趣的表情看著努力按捺滿心羞恥的我。這讓我一度想在他的襪子上織奇怪的圖案，但這麼做的話，恐怕只會讓那雙襪子被老師退貨吧。

「……請用。」

能像這樣自然對話，就已經比之前進步很多了——我硬是逼自己這樣正面思考，然後將盛著荷包蛋的餐盤在老師面前放下。

「老師，我完成了。」

幾天後，我把編好的襪子遞給老師。我趕在星夜祭的前一天完成。畢竟星夜祭當天才交給他，實在太危險了。

接過襪子後，老師「哦～」了一聲，以雙手確認它毛茸茸的觸感。原本以為他會說「這有違我的行事風格」之類的話，但或許是之前已經允諾了，老師看起來並不排斥這雙襪子。

（還是不要明確做出「請您試穿看看吧」這種要求比較妥當。）

一瞬間做出這樣的判斷後，我放棄詢問老師對這雙襪子的感想。既然已經送出去了，之後就隨他處置。心情好的時候，他或許就會穿上了吧。

「我會在就寢時穿上。」

「……」

平時。其實我希望他能在平時、在日常生活中穿上它。雖然有些遺憾，我還是半放棄地回應老師：「請您自便。」只要他願意穿，我就應該滿足了。

「我也……」

老師緩緩開口。我以「是？」確認他的意思。

老師沒有多做說明，只是轉身走回二樓，然後又馬上下樓。發現老師握在手中的那個東西後，我忍不住緊盯著它。

「……」

老師沉默地交給我的東西——

（是木製飯杓。）

光滑的質感以及美麗的木頭紋理。這支飯杓採用的素材，不只表面觸感滑順，感覺也很耐用。

「…………」

我說不出半句話。壓根沒想到，自己跟老師真的會用襪子和木製飯杓來交換禮物。

（……我原本打算下次去鎮上時再買呢。）

我愣愣地摸著這支質感極佳的木製飯杓時，老師補上一句：「家裡那支也是我做的。」原來如此。老師純熟的製作技巧，讓我佩服不已。好厲害，真的好厲害。我吃驚到連語彙都變得貧瘠了。

（香皂也是如此。老師真的什麼都做得出來耶。）

「非常感謝您……」

老師點頭回應我的感謝。

我手握這支精美的木製飯杓，感受著一股莫名的敗北感時，老師望向窗外開口：

「明晚是星夜。」

「……」

面對老師一而再、再而三令人意外的言行，我有種被擊垮的感覺。

「世界樹會歌唱。」

「咦？」

「妳也要一起去嗎？」

比意外更令人意外的事態發生。果然還是猜不透老師這個人。

她實在令人費解。

星夜的前一晚，菲力斯遠眺夜空，看著滿天閃爍的繁星。

她被自己細細觀察時，她紅著臉表示很難為情，然後試著想隱瞞什麼。看起來很明顯有什麼沒說出口的事情。

菲力斯依舊對她信賴有加。若是這樣的她生活上出了問題，身為雇主，便有協助處理的義務。倘若那是令她憂心之事，就應該更快設法解決。因為，要是璐希爾辭職，他可會相當困擾。

看著呼出來的空氣變成白霧消散，菲力斯這麼自問。

如果令她憂心之事，其實不過是「我想送您襪子」和「我想要新的木製飯杓」呢？這是會影響到她繼續這份工作的問題嗎？很顯然不是。

那麼，自己當初為何沒有斷然拒絕？木製飯杓久用磨損的話，多一支備用確實無妨。但襪子呢？

如果是本人想要襪子也就罷了，然而，她卻是想送襪子給他。

儘管明白這並非璐希爾藏在心中的真正期望，菲力斯仍收下了襪子。那是一雙做工精緻到讓人不禁佩服璐希爾巧手的襪子。她那雙擁有神祕力量的手，總是能為菲力斯的生活增添更多色彩。

菲力斯陷入沉思。沒有穿襪習慣的他，為何會欣然收下這雙襪子？這份純手工打造的精美禮物裡頭，又隱藏著什麼樣的心意？

令人費解的究竟是她還是自己？若是能明白她以「沒事」回應自己的真正理由，答案是否就會跟著浮現？

一早，我便有種坐不住的感覺。今天是星夜祭。不對，跟一般人口中的祭典無關。老師採用的是「星夜」這種說法。

他說「世界樹會歌唱」，不知道是什麼意思？這是我第一次去親眼見識世界樹，但它竟然還會唱歌。應該不至於是樹幹上生著能發出聲音的嘴巴吧？還是說，它會發出聽起來像是音樂的聲音？

（因為老師說「哪天也讓妳看看」，我還以為會是更遙遠未來的事，或者是不可能成真的事情呢。）

腦中湧現對世界樹的各種想像的同時，「老師真的打算帶我去看世界樹」這樣的事實，也讓我感動得無以復加。

流星群夜晚才會出現。那麼，世界樹是什麼時候可以看又要去哪裡看呢？

將午餐的餐盤清空後，老師雙手合十輕輕點頭致意。我小心翼翼地觀察著他的行為舉止。因為有一件事讓我很在意。

（我們什麼時候要出發呢？）

現在已經過了中午時分。不要緊吧？趕得上夜晚嗎？我對這趟旅程一無所知，所以希望老師可以提前告訴我今天的行程預定呢。因為這跟普通的外出採買不同，要是他突然說「再過五分鐘出門」，我會很困擾的。

「老師，請問今天什麼時候出發呢？」

耐不住性子的我，戰戰兢兢地詢問正在優雅享受餐後紅茶的老師。他緩緩抬起頭沉思半晌。

「下午四點出門。」

（這麼晚才出門沒關係嗎？）

「需要帶什麼東西嗎？」

「平靜安穩的心靈。」

「……」

我很認真地詢問他該帶出門的東西，結果卻得到這種回答。雖然我擅長以精神論來歸納結論，但老師給出的答案仍讓我頓時語塞。我望向老師。看著他跟我不相上下的認真表情，我更不知道該如何回應了。

我困惑地「呃……」了一聲，結果老師又補上一句：「發生什麼事的話，我會保護妳。」這種散發著危險氣息的發言。

（那是個危險的地方嗎？）

無視我僵在原地的反應，老師再次將紅茶的杯緣湊近嘴邊。

「嘿咻。」

四點，夕陽餘暉燦爛美麗的傍晚。我披上大衣，以圍巾圍住脖子，做好出門的準備。望向時鐘，還有五分鐘。確認門窗都已經關好後，我走向玄關。

「走了嗎？」

「好的。」

我跟在老師身後踏出家門。老師走進庭院裡，並指示我站在他身邊。

（要怎麼去呢？果然是像其他魔法師那樣用飛的嗎！）

想到接下來的發展，我不禁興奮不已。非魔法師「想在空中飛一次看看」的夢想，此刻說不定能夠實現了。我和老師面對面站著。我的心跳好快。但這也是無可奈何的事情。

（怎麼辦……總覺得我跟老師靠得好近……）

「失禮了。」

「！！！！」

我的思緒瞬間被外在的物理因素截斷。身體好熱。不知為何，老師伸手擁抱我。不對，他的手跟我的身體仍維持一小段距離，並沒有真正碰觸到我。老師像是隔著一層空氣那樣以手環抱住我的身子。

話雖如此，但我們仍是處於幾乎零距離的狀態。

（什……什麼？這是在做什麼？）

這趟旅程所需的「平靜安穩的心靈」，此時已經完全被我拋諸腦後。就算謹記這個要求，我恐怕也做不到。

一陣輕飄飄的溫熱霧氣籠罩了我。不自覺抬起頭，卻發現老師的臉近在眼前，差點因此「呀！」地大叫出聲。

「我們現在要去的地方魔力密度非常高。為了讓妳也能承受得住，我在妳身上施了咒語。」

「是。」

老實說，我完全不曾體驗也不曾聽聞過這種事，所以其實不太明白老師在說什麼。只能以「原來是這樣啊」的心態接受這一切。是說，他靠得好近啊。

「要前往世界的內側，必須以魔力開啟入口。」

「是。」

「那麼，請妳把持住自己的精神狀態。」

「唔！」

還沒來得及回應，一種未曾經歷過的飄浮感便襲向我。

「哇啊啊啊！」

感覺到身子浮空的我，吃驚地發出奇特的叫聲。

（浮起來了！我浮起來了！腳沒有踩在地上！）

我澈底拋開羞恥心，朝老師伸出雙手。原本期待在空中飛翔，現在卻體驗不到一丁點那樣的夢幻感。光是腳踩不到地，竟然就足以讓人如此不安。

「呀啊啊啊老師！老師！好可怕！超級可怕！」

已經腦袋一片空白的我，此刻的表達能力倒還挺不錯。

表情看起來早已料到事情會如此發展的老師將我擁入懷裡。他的動作，感覺像是摟住一隻貓咪那樣自然。只想獲得安心感和安全感的我，忍不住緊緊揪住他。

「馬上就到了。」

老師以平靜至極的態度擁著我，同時不斷朝上空飛去。以驚人速度上升的我們，隨即竄上比周遭林木更高的位置。我害怕得完全不敢往下看。

（哇啊啊啊啊啊啊啊！）

我緊閉雙眼，更用力地摟住老師。他以繞到我背後的手溫柔輕拍我的背。

「馬上就要到了。噢，是世界樹。」

（馬上就要到了？）

我睜開眼，接著馬上後悔。一陣暈眩感襲來。

（要——要掉下去了！）

直到前一刻，我們應該都還在上升，卻在不知何時開始往下墜。

「呀啊啊啊啊！」

「那就是世界樹。」

我驚聲尖叫，老師則是自顧自地淡淡說明。這是什麼情況？我疑惑地轉頭望向一旁，看到一棵至今未曾目睹過的、巨大無比的樹木聳立在眼前。

白色霧氣繚繞在這棵大樹周遭，因為相當高聳，我完全看不到它的頂端。取而代之的是彷彿能自成一片森林的茂密枝葉，以及完全無法想像的粗壯樹幹。

「……」

我忘了自己上一秒還在驚叫一事，只是愣愣張著嘴凝視眼前的景色。這棵過於壯觀而神祕的大樹，給人一種莫名懷念的感覺。

下方是一片寬闊的泥土地，周遭則不見其他樹木。地面彷彿也籠罩著一層霧氣，讓人看不清楚。真是個不可思議的地方。

老師在跟世界樹有一段距離的位置著地。站在這裡，幾乎能將世界樹的全貌盡收眼底。但因為四周被霧氣籠罩，頂端的部分仍無法看清楚就是。

「那就是世界樹呀……」

聽到我茫然的輕喃，老師無語地點點頭。

「星星馬上就會開始隕落。感應到流星的波動，世界樹便會開始歌唱。」

這時，一顆流星宛如雨點般劃過夜空。我「啊」地叫出聲。接著，流星群有如愈下愈大的雨那樣從空中紛落。

「！」

怎麼回事？好像有某種能量震懾了我的身體。雖然不會感到不適，但這種從身體內側開始震顫的感覺實在很奇妙。我吃驚地仰望身旁的老師。他筆直地看著前方的世界樹。仔細一看，有許多閃閃發光的細小分子開始凝聚在世界樹上。沒有固定輪廓的光芒，在世界樹的白色霧氣中緩緩散去。

「！」

又來了。然後又一次。如果人的心有著實際的形狀，這股能量就是不斷在震撼內心的輪廓，且間隔愈來愈短，孕育出無窮無盡的流動。

「……」

回過神來時，發現自己正在掉眼淚。不是因為悲傷或難過。某種沒有聲音也不成形的旋律觸擊我的內心，讓想要呼應它或說是被它誘發的感情，不斷從我的體內滿溢而出。

「妳聽見歌聲了嗎？儘管沒有聲音，但我將『這個』稱之為歌聲。因為沒有其他更適合的稱呼。這是鎮魂亦可說是祈求繁榮之聲。世界樹會朝著世間萬物伸展它的樹根和枝椏。」

老師突然這麼開口。來自世界樹的旋律，也撼動了老師的內心嗎？

「……妳似乎很容易被影響。」

老師彎下腰，伸出手擦拭我的眼角和臉頰。但我無力抵抗世界樹譜出來的樂章，眼淚仍不停奪眶而出。

「還好嗎？」

「……」

看著無語的我，老師擔心地又喚了一聲：「璐希爾？」

（啊啊……我的心意要被引導出來了。）

被撼動的內心情感不斷溢出。像是要將老師溫柔的嗓音收為己有那樣，我的心意朝他席捲而去。

「我一直愛慕著您。」

我的心意從口中流洩而出，沒有被任何人事物阻攔。

（終究還是說出口了。）

儘管腦中這麼想，我的內心卻有種神清氣爽的感覺。

老師瞪大了雙眼。

老師很罕見地不知所措起來。換作是平常，老師總是心如止水的那一方，而手足無措的人應該是我才對。

世界樹繼續歌唱。內心被撼動的我也持續流淚。然而，我的內心世界卻有如一片澄澈藍天那樣令人豁然開朗。

淚水從我的臉頰滑落。我因為滿溢的情感而露出笑容。

流星在老師身後閃閃發光。

「抱歉。」

「咦？」

之後，我們以同樣的方式返回家中。我像是完成一個重大任務那樣身心舒暢。相較之下，老師則一直沉默不語，臉上也帶著複雜的表情。

來到客廳後，終於開口的他，說出的第一句話卻是道歉。聽到老師唐突的賠罪，我大吃一驚。會讓他向我道歉的理由，我只想得到一個。

（我……我被他拒絕了嗎！）

震驚得說不出話的我，搖搖晃晃地往後方退了一步。老師皺著眉垂下頭。

「我並不是想暴露妳的內心世界，才帶妳去看世界樹。」

老師苦澀而低沉的嗓音，讓我明白他現在的態度極其認真。

「之所以提醒妳『把持住自己的精神狀態』，是因為內心情感被撼動的人……有可能像妳剛才那樣淚流不止。所以……」

（啊！原來他指的是這件事嗎！）

聽懂老師方才那句「抱歉」的意思後，我暗自鬆了一口氣。這種體貼的顧慮，確實很像老師的作風。同時，我也明白他還沒有拒絕我的心意。

我能理解。知道老師不是因為想逼我坦承自己的祕密或是難為情的過去，才會帶我去那個地方。應該說，我壓根沒想過這種可能性。

「沒想到妳會連自己心中的情感都一併吐露……」

「我明白的。您是想讓我看看世界樹不同於平常的特別模樣吧。」

老師看似尷尬地嘆了一口氣。

「我也很想看。一般情況下，像我這樣的普通人，絕不可能有機會見識到那樣的光景。我真的很感謝您。」

「非常感謝。」我鞠躬這麼說道。儘管如此，老師仍散發出一種坐也不是、站也不是的感覺。我抬起頭，跟一臉尷尬的他四目相接。雖然無法做出具體的指摘，但我總覺得他現在的氛圍跟剛才有些不同。

（啊，我有種超級不祥的預感。）

我好歹也是個戀愛中的女孩子。面對這種令人不安的氣氛，心裡多少有數。我繃緊神經，靜待老師的下一句發言。

片刻的沉默後，老師以逼不得已的語氣開口。

「……那不是尊敬年長者的感情？」

「不是。」

老師別過臉去，轉動眼球看著我。

「在妳眼中，我應該是個相當高齡的老頭子。」

我無語地搖搖頭。雖然知道老師年紀比我大很多，但我並不會覺得他衰老。

老師重重嘆了一口氣。

「我跟妳的年紀相差太多……」

「這點我明白！但是……！」

我漲紅著臉垂下頭，老師也放棄繼續往下說。在尷尬的沉默籠罩下，主動再次開口的人是老師。

「妳是打算讓我為妳送終？」

（咦……）

聽到這句出乎意料的發言，我傻呼呼地愣住。老師則是板著一張臉。

「您……您願意為我送終嗎！」

（意思是，老師一輩子都會待在我身邊……？咦？所以，他現在就已經想得這麼遠了嗎？）

這句讓人喜出望外的發言，讓我瞪大雙眼，帶著滿滿期待望向老師。但後者馬上以明確的態度回答：「不願意。」

「咦？」我像是抗議般驚呼一聲。結果老師又重複了「不願意」這三個字，臉上還帶著我至今所不曾看過的，感覺相當不悅的表情。

（好過分喔。）

讓我空歡喜一場。既然無法回應我的心意，就別說些讓人期待的話，像平常那樣簡潔有力地回答就好了嘛。把人高高捧起，又讓對方重重摔在地上，簡直是魔鬼的所作所為。不過，被這麼果斷拒絕的話，我也沒辦法再進一步要求什麼。面對老師，我無計可施。

（這樣啊……好的，我明白了。）

儘管很打擊、很難過，卻也意外讓人感到神清氣爽。要比喻的話，就像終於離開搖搖晃晃、讓人站不穩的立足點那種感覺。

「這樣的話，老師……」

我微笑著開口。老師很罕見地手足無措起來。

「可以僱用我一輩子嗎？」

我「啪」地拍了一下圍裙，將上頭的皺褶抹平。

「那麼……」

從前天開始，我就不曾跟老師見到面。那天，老師表示「我無法馬上回答妳」之後，便一直窩在自己的房間裡。

到了用餐時間，也不見他下樓的身影，我只好把餐點端到房門外頭，再附上一張「請您慢慢享用」的字條。一陣子之後，我上樓確認情況，發現餐盤裡頭的食物已經被清空，同時多了一張「我吃飽了」的字條。

昨天，這就是我們唯一的互動。原本以為老師堅持不想跟我有所接觸，他卻又意外願意回應我。所以，我實在不明白他目前的心境如何。那個無法馬上回答的問題，他何時才會得出結論呢？

我站在一片寂靜的室內，從客廳玻璃門眺望外頭。邁入寒冷的季節後，森林整體的外觀也變得寂寥。原本長滿花草的庭院，此刻也靜靜散發著冰冷的氣息。

現在是六點四十五分。

我將雞蛋放上桌，同時做好烤麵包的準備。在燒開水的同時替牛奶加熱。太早準備早餐的話，可能一下子就會冷掉，因此我刻意等到接近用餐時間的時刻，才真正開始動手下廚。

雖然還是有些不安，但不知為何也很輕鬆。

前天跟老師的對話，讓我豁然開朗。之前會那樣悶悶不樂，是因為我內心的某處仍懷抱著期待。這段戀情無法開花結果。明白這一點之後，我內心的迷惘反而消失了。

（這樣就夠了。單純待在老師身邊照顧他，等到年紀大了、再也無法勝任這份工作的時候，就離開這個家吧。）

這是我終身僱用的最終目的。哎呀，因為老師的人生長度是我的好幾倍，我的「一輩子」，對他來說想必只是一小段微不足道的時光吧。

雖然有蒂蒂和艾達先生這樣的先例，但我如果像他們那樣積極對老師示好，老師不見得會繼續讓我留在這個家。要是我能認清自己的本分，不對老師有任何期待，只是專心致志在自己的工作上，或許還能讓他繼續僱用我就是了。

（要是老師說沒辦法讓我待在他身邊，我就果斷放棄吧。）

這是我對老師展現誠意的方式。「先喜歡上對方的人就輸了」這句話，真的是千古名言。

爐子上的水開始沸騰時，一個人影從二樓的階梯走下來。

「早安，老師。」

六點五十分。老師比平常提早一些踏進被微弱晨光照亮的客廳裡。

他瞇起雙眼望向我。看到他有幾分憔悴的臉龐，我的胸口隱隱作痛。我第一次看到這樣的老師。先前艾達先生在半夜展開轟轟烈烈的魔法大戰時，他都不曾展露過如此疲憊的神色。

老師沒有在餐桌前坐下，而是繞過它前進。判斷他打算朝這裡靠近後，我走出廚房。

「老師。」

「……」

老師沒有開口，只是面無表情地看著我。我鼓起勇氣再次向他提出那個問題。

「可以僱用我一輩子嗎？」

老師嘆了一口氣，然後筆直望向我。他認真的表情，讓我內心一陣騷動。

「我拒絕。」

「咕！」

雖說已經做好覺悟，但看到他不假思索地這麼回答，我的心還是很痛。

（咕嗚嗚……也太無情了……）

我恨恨地仰望老師，結果他以平淡語氣道出「解僱」這兩個字的追加攻擊。我原本還以為這段幫傭與雇主的關係維持得很好呢，老師這樣的態度不會太過分了嗎？

（應該有更委婉的表達方式吧……！）

回過神來的時候，我發現自己不自覺垂下頭，看起來一副無精打彩的樣子。我的內心不斷埋怨著：「好過分。太過分了。」老師嚴正拒絕的態度，擊潰了我打算果斷放棄的念頭。與其說是放棄，被迫放棄這種說法應該更貼切。而且，聽到老師親口說出「我拒絕」這三個字，遠比我想像中更要難受。說什麼要以誠意回應他，不過是企圖逞強的自己把事情想得太美好。對這一點有所自覺後，我感到更沮喪了。

「璐希爾。」

老師的腳映入我的視野。他今天果然還是光著腳。既然事已至此，我實在很想質問他：「為什麼不穿上我送您的襪子呢？」

「璐希爾。」

老師再次呼喚我的名字。我像一具空殼般抬起毫無生氣的臉孔。「把妳弄哭，我會很尷尬的。」他這麼說，然後伸手輕撫我的眼角。不知何時，我的眼眶已經溢滿淚水。

「妳必須明白，妳所期望的是相當殘酷的事情。」

「……？」

此刻，心碎不已的人明明是我，為什麼老師要露出這種受傷的表情呢？不明就裡的我沉默下來。

「依照壽命的定律來看，妳想必會比我更早離世。即使明白這一點，妳仍希望我能夠承受妳的死去，過著害怕那一天到來的人生——」

「……」

「這不是殘酷是什麼？」

我說不出半句話。或許很卑鄙，但淚水就是不停從我的眼眶溢出，老師也放棄繼續替我拭淚。他或許是覺得再怎麼擦也沒用吧。

「然而，這就是壽命較長的我所必須面對的宿命——我昨天得出這樣的結論。因此——」

說著，老師露出眼角微微下垂的溫和微笑。

「我要終止我們之間的僱傭關係。」

我眨了眨濕潤的雙眼，視野中的老師也變得模糊。我甚至不知道這一刻的自己有沒有在呼吸。

「繼續將妳視為幫傭的話，就無法回應妳的心意了吧。」

「……可……！」

斗大的淚珠不停從我的臉頰滑落。聽到我的回應，老師一臉不解地詢問：「妳想說什麼？」

（可……可是，老師並沒有喜歡我啊！他說要回應我的心意，是什麼意思？）

我以雜亂無章又支離破碎的字句向老師確認這一點，結果他尷尬地別過臉去。

「……？……！」

說不出話的我，只能以動作和表情質問他的意圖。我的腦袋已經放棄運作了。讓我繼續動作的，是當下在心頭湧現的感情。

老師皺起眉頭，望向其他地方開口。

「活過漫長的年月後，我以為不可能再有什麼人事物能讓自己感動。實際上，我鮮少感到驚訝或喜悅。內心的感情已經慢慢麻痺了。」

「不過……」說著，老師望向我，露出自嘲的笑容。

「有妳增添色彩的這些日子，我認為是無可取代的東西。一旦牽扯到妳，我幾近死去的感情就會復活。」

老師以那雙瞇起的細長眼睛望著我，帶著有些困擾的笑容詢問：「這樣有解答妳的疑問嗎？」這樣的他，讓我好生憐愛。

「……！」

再也無法抑止內心高漲的情感，我撲上前緊緊擁住老師，而他也坦率接受了我的擁抱。

終曲

『我一直愛慕著您。』

聽到她這句話，我最先想像的是——

沒有她在的日子、空蕩蕩的客廳、乏味的廚房。無論再怎麼努力尋找她的嗓音、眼神或表情，都遍尋不著。

我承受得了嗎？

我隨即得出結論——做不到。已經這個年紀了，再找藉口太難看。令人惋惜的，不只是她的工作成果和能力。這不是基於什麼理由，而是她令人喜愛。我很清楚對自己來說，會覺得她令人喜愛，是多麼難能可貴的一種情感。想將她留在身邊，就是我的答案。

儘管這般喜愛，自己有朝一日仍必須跟她分離。我承受得了嗎？

做不到。「承受和她分離的痛苦」以及「和她在一起的時光」。無須將這兩者一起放上天秤衡量，我也很清楚答案。更何況，以壽命長短來看，理論上應該要以她的人生為優先才是。

我像現在這樣深深煩惱，也只是在浪費她的時間。

菲力斯以極其平靜的心情眺望著逐漸明亮的夜色。浮現在腦中的，是一日未見的她的臉龐。

在我被解僱一星期之後。

我跟老師來到鎮上，到商會向寇特斯先生打聲招呼。聽到我所說的話，這名年輕商會會長手中的筆應聲落地。

「請……請等一下。」

「怎麼了嗎？」

寇特斯先生像是得知什麼非同小可的事情那樣，從椅子上猛地起身。

「妳剛才說什麼？」

老師面無表情地望向其他方向，我的臉頰開始發燙。

「就……就是……因為我被解僱了，想說得跟你報告一聲……」

「可是，你們還是會住在一起？請等一下，這意思是……！」

寇特斯先生漲紅著臉，說不出半句話。接著，他垂下頭開始自言自語起來。

「真是出乎意料……嗚哇啊~原本以為妳跟老師相處得很融洽，給人溫馨的感覺，原來是這麼一回事嗎……」

「你說什麼？」

「我在說我的想像力還不夠成熟呢。」

寇特斯輪流望向我和老師，眉開眼笑地這麼說：

「我在有生之年見識到很不得了的事情了呢。祝兩位幸福。」

聽到他這麼說，我感到相當害羞，只能盡全力擠出「謝謝你」這樣的回應。

後來，我們又拜訪了過去對我照顧有加的迪歐先生的旅館，也去了莉莉安小姐的酒吧。他們倆分別以不同的方式表達震驚，但同時也為我和老師的新關係感到喜悅。

（能來到這個城鎮，真的是太好了。）

今後的人生，我想必都會在這個名為科特杜的城鎮度過吧。我完全沒想到會發生這種事。沒錯，完全沒想到自己能變得如此幸福。

「非常謝謝您。」

「不會。」

老師答應我的任性要求，陪著我來跟鎮上的人報告。儘管他幾乎一句話都沒說，但路人們個個都帶著微笑看著他。從這點可以看出老師相當受到鎮上人民愛戴，我也開心得不自覺傻笑起來。

「妳看起來很開心。」

「咦……」

我以雙手包覆住臉頰。老師瞇起雙眼望向我。看著他有著深邃魚尾紋的溫柔臉龐，我感覺心臟彷彿被緊緊掐住。

（噫！太帥了！）

因為老師實在太迷人，我忍不住掩住嘴巴。在內心變得一片亂糟糟的時候，我聽到客廳玻璃門傳來一陣敲門聲。

老師從沙發上起身，朝玻璃門走近，打開門蹲了下來。發生什麼事了？

（怎麼了、怎麼了？）

我靠近一看，才發現眼前的景象相當壯觀。

（松鼠！貓！兔子！猴子！嗚哇！遠方看起來還有很大隻的熊朝這裡靠近！）

這些動物的手上都還捧著些什麼。

「老……老……老師……？」

「……」

我上前搭話，但老師沒有反應。那些動物似乎正七嘴八舌地跟老師說話。牠們的鳴叫聲不斷傳來。

『我趕在冬眠前過來打招呼！我都聽說嘍！恭喜你們！』

『璐希爾從以前就超級喜歡老師呢！』

『她說過你戴眼鏡的樣子很迷人、說話嗓音很帥氣、手又大又漂亮，還有平時雖然冷淡，但其實很強大又溫柔之類的。』

看到老師僵住的反應，我有些不解地再次以「請問……」搭話，但隨即被他制止：「晚點再說。」我只好乖乖閉上嘴巴。牠們似乎在說什麼我聽不懂的重要事情。

被老師冷淡制止，再加上又一個人被排除在外，感到心裡有些不是滋味的我，帶著略微不滿的心情佇立在一旁守候。片刻後，老師突然起身。

（哎呀，你們聊完了嗎？）

正打算詢問「您和那些動物溝通完了嗎？」時，老師搶先一步開口：「我說妳……」

「是？」

「……」

我出聲回應，但老師卻沒有繼續說下去？

「那個……老師？」

「……拜託饒了我吧。」

「咦？」

仔細一看，我發現老師的耳朵紅通通的。我瞪大雙眼，吃驚地喊了一聲：「等等！」然後朝他靠近，結果他舉起一隻手示意「別過來」制止我。這段期間，老師看起來愈來愈不對勁，最後終於以袖口掩住嘴巴，然後恨恨地瞪著我。

（什麼？怎麼了？）

完全無法理解現在是什麼狀況的我啞然以對，結果老師以低沉的嗓音詢問道：「妳都跟牠們說了些什麼？」

「咦！我無法跟動物說話呀！是說，牠們剛才跟您說了些什麼？」

「妳跟牠們說了我的事吧？」

「咦咦！我……」

正打算回答「我沒有」的瞬間，我想起一件事。

（是那次嗎？我跟馬卡龍說了一堆花痴發言那時候？）

敏銳地看出我的臉色開始發白的老師，深深嘆了一口氣。

（咦？不會吧……）

我望向院子裡那些帶來各式堅果和鮮魚的動物們。不停搖尾巴的狗和貓，看似正在開心嚎叫的熊和狼。我發現了。牠們是特地過來祝賀的。

「！」

我的背脊竄上一陣寒意。我有自覺那時跟馬卡龍說了不少事情。仗著說話對象是一隻貓，我大剌剌地向牠傾訴我的少女心。

（那時我發花痴說的內容，全都傳到老師耳裡了嗎……？）

我感到全身彷彿火在燒那麼灼熱。

「不……不是的！我只有跟馬卡龍小姐說啊！」

那些話為何會在這些動物之間傳播，最後傳進老師耳中？我拚命解釋，但耳朵發紅的老師只是以一臉無言的表情繼續瞪著我。

「……」

動物們在冬眠前過來送上賀禮的儀式結束後，我和老師坐在沙發上一語不發。不過，我們並非肩並肩坐在一起，而是分別坐在沙發的兩端，感受著彼此之間尷尬的氣氛。

（老師是不是在生氣？）

我朝他偷瞄一眼，結果因為老師也看著我，我們就這樣對上視線。

「真的很抱歉。」

出聲道歉後，老師以「沒事」簡短回應。從他的嗓音和散發出來的氛圍，我判斷他已經不生氣了。

「那個……我可以坐過去您那邊嗎？」

「……」

將手肘靠在沙發扶手上，以手托腮的老師，用視線回應我的問題。

（那應該是「可以」的意思吧。）

我把老師的反應解釋成對自己有利的意思，然後挪動位置到老師身旁，鼓起勇氣將肩膀靠向他。

「……」

「……」

老師仍沒有任何反應。但反過來說，代表他也不討厭這樣。

（很好……！）

我就這樣靜靜坐著的時候，老師放下托腮的手，將身體朝我靠近。

「……」

（怎麼辦……？）

從右肩傳來的老師體溫令人愛憐，讓我湧現了想跟他貼得更近的慾望。好溫暖。我整個人靠上老師的身體，他沒有迴避，就這樣支撐著我的重量。

（老師還不會想避開。）

還可以。行得通。我鼓起勇氣、鼓起相當大的勇氣望向老師的臉，看進他那雙眼睛。

（不知道能不能吻他？）

我的心跳加速，整個身子都在發燙，其實大腦也幾乎是停擺的狀態。這個我最喜歡、最深愛的人。能夠陪在他身邊，讓我喜悅至極。

不知是否看穿了我的意圖，和我對上視線的老師一動也不動。

（咦～！可以嗎？）

我懷著難以置信的心情緩緩將臉靠近老師。怎麼辦？真的可以嗎？沒問題吧？正當我戰戰兢兢地靠近老師嘴唇的瞬間。

他默默移開了視線。

（！！！）

這個細微的動作，一下子讓我感到相當不安。

「您……您不喜歡嗎……」

我輕聲這麼詢問後，老師看似尷尬地微微皺眉。隨後，他再次和我對上視線，以骨感的手撫上我的後腦勺。

「不會。」

我像是被吸引過去那樣吻上老師的唇瓣。嘴唇、臉頰。實際碰觸到之後，我才知道老師也在害羞。

（太令人憐愛了……）

不想放開這個人。用不著我這麼想，老師給了我一個直到我滿足為止——直到我無法繼續下去為止的——長久而溫柔的吻。

和煦的陽光落在我們合而為一的身影上。

跟老師在一起的我，是全世界最幸福的人。

國家圖書館出版品預行編目資料

可以僱用我一輩子嗎?：與不苟言笑的魔法師共同展開的二次就業生活/yokuu作；咖比獸. -- 初版. -- 臺北市：臺灣角川股份有限公司, 2024.04-
冊；　公分. -- (Kadokawa fantastic novels)
譯自：永年雇用は可能でしょうか：無愛想無口な魔法使いと始める再就職ライフ
ISBN 978-626-378-775-9(第1冊：平裝)

861.57　　113001908

Kadokawa
Fantastic
Novels

可以僱用我一輩子嗎？～與不苟言笑的魔法師共同展開的二次就業生活～ 1

（原著名：永年雇用は可能でしょうか ～無愛想無口な魔法使いと始める再就職ライフ～ 1）

2024年4月15日　初版第1刷發行

作者：yokuu
插畫：烏羽雨
譯者：咖比獸

發行人：台灣角川股份有限公司
總監：呂慧君
總編輯：蔡佩芬
主編：林秀儒
編輯：楊玟恩
設計指導：陳晞叡
美術設計：莊捷寧
印務：李明修（主任）、張加恩（主任）、張凱棋

發行所：台灣角川股份有限公司
地址：104台北市中山區松江路223號3樓
電話：（02）2515-3000
傳真：（02）2515-0033
網址：www.kadokawa.com.tw
劃撥帳戶：台灣角川股份有限公司
劃撥帳號：19487412
法律顧問：有澤法律事務所
製版：巨茂科技印刷有限公司
ISBN：978-626-378-775-9

EINENKOYO WA KANODESHOKA
BUAISOMUKUCHINAMAHOTSUKAI TO HAJIMERU SAISHUSHOKU LIFE　Vol.1

First published in Japan in 2022 by KADOKAWA CORPORATION, Tokyo.
Complex Chinese translation rights arranged with KADOKAWA CORPORATION, Tokyo.